HOFFNUNGSLOSES MONSTER

EIN SPANNENDER ALIEN- & SCIFI-LIEBESROMANE MIT SPICE

BRÄUTE FÜR DIE ALIEN-PIRATEN
BUCH ZWEI

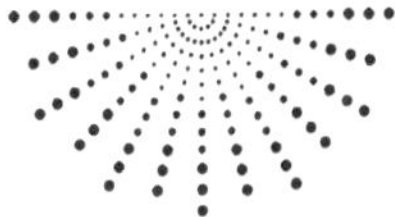

TAMSIN LEY

Twin Leaf Press

Lektorat: Christian Popp

ISBN: 978-1-950027-88-0

Twin Leaf Press
PO Box 672255
Chugiak, AK 99567

KAPITEL EINS

Mit Blick in den schmutzigen Badezimmerspiegel der Taverne packte Joy eine Strähne ihres lockigen, braunen Haares in einer und eine Schere mit der anderen Hand. Hinter ihr zeigte ein deckenhoher Bildschirm eine Werbung für Verhütungsmittel zwischen Außerirdischen und erzeugte ein unheimliches grünes Licht. *Tu es einfach,* dachte sie. *Es ist kein großes Ding. Haare wachsen nach.* Natürlich machte sich ihre Mutter, ein Syndicorp Communications CEO, bereits jetzt über ihren Sinn für Mode lustig und sagte, es wäre eine gute Sache, dass Joy klug sei, weil sie mit ihrem Aussehen nicht weit kommen würde. Aber selbst Klugheit war nicht gut genug, es sei denn, Joy nutzte diese, um die Karriereleiter zu erklimmen.

Nachdem Joy als Reporterin bei RealTime News angefangen hatte, hätte ihre Mutter sie fast verleugnet. Wie würde sie reagieren, wenn sie herausfand, dass Joy an einer Undercover-Reportage arbeitete? *Zumindest verkleide ich mich nicht als Prostituierte.* Mal abgesehen davon, dass ihr Produzent bei RealTime angedeutet hatte, wie sensationell das wäre. Aber Joy konnte auf andere Werkzeuge als ihre Titten zurückgreifen, um diese Geschichte zu erzählen. Da sie für eine Frau recht groß war, hatte sie beschlossen, mit ihrer Verkleidung in die entgegengesetzte Richtung zu gehen. Ihre Cargohose und ihr Mechanikerhemd waren riesig und geschlechtslos, und sie war sogar so weit gegangen, Stoff um ihre Brüste zu wickeln, damit ihre Kurven nicht zu sehen waren. Sie brauchte nur den letzten Schliff.

Sie holte tief Luft und setzte die Schere an. Ihre langen Locken fielen mit einem seltsam befriedigenden Gefühl ab. Ein unsymmetrisches Spiegelbild starrte sie aus erschrockenen grauen Augen an. „Jetzt gibt es kein Zurück mehr", murmelte sie.

Ihr Kiefer konnte nicht gerade als männlich

angesehen werden, aber sie war unauffällig genug, dass sie mit der richtigen Einstellung als junger Mann durchgehen konnte. Und sie hatte bereits bewiesen, dass sie das Zeug dazu hatte – als sie ein Jahr lang ehrenamtlich für Syndicorp in deren Flottenwerkstatt gearbeitet hatte. Joy hatte die praktische Problemlösung und den Geruch von Hydraulikflüssigkeit und heißem Metall geliebt, bis ihre Mutter erfuhr, dass sie nicht nur Cookies verteilte. Danach hatte es nicht lange gedauert und ihre Mutter hatte dafür gesorgt, dass sie die Werkstatt verlassen musste.

Zufrieden mit ihren Haaren zog Joy Mascara aus ihrer Handtasche, strich mit der Bürste unter ihren Nägeln entlang und rieb sich dann ein bisschen davon ins Gesicht. Niemand vertraute einem Mechaniker mit sauberen Händen. Als sie mit ihrer Arbeit zufrieden war, schaute sie erneut in den Spiegel und zwinkerte mit dem linken Auge, um ihre kybernetische Kamera zu aktivieren. Eine Aufnahme ihrer Reflexion würde eine gute Eröffnungsszene für die Reportage ergeben. Dass ihre Mutter der Communications CEO war, hatte auch einen Vorteil: Joys Zugang zu Technologien, für die andere neue Reporter sterben würden.

„Ich befinde mich am Rande des nicht

klassifizierten Raums und suche nach Informationen über die Aktivitäten von Piraten. Diese skrupellosen Männer und Frauen plagen die Schifffahrtswege, seit Syndicorp seine ersten Kolonisierungsgesandten aus dem Alleigh-Sektor losgeschickt hat." Joy sprach in einem heiseren, verschwörerischen Ton und warf über ihre Schulter einen Blick auf die Toilettentür. Niemand würde ungebeten eintreten, aber ihr Puls klang trotzdem laut in ihren Ohren. „Bleibt dran, während ich undercover in die verwegene Welt des Schwarzmarkthandels und der Weltraumpiraterie eintauche."

Seufzend stoppte sie die Aufnahme. Sie hörte sich wie eine Spielshow-Moderatorin an. Alles an dieser Übertragung musste perfekt sein. Seriös. Eines Nachrichtensprechers würdig.

Sie versuchte es noch einmal. „Mein Informant hat mir gerade mitgeteilt, dass ein berüchtigter Pirat in dieser Taverne ist. Ich werde versuchen, mich seiner Crew anzuschließen, um in den nächsten Wochen Echtzeitgeschichten dieser Männer zu dokumentieren."

Jemand rüttelte an der Tür. Joy speicherte die Aufnahmen schnell auf ihrem Polycom, um sie später zu bearbeiten, öffnete das Grav-Schloss und lief an der verärgerten Saluqan-Frau vorbei. „Die Tür klemmt", murmelte Joy und trat in die überfüllte Taverne. Sie musste einen Piratenkapitän finden.

———

Captain Kashatok entfernte Jhikiks flauschigen Schwanz aus der Flasche kantarellianischen Rums und goss sich nach. An Bord des Schiffes trank er oft direkt aus der Pulle. Um neue Besatzungsmitglieder zu interviewen, machte er auf zivilisiert. Seine Crew bestand aus genug Ecken und Kanten, und sich daher noch ein Problem an Bord zu holen, stand heute nicht auf dem Plan.

Der kleine Netorpok zitterte und kletterte auf seinen Arm, um sich auf Kashatoks Schulter zu setzen, wo das lavendelfarbene Fell sein Ohr kitzelte. Jhikik war als Welpe in seinen Besitz gekommen und hatte Spaß daran, ihn wegen seines Lasters zu nerven. „Beruhige dich."

Zu spät. Eine Frau, die auf einem Hocker an der Bar gesessen hatte, kam auf ihn zu. Ihr beträchtliches Dekolleté schwang in ihrer Bluse bei jedem Schritt, den sie in seine Richtung nahm. Das passierte immer wieder. Zuerst würde sie sich wegen des Netorpoks nicht mehr einkriegen können, nur um ihre Aufmerksamkeit dann auf seinen breitschultrigen Besitzer zu lenken. Frauen liebten einen Mann mit einem Haustier. Und Jhikik liebte die Aufmerksamkeit.

„Es gibt einen Grund, warum ich das Schiff nie verlasse", murmelte Kashatok und funkelte die Frau genervt an. Weibliche Gesellschaft stand nie auf seiner Agenda und so würde es auch bleiben.

Zum Glück verstand sie den Wink mit dem Zaunpfahl und lief stattdessen zu den Toiletten. Als die Band der Taverne ein neues Set startete, erhob sich Kashatok von seinem Stuhl und suchte den dunklen Bereich nach dem zotteligen Kopf seines Ersten Offiziers. Aleknagik sollte angehende Shuttle-Mechaniker zu Interviews an den Tisch begleiten. Am anderen Ende der Taverne teilte sich die Menge vor dem hoch aufragenden, bronzefarbenen Denaidaner. *Es wurde auch Zeit, dass er jemanden findet.* Kashatok setzte sich wieder und leerte den Rest seines Rums. Aleknagik kam zum Tisch und stoppte.

Kashatok scannte den auffällig leeren Bereich um den großen Mann. „Und?"

Aleknagik schüttelte den Kopf. „Es hat sich

herumgesprochen, was mit unserem letzten Mechaniker passiert ist."

Kashatoks Kiefer spannte sich an. „Und?"

„Das bedeutet, dass niemand die Begeisterung aufbringen kann, als nächstes aus der Schleuse geworfen zu werden."

„Ich habe eine unumstößliche Regel. Eine. Keine Frauen an Bord meines Schiffes." Dafür und für das, was der Mechaniker dieser armen Frau angetan hatte, verdiente er Vergeltung.

Aleknagik zog einen Stuhl heraus und nahm seufzend Platz, sodass der Geruch von Cirripi-Gras zu Kashatok wehte. Er lehnte sich vor und stützte sich mit beiden Ellbogen auf dem Tisch ab. „Ich verstehe, warum du diese Regel aufgestellt hast. Aber mit diesen Naniten, von denen Captain Qaiyaan gesprochen hat, könnten wir das vielleicht ändern. Außerdem könnten deine Crewmitglieder, die keine Denaidaner sind, einen gewissen Spielraum zu schätzen wissen."

Kashatok knirschte mit den Zähnen. Die Besatzung der *Kinship* bestand zum Großteil aus Denaidanern. Sie waren nicht dazu in der Lage, die Freuden einer Frau zu genießen, und Kashatoks Regel war für sie nie von Bedeutung gewesen. Bis die Naniten ins Gespräch gekommen waren.

Wieder einmal hatte Syndicorp einen Samen der Hoffnung in die Denaidaner gepflanzt. Nein, keinen Samen. Eine Spore. Einen Virus. Ein von Syndicorp entwickelter Virus. Und er machte das Zusammenleben auf seinem Raumschiff zu einem Albtraum. „Mein Schiff – meine Regeln. Wenn jemand damit ein Problem hat, kann er sich verziehen."

Sein Erster Offizier runzelte die Stirn, schwieg aber, seine Augen jedoch voller Fragen und Misstrauen.

Kashatok packte den Rum und spülte seine Ansage mit einem großen Schluck von der brennenden Flüssigkeit hinunter. Es würde sowieso nie eine Frau für ihn geben, Naniten hin oder her. Man konnte ihm nicht trauen, nicht nach Aiyana ... Er nahm noch einen Schluck. Seine Vergangenheit jedoch ging Aleknagik nichts an.

Ein olivhäutiger Mensch erschien hinter Aleknagiks Schulter. Große Augen hüpften zwischen dem Hinterkopf des Ersten Offiziers und Kashatok vor und zurück. In dem Moment, in dem sich ihre Augen trafen, spürte Kashatok einen Ruck, einen Wunsch zu beschützen, der im Widerspruch zu dem hartgesottenen Kapitän stand, der er zu sein versuchte. Der Junge erinnerte ihn an seine eigenen ersten unsicheren Tage, nachdem er seinen Planeten verlassen und in schäbigen Tavernen nach Arbeit gesucht hatte. Der Unbekannte bewegte sich neben den Ersten Offizier, beide Hände tief in die Vordertaschen seiner weiten Cargohose geschoben. „Du suchst nach einem Shuttle-Mechaniker?"

Aleknagik drehte sich auf seinem Sitz, die Augen fast auf gleicher Höhe mit denen ihres jungen Besuchers. „Kennst du einen?"

Der junge Mann streckte seine Hand aus. „Ich heiße Joey."

„Du?" Aleknagik lachte.

Jhikik sprang von Kashatoks Schulter auf die Tischplatte. Kashatok packte ihn an der Schwanzspitze und stoppte ihn. Nicht jeder schätzte die Neugier der Kreatur.

Aleknagik drehte sich zu Kashatok und wies mit dem Daumen in Richtung Joey, wobei seine Augen vor Belustigung tanzten. „Was sagst du, Captain? Denkst du, dieses *Qumli* könnte sich unter unserer Crew behaupten?"

Der Junge war kaum alt genug, um die Brust seiner Mutter zu verlassen, geschweige denn einer rauflustigen Crew die Stirn zu bieten. Kashatok sandte einen streng kontrollierten Ionenimpuls aus.

Alkohol dämpfte seine Empfindlichkeit, jedoch konnte er immer noch den Herzschlag, die Atmung und die Hauttemperatur des jungen Mannes beurteilen. Joey war nervös, das war mal sicher. Aber seine Hände waren schmutzig und der Blick in seinen Augen war hungrig. Würde es schaden, ihn zu Wort kommen zu lassen? Kashatok schob die Rumflasche nach vorne, ohne die ausgestreckte Hand zu akzeptieren. „Setz dich."

Joey senkte seine Hand, zog einen Stuhl heraus und nahm Platz. Er fasste den Rum nicht an. Ihre Blicke trafen sich und Kashatok musste ihm den Rum reichen. „Du scheinst nicht alt genug, um bereits Mechaniker zu sein."

Joey zuckte mit den Schultern. „Ich bin erst ein Jahr dabei, aber ich lerne schnell."

Kashatok nahm sich die Flasche und kippte sie zurück. Er könnte dem Jungen genauso gut zeigen, wer er wirklich war. „Kennst du dich mit dem CrossX Spacer Elite aus?"

„Natürlich." Joey neigte den Kopf und blinzelte nachdenklich. „Ich habe beim Wiederaufbau eines Triebwerks geholfen. Und ich habe die Strömungsspule bei einem der neueren Modelle angepasst."

„Okay", sagte Aleknagik und nickte. „Woher kommst du?"

Joey runzelte die Stirn. „Warum ist das so wichtig?"

Aleknagik senkte sein bärtiges Kinn, um das Stirnrunzeln zu erwidern. Jhikik schlich vorwärts, die Augen auf den Fremden gerichtet.

„Was ist?" Joey verschränkte die Arme. „Piraten haben keine Vergangenheit. Oder sie sollten es nicht."

Kashatok unterdrückte ein Lächeln. Dieser Junge war vielleicht doch in der Lage, sich zu behaupten. Er strich mit den Fingerspitzen über Jhikiks langen Schwanz, bis sich das kleine Wesen drehte und auf seine Hand schlug. „Hast du von unserem letzten Mechaniker gehört?"

Das linke Auge des jungen Mannes zuckte. „Erzähl es mir."

„Ausgesperrt." Kashatok hielt einen Moment inne. Joeys Herz schlug so schnell, dass Kashatok kaum seine ionischen Sinne einsetzen musste, um es zu spüren.

„Von dir?"

Kashatok nickte langsam und behielt Blickkontakt. „Auf der Kinship gibt es nur eine

Regel: Du darfst keine Frauen an Bord bringen. Glaubst du, dass das für dich in Ordnung geht?"

Joey holte tief Luft und entließ sie langsam. „Das ist alles? Klingt einfach. Was ist mein Anteil?"

„Ha!" Aleknagik schlug dem jungen Mann so hart auf die Schulter, dass er nach vorn schaukelte. „Ich mag ihn!"

Joey hielt den Blick auf den Captain gerichtet.

Aus irgendeinem Grund hatte Kashatok die Söldnerfrage nicht erwartet, wahrscheinlich weil der Junge mehr an dem Abenteuer als an dem Geld interessiert zu sein schien. „Probezeit bringt dir einen Anteil. Wenn wir ein- oder zweimal Beute gemacht haben, reden wir nochmal."

Nickend streckte Joey erneut seine Hand aus. „Abgemacht."

Diesmal akzeptierte Kashatok die Hand. Die Handfläche war weicher, als Kashatok erwartet hatte, aber vielleicht war das nur eine menschliche Sache. „Wir parken auf A21P. Es geht los, sobald unsere Vorräte aufgefüllt sind, also schlage ich vor, dass du deinen Arsch eher früher als später an Bord bringst."

„Aye, aye, Käpt'n!"

Alek lachte erneut. „Das sagen wir nicht, Mensch."

Joey leckte sich die Lippen, und Kashatok fand die Bewegung seltsam beunruhigend. „Tut mir leid", sagte der Junge. „Ich nenne dich aber Captain, oder?"

„Es ist mir egal, wie du mich nennst, solange du deine Arbeit machst." Kashatok stand auf, packte die Rumflasche und hielt Jhikik einen Arm hin. Der Netorpok warf Joey einen sehnsüchtigen Blick zu und sprang dann auf Kashatoks Schulter.

Als sich Kashatok umdrehte, um zu gehen, rief Joey: „Ich werde dein Shuttle in Topform halten."

Kashatok lief weiter. Hinter ihm hörte er Alek Ratschläge geben. „Ein junger Mann wie du hat Triebe. Solange du dich außerhalb des Schiffes um sie kümmerst, gibt es keine Probleme. Oh, und halte dich vom Rum des Captains fern."

Kashatok hielt an der überfüllten Bar an und bestellte eine Flasche für unterwegs.

Joy wich einem sechsbeinigen Yanipa-nimayu aus, der sich seinen Weg durch die Menge bahnte, und hielt an, damit ein bewaffneter Rakwiji zu einer nahegelegenen Kantine gelangen konnte. Nicht weit vor ihr, über der Menschenmenge, zeigte ein ramponiertes Schild auf den Stellplatz A21P. Ein Posungi, das nach Cirripi-Gras stank, lief an ihr vorbei. Die Tentakel in seinem Gesicht winkten und sie packte ihre Tasche fester, immer auf der Hut vor Taschendieben. Ihre Zeit als Freiwillige beim Notfalldienst von Syndicorp hatte sie einigen rauen Männern ausgesetzt, die nichts im Vergleich zu dem waren, was sich hier um sie scharrte. In der Hoffnung, dass sich die Dinge verbesserten, sobald sie an Bord des Schiffes war, hielt sie den Kopf hoch und schritt zielstrebig voran. Um Ärger zu vermeiden, half es manchmal bereits, einfach so zu tun, als wüsste man, was man tat.

Sie erreichte den Andockkorridor, der die Station mit dem Schiff verband, und erwartete eine Wache oder jemanden, der sie begrüßte. Jedoch lag der Eingang verlassen vor ihr. Interessant. Kashatok war offensichtlich sehr zuversichtlich, wenn es um seinen Ruf ging. Sie hatte ein paar Nachforschungen angestellt, bevor sie sich auf den Weg gemacht hatte, und wusste nun, dass er und seine Crew sich darauf spezialisiert hatten, ganze Schiffe zu entführen, diese auseinanderzunehmen und dann in Teilen zu verkaufen. Als neue Shuttle-Mechanikerin würde sie wahrscheinlich bald dasselbe tun. Sie hatte gehofft, mehr über den großen, bronzehäutigen Außerirdischen in Erfahrung zu bringen, der jetzt ihr Kapitän war. Sie hatte noch nie zuvor einen Mann wie ihn getroffen, aber es gab überraschend wenige Aufzeichnungen über ihn.

Nun, das würde sich mit dieser Reportage ändern. Sie blinzelte mit dem linken Auge und machte ein paar Fotos von dem offenen Eingang.

Sie könnte sich später eine Geschichte für das Gesehene ausdenken.

Sie betrat den Andockkorridor und ihr Herz schlug sofort schneller. Die Regel des Kapitäns, keine Frauen an Bord zu erlauben, hatte sie fast zurückrudern lassen. Schließlich hatte sie sich in der Taverne erkundigt und mehr über das Besatzungsmitglied erfahren, das sie ersetzen sollte. Er hatte eine Frau an Bord geholt, und Kashatok hatte die Frau nachhause geschickt und dann das Besatzungsmitglied in den Weltraum entlassen. Die Frau hatte von der Regel wahrscheinlich nichts gewusst, aber Joy war gewarnt worden. Was würde passieren, wenn ihre Identität aufgedeckt wurde? Würde er sie auch in den Weltraum schmeißen? Ihr Magen rebellierte. Vielleicht sollte sie umdrehen. Es war noch nicht zu spät. Bisher hatte sie noch keiner gesehen.

Ein Ruck an ihrem Hosenbein lenkte ihre Aufmerksamkeit von dem schwach beleuchteten Frachtraum vor ihr nach unten. Etwas huschte ihre Cargohose nach oben, kleine Krallen gruben sich durch den Stoff und piksten ihre Haut. Quietschend spannte sie sich an, als ein dunkles Augenpaar nur wenige Zentimeter von ihrem Gesicht auftauchte.

Das Haustier des Captains.

Sie gewann ihre Fassung wieder und starrte zurück, während sie es kaum wagte, zu atmen. Nur weil es bezaubernd war, bedeutete das nicht, dass es freundlich war. Das Gesicht wies zwischen den Augen eine Reihe kleiner Hörner auf und seine federartig aussehenden Ohren flatterten. Durfte es einfach frei herumlaufen? Zumindest sah sie keine Zähne.

Die Nase wackelte, als es an ihr schnupperte, während der lange, buschige Schwanz wedelte. Das abgeflachte Ende hob sich über seine Schulter in ihre Richtung und offenbarte an der Unterseite Saugnäpfe. Sie lachte nervös, als die flauschige Spitze über ihren Kiefer strich. Sie hatte nie ein Haustier haben dürfen, aber ihre Freunde hatten Arten von unterschiedlicher Freundlichkeit besessen. Sie bog ihre Finger zu einer Faust, falls das Ding sich entschließen sollte, sie beißen zu wollen, und fuhr mit den Knöcheln entlang seiner lavendelfarbenen Schulter. „Hallo, kleiner Kerl. Wie heißt du denn?"

Die Kreatur entließ ein quietschendes Geräusch und schloss die Augen.

Sie öffnete ihre Hand und streichelte das weiche

Fell mit mehr Zuversicht. „Ist dein Herrchen an Bord?"

Als Antwort kletterte es den Rest des Weges ihre Brust hoch und setzte sich auf ihre Schulter, wobei sich der lange Schwanz sanft um ihren Hals wickelte. Es schloss die Augen und ließ sich nieder, als würde es ein Nickerchen machen.

„Also gut." Durch die Begrüßung gestärkt, setzte sie ihren Weg in den Frachtraum fort. Ein verbeulter CrossX Spacer Elite saß auf einer Seite eines schwach beleuchteten, grauen Bereichs. Sie atmete tief durch und war erleichtert, dass sie sich die Zeit genommen hatte, Syndicorps Spezifikationen für das Shuttle herunterzuladen. Ihr Zugang zum galaktischen Netz war an Bord nicht sicher, und sie musste aussehen, als wüsste sie, was sie tat. An der hinteren Wand boten ihr zwei offene Schleusen nur wenig Orientierung.

„Da bist du ja." Bei der tiefen Stimme drehte sie sich um, und sie kollidierte mit dem breiten Brustkorb eines Mannes, der nach süßem Rum und Ingwer roch. Ihr Blick wanderte von dem dunklen Bart mit dem silbernen Schmuck, der die Brust des Kapitäns halbierte, zu seinem strengen, aber sinnlichen Mund. Sie war es nicht gewohnt, sich so winzig zu fühlen. Sein Haar war zu einem Knoten auf dem Kopf gebunden, sodass es die silbernen Ohrringe freilegte, und eine Strähne hatte sich gelöst, die ihm über seinen Obsidianaugen in die Stirn fiel. Hatte er auf sie gewartet? Ein unbekanntes, aber aufregendes Flattern machte sich in ihrem Bauch bemerkbar.

„Komm her, Jhikik." Er hob ihr das kleine Wesen von der Schulter und gab ihr genauso viel Aufmerksamkeit, wie er einem Baum geben würde.

Er hatte mit seinem Haustier gesprochen. Auf sie gewartet? Von wegen. Das seltsame Gefühl in ihrem Bauch verflüchtigte sich. Sie richtete ihre Umhängetasche. „Was für ein Tier ist das?"

Er setzte die Kreatur auf seine eigene Schulter, wo sie sich laut bemerkbar machte. „Ein Netorpok."

„Davon habe ich noch nie etwas gehört."

„Gefährdete Spezies." Das Tier legte seinen Schwanz um den Hals des Kapitäns, als würde es ihn würgen wollen. „Auf den meisten Planeten verboten."

„Oh." Joy versuchte, nonchalant zu klingen, aber sie nahm an, dass sodas nicht die ganze Geschichte war. Einige der exotischen Haustiere wurden verboten, weil ihre Intelligenz sie eher zu

Sklaven als zu Haustieren machte. „Ist er empfindungsfähig?"

Kashatok schüttelte den Kopf und rieb zu beiden Seiten ihrer Hörner zwei Knöchel über die Stirn der Kreatur. „Obwohl ich mir manchmal nicht sicher bin, ob das stimmt."

Sein Blick richtete sich zum ersten Mal auf sie, seit sie in ihn gerannt war. Ihr Atem stockte. Sie hatte sich noch nie besonders von bösen Jungs angezogen gefühlt, aber die Aufmerksamkeit dieses Piraten versetzte ihren Bauch in helle Aufregung. „Ähm, wo soll ich meine Sachen hintun?"

Ein Muskel am Kiefer des Kapitäns zuckte und seine Bronzehaut verdunkelte sich zu einem leicht blaugrünen Farbton. Er nahm einen langen Schluck aus der Flasche in seiner Hand. „Die Schlafkojen befinden sich hinter dir den Korridor hinunter."

Schlafkojen? Joys Kehle schnürte sich zu. Sich als Mann auszugeben, würde exponentiell schwieriger werden, wenn sie sich mit einem Haufen anderer Männer ein Quartier teilen oder Gemeinschaftsduschen nutzen müsste. Sie hatte das nicht sehr gut durchdacht. „Ich bekomme kein eigenes Quartier?"

„Das könntest du." Die Stimme des Ersten Offiziers hinter ihr erschreckte sie. Sie zuckte zusammen und trat Kashatok fast auf die Zehen. „Ein Privatzimmer kostet dich jedoch deinen Anteil." Aleknagik lehnte sich gegen den Korridorausgang, die Arme über der Brust verschränkt.

Erleichterung überflutete sie. Natürlich konnten sie nicht wissen, dass sie das Geld nicht brauchte. Tatsächlich würde sie für ein Privatzimmer extra bezahlen, solange es nicht ihre Deckung sprengte. Aber sie sollte hier einen gierigen Piraten geben, also tat sie so, als würde sie innehalten und nachdenken. „Meinen gesamten Anteil?"

„Eigentlich zwei Anteile." Kashatoks Stimme hinter ihr hielt einen warnenden Ton inne.

Sie schluckte schwer. Sie fühlte sich zwischen den beiden Männern gefangen. „Aber ich bekomme nur einen Anteil."

„Das stimmt." Über ihren Kopf funkelte Kashatok seinen Ersten Offizier wütend an. „Aleknagik sollte dir keine Hoffnungen machen."

Aleknagik drückte sich von der Wand ab und trat einen Schritt näher. Er war genauso groß und bronzehäutig wie der Kapitän, trug seine Haare jedoch nicht in hochgebundener Form. Im Gegenteil: Es war in mehreren Reihen entlang seiner Kopfhaut geflochten, sodass der hintere Teil so ungepflegt war wie der strubbelige Bart, der seine Brust verschleierte. „Syndicorp sitzt uns im Nacken, Captain. Wir haben keine Zeit, einen neuen Mechaniker zu finden."

Joy drückte ihre Umhängetasche fest an ihre Brust. Sie brauchten einen Mechaniker, was bedeutete, dass sie jetzt ein Druckmittel hatte; ein echter Pirat würde in diesem Moment wahrscheinlich mehr verlangen. Sie beruhigte ihre Atmung, damit sie sprechen konnte, und quietschte heraus: „Ich möchte drei Anteile."

Kashatok hob eine Augenbraue und sie schwor, dass sie ein Lächeln an seinem Mundwinkel lauern sah. „Fordere dein Glück nicht heraus, Junge." Er nahm noch einen langen Schluck, dann durchbohrte er sie erneut mit seinen dunklen Augen. „Einen Anteil, und du kannst alleine in einem der Lagerräume schlafen. Klingt das fair?"

Joy nickte und fragte sich, wie er aussehen würde, wenn er wirklich lächelte. Sie hatte genug getan, um ihre Rolle realistisch wirken zu lassen, und hatte bekommen, was sie wirklich brauchte. So würde sie es bis zum nächsten Hafen schaffen, ohne dabei zu riskieren, dass ihre Tarnung aufflog.

Kashatok drehte sich ohne ein weiteres Wort um und schritt durch den Korridor, der ihm am nächsten war, überraschend lautlos für jemanden, der gerade eine halbe Flasche Rum getrunken hatte.

„Hier entlang", sagte Aleknagik und lief zu dem gegenüberliegenden Korridor.

Joy joggte ihm nach und blickte über ihre Schulter in Richtung des Korridors, in den der Kapitän verschwunden war. Bevor sie dieses Schiff verließ, wollte sie den Kapitän dazu bringen, in die Kamera zu lächeln. Ihn würde sie zum Herzstück ihrer Reportage machen.

Kashatok lehnte sich in seinem Schreibtischstuhl zurück und starrte auf die anderen Raumschiffe, die kamen und gingen, als sich die Kinship von der Station zurückzog. Das sporadische Plätschern aus dem hydroponischen Garten in der Ecke seines Wohnzimmers trug wenig zur Beruhigung bei. Er zog eine weitere Flasche des kantarellianischen Rums aus seiner Schreibtischschublade. Er hasste die Beleuchtung der Häfen und es juckte ihn, von hier zu verschwinden und die Brennsequenz zu aktivieren. Er bevorzugte die leere Kälte des

Weltraumes. Wenn er keine Waren entladen und Informationen einholen oder seinen Männern erlauben müsste, Dampf abzulassen, würde er nie die Grenzen seines Schiffes verlassen.

Er nahm einen langen Schluck, um seine Panik in den Griff zu bekommen, und genoss die Hitze, die auf seinen Magen traf. Eine andere Sache, die ihn nervös machte, war dieser neue Shuttle-Mechaniker. Etwas an dem Jungen führte Kashatoks Gedanken an Orte, an denen er nichts zu suchen hatte. Wie die abschreckende Idee, dass er sich eine Koje mit den anderen Besatzungsmitgliedern teilte. Da es an weiblicher Gesellschaft fehlte, kratzten sich die beiden menschlichen Besatzungsmitglieder gerne gegenseitig den Rücken. Soweit er wusste, war es einvernehmlich, aber wer wusste schon, was passieren würde, wenn jemand dazu kam, der so jung und unverbraucht war wie Joey. Ein Teil von ihm war erleichtert gewesen, ihm eine separate Schlafmöglichkeit anbieten zu können, obwohl die Gefahr bestand, dass der Rest seiner Mannschaft über die Sonderbehandlung murrte.

Er musste aufhören, seine Gedanken mit dem neuen Besatzungsmitglied zu verschwenden, und so wühlte er in seiner Tasche und holte den Datenchip heraus, den ihm sein Kartellkontakt auf dem Weg aus der Taverne übergeben hatte. Während die meisten Denaidaner Ex-Trooper waren, war er schon beim Kartell aktiv gewesen, bevor Syndicorp Denaida-daru terminiert hatte. Das Kartell hatte sich nicht darum gekümmert, dass seine Leute ihn für ein Monster hielten, dass er seine Welt in Schande verlassen hatte. Da seine Rasse fast ausgestorben war, hatten seine Denaida-Brüder ihn wieder in die Gemeinschaft aufgenommen.

Oder vielleicht erinnerten sie sich nicht.

Was auch immer der Grund war, es spielte für Kashatok kaum eine Rolle. Gegen eine Gebühr teilte er seine Kartellinformationen mit dem Rest der Flotte und behielt die Top-Level-Informationen für sich. Der Datenchip, den er hielt, war frisch von den Servern Syndicorps, und noch nicht einmal im Darknet zu finden, und sollte interessante Informationen enthalten. Er steckte den Datenchip in seinen Schreibtischmonitor, las durch Schiffsstatistiken, maß Entfernungen und Reisezeiten und überlegte, wie wertvoll die Daten waren.

Er strich Passagierschiffe und Kolonialcharter von der Liste, da er es vorzog, Schiffe anzugreifen, die Waren oder Massenelektronik transportierten.

In dem Fall ging es schneller, an Geld zu kommen. Ein Schiff auf der Liste sah vielversprechend aus: ein Frachter der K-Klasse, der zwischen den Bergbaustreifen im Brandton-Asteroidengürtel zu finden war. Das Problem bestand darin, dass er mindestens drei Verbrennungszyklen entfernt war. Er seufzte. Denaidaner konnten den Sprung mit einer einzigen Verbrennung schaffen, aber sein Posungi-Kanonier reagierte besonders empfindlich auf lange Brennsequenzen und seinen zwei – jetzt drei – Menschen würde es nicht anders ergehen. Außerdem wollte er den Mechaniker langsam an seine neue Umgebung gewöhnen. Betonung auf langsam.

Er schickte die Koordinaten zur Brücke und warf einen Blick aus dem Fenster und auf den abnehmenden Verkehr. Das Schiff würde eine weitere Stunde brauchen, um den Verbrennungspuffer der Station zu räumen. „Denkst du, unser neues Crewmitglied hat sich bereits etwas eingelebt, Jhikik?"

Kashatok verbrüderte sich normalerweise nicht mit seiner Crew, aber die vergangenen Ereignisse drängten ihn dazu, seine Präsenz deutlicher zu machen. Zuerst hatte er seinen letzten Mechaniker dabei erwischt, wie er sadistischen Trieben mit einer Frau im Waffenschrank des Schiffes nachgegangen war – und das im Hafen. Kashatok vermutete, dass ein paar der Männer davon gewusst hatten, beweisen konnte er das jedoch nicht. Die Art und Weise, wie einige von ihnen über Frauen sprachen, gab ihm ein ungutes Gefühl. Aber solange nichts an Bord seines Schiffes passierte, lag es nicht in seiner Verantwortung.

Seine Gedanken kehrten zu der jüngsten Ergänzung der Crew zurück. *Ellam Cua, seine usviiqen Männer kommen besser alle gut miteinander aus.*

Er packte den Rum in einer Hand und streckte die andere aus. Ein wenig mehr Aufsicht vom Kapitän der Kinship war längst überfällig. „Komm her, Jhik.“

Der Netorpok huschte seinen Arm hoch und legte sich auf seine Schulter.

Kashatok verließ sein stickiges Quartier und ging zur Kombüse. Der Geruch von gebratenem Kemeg wehte durch den Flur, und Chigniks Lachen hallte von der offenen Tür der Küche zu ihm. *Gut.* Er hatte also mit seiner Vermutung, dass sich alle dort versammelten, Recht gehabt. Das Lachen gab ihm Hoffnung.

Als er die Tür zur Technik passierte, trat Joey heraus und wäre fast in ihn gerannt. „Oh.“ Der

Junge blieb abrupt stehen und blinzelte ihn an, bevor er ein Lächeln versuchte. „Hallo, Captain."

Jhikik zwitscherte, wedelte aufgeregt mit dem Schwanz und huschte über Kashatoks Arm in Richtung des neuen Besatzungsmitglieds.

Eingeschränkt durch die Flasche in einer Hand schaffte es Kashatok dennoch, sich die Kreatur zu schnappen. Seine Crew tolerierte den Netorpok, aber die Männer konnten bei den seltenen Gelegenheiten, bei denen Jhikik sich entschied, mit ihnen zu interagieren, weniger als sanft sein – was auch daran lag, dass er es regelmäßig auf ihre Socken absah.

Joey breitete die Arme aus, um ihn zu fangen, aber Jhikik huschte über den Kopf des Jungen hinweg und Joey musste die Augen schließen, um nicht den Schwanz ins Auge zu bekommen. „Ich wollte schon immer ein Haustier."

„Er ist mehr ein Begleiter als ein Haustier." Kashatok überraschte sich selbst mit seiner Offenheit. Er war es gewohnt, Jhikik vor einem verärgerten Besatzungsmitglied zu beschützen oder den Frauen in den Tavernen auszuweichen. Joey war nichts von beidem, aber der Netorpok schien ihn zu mögen. *Pluspunkt für den Jungen.* Kashatoks

Mund zuckte zu einem schiefen Lächeln. „Und er ist normalerweise viel loyaler."

Joey lachte und schob Jhikiks Schwanz von seinem Mund weg. „Er ist nur neugierig."

Sind wir das nicht alle?, dachte Kashatok. Aber eine Sache, die er während seiner Jahre mit dem Kartell gelernt hatte, war, keine Fragen zu stellen. Fragen führten zu Gegenfragen, und Kashatok hatte keine Lust, Antworten über sich selbst zu geben. „Die Crew versammelt sich zwischen den Verbrennungen normalerweise in der Kombüse. Schließt du dich uns an?"

Joey nickte nachdrücklich. „Gassy ist vorgegangen. Er meinte, er müsse die Crew vorbereiten, bevor ich für ein Kartenspiel nachkomme." Er kaute auf seiner Unterlippe. „Aber ich habe nichts, um einen Einsatz zu machen."

Von der Unterlippe des Jungen in den Bann gezogen, wandte sich Kashatok kurzerhand der Kombüse zu. „Gib das niemals zu. Ein Pirat muss immer mehr setzen, als er hat."

„Verstanden." Joey beeilte sich, um neben ihm Schritt zu halten. „Den Spruch merke ich mir. Was soll ich also setzen?"

Kashatok dachte sofort an mehrere

unangebrachte Vorschläge und biss sich auf die Zunge. Schlimm genug, dass der Junge von der Crew einiges zu hören bekommen würde. Er musste nicht auch noch von seinem Kapitän durch die Mangel genommen werden. „Du scheinst ziemlich gut mit einem Schraubenschlüssel umgehen zu können. Wie wäre es, wenn ich dir einen Kredit gebe, und du siehst dir im Gegenzug mein Hydrokultursystem an? Hast du Ahnung davon?"

Der Junge zuckte mit den Schultern und löste damit Jhikiks Schwanz von seinem Würgegriff um seinen Hals. „Ich kenne mich mit Pumpen und Thermostaten aus. Mehr steckt nicht hinter einem Hydrokultursystem."

„Na bitte. Ich gebe dir ein paar Credits."

Joey grinste ihn an und Kashatok brauchte plötzlich einen Drink. Zum Glück hielt er immer noch die Flasche in einer Hand. Er nahm einige Schlucke und mied es, den Jungen anzusehen, bis sie die Kombüse erreichten.

In der Küche saß Gassy, der griesgrämige Denaida-Ingenieur des Schiffes, an einem Ende des U-förmigen Tisches und spielte Karten mit Ekwok und Chignik. Chignik warf seine Karten hin, lehnte sich auf seinem Stuhl zurück und verschränkte seine bronzefarbenen Arme über seiner Brust. „*Anaq*, du hast jedes Spiel gewonnen, Gassy.“

Der Ingenieur fegte seine knorrigen Bronzehände über den Tisch und sammelte die Karten zu einem Haufen zusammen. „Die Erfahrung macht's, mein Freund. Gib du die Karten, Ekwok.“

Ekwok schüttelte seine dunkelbraune Haarmähne, nahm die Karten und warf dabei einen Blick auf die Tür. Als er Kashatok entdeckte, erhob er sich von seinem Sitz. „Captain? Ist etwas passiert?“

Von den gepolsterten Sitzen im Entertainment-Bereich drehte sich Aleknagik um und blickte über seine Schulter. Manopups orangenes Gesicht mit den Tentakeln hob sich über die Rückenlehne eines anderen Stuhls. „Captain?“

Kashatok lief türkis an, als er nach vorn trat und stellte seine Flasche auf einen leeren Platz am Tisch. „Ich wollte nur sichergehen, dass das neue Besatzungsmitglied angemessen behandelt wird. Gib mir Karten.“

Die Crewmitglieder blinzelten ihn für einen unangenehm langen Moment an, bevor sie es sich wieder auf ihren Plätzen bequem machten. Er war gekommen, um die Situation zu entschärfen.

Hoffentlich würde seine Anwesenheit nicht das Gegenteil bewirken.

Gassy schaute an Kashatok vorbei zu Joey und klopfte auf die Tischplatte neben sich. „Ich habe dir einen Platz gesichert, Kleiner. Weißt du, wie man Ongaru Flip spielt?“

Joey zog eine Augenbraue hoch und setzte sich neben ihn. „Auf Tenben habe ich regelmäßig meinen Vorgesetzten geschlagen.“

Als der Junge seinen Platz einnahm, meldete sich bei der offensichtlichen Kameradschaft in Kashatok die Eifersucht. *Das sollte dich nicht überraschen. Diese Männer arbeiten zusammen.* Er sollte daran arbeiten, nicht als Fremder auf seinem eigenen Schiff zu wirken.

Ekwok gab die Karten aus, und Kashatok reichte Joey ein paar Credits, sodass es losgehen konnte. Das brachte ihm einige hochgezogene Augenbrauen ein, aber niemand sagte etwas. Nach mehreren Runden hatte Joey zweiundachtzig Credits gewonnen und Chigniks Versprechen, dass er Joeys nächste Schicht bei der Reinigung der Badezimmer übernahm. Gassy warf seine Karten von sich und erhob sich. „Dieser alte Mann ist raus. Ich werde die Augen ein wenig schließen, bevor wir brennen.“

Jhikik raste über den Tisch, als würde er ihn verjagen wollen, was dazu führte, dass die Karten vom Tisch flogen und auf dem Boden landeten.

„Kleiner *Tunrak*", fluchte Chignik. „Such dir Socken, auf denen du herumkauen kannst."

Der Netorpok zwitscherte und verschwand vor Gassy im Flur.

Ekwok schob seine Karten in die Mitte des Tisches. „Ich muss auch gehen. Ich muss die Brücke ablösen. Schönes Spiel, Captain."

Kashatok hob ein paar Karten vom Boden auf. Er musste zugeben, dass dies mehr Spaß gemacht hatte, als durch seine Kajüte zu marschieren und zuzusehen, wie Jhikik versuchte, Naujiar-Blätter durch den hydroponischen Käfig zu ziehen. „Chignik, Joey, seid ihr noch dabei?"

Chignik schüttelte den Kopf. „Einmal die Reinigung der Badezimmer für jemand anderes zu übernehmen, reicht mir für heute."

Joey blieb sitzen. „Ich hätte nichts gegen ein weiteres Spiel."

Plötzlich nervös warf Kashatok einen Blick auf den Entertainment-Bereich. „Aleknagik, Manopup, möchte einer von euch spielen?"

Es kam nur ein Schnarchen.

Mit nur zwei Spielern wurde das Spiel

schwieriger, und während den ersten beiden Runden verlor Joey alles außer Chigniks Einsatz, die Badezimmer zu reinigen.

Kashatok lehnte sich zurück. „Sieht so aus, als hättest du keine Währung mehr. Und Kapitäne sind von der Reinigung der Badezimmer befreit."

Joey kaute auf seiner Unterlippe herum, eine Gewohnheit, die Kashatok nur schwer ausblenden konnte. „Wir haben nie wirklich über einen Preis gesprochen, als es um die Reparatur des Hydrokultursystems ging. Was ist es dir wert?"

Kashatok stellte seinen Rum auf den Tisch und erkannte, dass er die Flasche bisher nicht geleert hatte. „Magst du Rum?"

„Gewöhnlichen Rum?" Joey verdrehte die Augen. „Für meine außergewöhnlichen Fertigkeiten und meine Bemühungen?"

Das brachte Kashatok zum Lachen. „Okay. Wie wäre es, wenn ich die erste Zahlung für deine private Koje übernehme?"

„Das klingt schon besser." Joey schnappte sich eine weitere Karte.

Schmunzelnd konterte Kashatok Joeys nächsten Zug.

Joey schlug mit einer doppelten Reverse-Karte zurück und leerte seine Hand mit einem

Faustschlag in die Luft. „Ha! Das bedeutet, dass ich am Ende dieses Jobs zwei volle Anteile bekomme!"

„Zwei?" Kashatok warf seine restlichen Karten auf den Tisch und verschränkte die Arme. Der Junge war wirklich hartnäckig. „Ich bin mir ziemlich sicher, dass wir uns auf einen geeinigt haben."

Joey hob sein Kinn und verschränkte seine eigenen dürren Arme. „Eine private Koje ist zwei Anteile wert. Das hast du selbst gesagt."

Kashatok hielt ein Lächeln zurück. Zwei Anteile würden ihm nicht wehtun, aber er konnte nicht so leicht aufgeben. „Ich sage dir was: Du reparierst meine Hydrokultur und ich gebe dir am Ende dieses Jobs drei Anteile. Wie klingt das?"

„Abgemacht." Joey streckte eine Hand aus.

Kashatok nahm die kleine Hand des Jungen in seine und grinste. Unter der Annahme, dass Joey das hydroponische System wirklich reparieren konnte, hatte Kashatok den besseren Deal gemacht. Er fragte sich, was er Joey sonst noch reparieren lassen könnte.

KAPITEL DREI

„Hoch mit dir, Junge."

Joy öffnete bei der rauen Stimme des Ersten Offiziers ihre Augen. Ihr war furchtbar übel. Zwei Verbrennungszyklen in schneller Abfolge waren mehr, als sie gewohnt war, und Gassy hatte sie vorgewarnt, dass es nur eine kurze Pause zwischen diesem und dem Nächsten geben würde. Sie zog einen Arm aus dem Kompressionssitz und rieb sich die Augen. Diese Sitze waren nicht gerade die erstklassigen Modelle, an die sie gewöhnt war. Der private Transporter ihrer Mutter reiste selten weite Strecken, und die Kreuzer, die Joy für längere Reisen genutzt hatte, sahen zwei oder sogar drei Tage zwischen den

Verbrennungen vor, um den Passagieren Zeit zur Erholung zu geben.

Sie blinzelte, um ihre Kamera zu aktivieren, und warf einen Blick auf den Rest der Crew. Von den zehn Besatzungsmitgliedern gehörten sieben zu derselben Spezies wie der Kapitän – Denaidaner. Sie fragte sich, warum sie dieser Spezies noch nie zuvor begegnet war. Dazu musste es eine Geschichte geben. Sobald sie einen privaten Moment hatte, um auf das Kommunikationssystem zuzugreifen, plante sie, an einige Informationen über Denaidaner heranzukommen. Sie schob die Frequenzmodulatoren des Stuhls von ihren Schläfen und erinnerte sich, wie Kashatok drei Meter in die Luft zu einem Vorsprung gesprungen war, der nicht breiter als ihre Hand war. Ihre weiblichen Zuschauer würden bei dem Stunt wohl in Ohnmacht fallen.

Neben ihr kämpfte sich das einzige Posungi an Bord aus seinem Stuhl; die Gesichtstentakel strahlten nun in einem helleren Rot als zuvor. Der drahtige Mensch auf seiner anderen Seite reichte ihm einen Behälter. „Halte es diesmal vom Boden fern, Manopup."

Das Posungi schnappte sich den Behälter und schob sein Gesicht gerade noch rechtzeitig hinein, bevor es sich übergab. Mehrere Besatzungsmitglieder lachten, aber Joys Magen rebellierte, als sich der faulige Gestank von Erbrochenem seinen Weg zu ihr bahnte.

„Der Neue sieht auch ein wenig fahl aus, Cooper. Hast du einen Eimer für ihn?", kommentierte der zweite Mensch und sah sie von oben herab an. Er war fast so groß wie die bronzehäutigen Besatzungsmitglieder, aber sein kahler, tätowierter Kopf stellte einen deutlichen Kontrast zu den zotteligen Aliens dar.

„Mir geht's gut." Sie löste die Gurte des Stuhls und drückte sich hoch. Sie musste pinkeln, konnte aber die Stimmen anderer Besatzungsmitglieder auf der Toilette hören. Obwohl sie ganz allein im Abstellraum schlief, musste sie sich immer noch die anderen Gemeinschaftsräume mit ihnen teilen. Sie war in den letzten Tagen sehr vorsichtig gewesen, wenn es um ihre Hygiene ging.

„Komm schon, Junge", rief Gassy von der Tür aus. „Wir müssen vor der nächsten Verbrennung alle Systeme optimieren."

Als sich Kopfschmerzen bei ihr ankündigten, schaltete sie ihre Kamera aus und schwankte zur Tür, wobei sie das würgende Posungi und die beiden Menschen hinter sich ließ.

Im Maschinenraum fühlte sich die Luft wie in einer Sauna an. Gassy schickte sie in die verdrehten Rohrleitungen und dicken Kabel – den Dschungel –, um das Kühlmittelsystem des Brennantriebs manuell einzustellen. Eingequetscht zwischen den Ventilen und Rohren war die Luft noch heißer und das Summen von Pumpen und Ventilatoren übertönte jedes andere Geräusch. Schweiß strömte zwischen ihre Brüste und tränkte den Stoff, der ihre Brust flach hielt. Gott, sie fühlte sich, als würde sie gleich ersticken. Was sie jetzt nicht alles für eine Dusche geben würde. Aber sie bezweifelte, dass sie demnächst genug Privatsphäre für diesen Luxus haben würde.

Zumindest war der Job interessant und erinnerte sie an ihre Tage bei dem Notfalldienst. Sie stellte einige Ventile ein und duckte sich dann zu einer nahegelegenen Konsole, um zu überprüfen, ob die Messgeräte mit den Computerwerten des Schiffes übereinstimmten. Alles war innerhalb der Toleranzen. Sie warf einen Blick über ihre Schulter. Gassy war an der Hauptstation beschäftigt und Moore verließ gerade mit einem Wagen voller Vorräte den Raum. Jetzt hatte sie die Chance, ein wenig zu recherchieren, ohne dass ihr jemand über die Schulter schaute.

Sie kehrte zur Kommunikationsschnittstelle der Konsole zurück und tippte eine Anfrage zu Denaidanern ein. Es tauchten mehrere vorgeschlagene Schreibweisen auf, sowie ein paar persönliche Profile von Personen mit dem Namen Aiden, aber sonst nichts. *Seltsam.* Sie versuchte eine andere Schreibweise. Deneyedaner. Noch weniger Ergebnisse. Den-ei-doner. Nichts.

„Ähem." Jemand räusperte sich direkt hinter ihr.

Sie wirbelte herum und ihre Wangen glühten, als sie in Gassys bärtiges Gesicht starrte. *Du hast nichts gemacht – zumindest nichts, von dem er weiß,* erinnerte sie sich. „Äh, was brauchst du?"

„Du wirst im galaktischen Netz nichts über Denaidaner finden."

Ihre Kehle fühlte sich beengt an. „Warum nicht?"

„Syndicorp kontrolliert die Nachrichtendienste."

Bei der Erwähnung der Medien rutschte ihr das Herz in die Hose. Zudem wurde sie so daran erinnert, mit der Aufnahme zu beginnen. „Warum sollte Syndicorp deine Spezies geheim halten wollen?"

Die Linien um seine Augen verhärteten sich. „Weil sie unseren Planeten und jeden auf ihm ausgelöscht haben."

Sie holte tief Luft und sah zu dem Kommunikationssystem, als ob es seine Geschichte widerlegen könnte. „Das kann nicht stimmen. Davon hätte ich doch etwas gehört."

Er schnaubte und drehte sich zum Frachtraum. „Du unterschätzt Syndicorp. Und da die Mehrheit der Denaidaner zu dieser Zeit als Trooper gedient hatte, stellte es kein Problem dar, die wenigen Leute zu eliminieren, die sich an der Zerstörung gestört haben. Diejenigen, die entkommen sind ... Na ja, es sind nur noch etwa hundert von uns in der gesamten Galaxie übrig."

Sie folgte ihm aus dem Maschinenraum und ihr Verstand schwirrte mit so vielen Fragen, dass sie nicht sicher war, welche sie zuerst stellen sollte. Sie hielt inne, um die Kamera über mehrere Besatzungsmitglieder zu schwenken, die Waffen und Ausrüstung für die bevorstehende Kaperung vorbereiteten, und fragte: „Du warst auch ein Trooper?"

„Aye." Er lief weiter, an den Männern vorbei und in Richtung der Bucht.

Sie ließ den Blick über Kashatok schweifen, der mit einem langen Pulsgewehr auf einer leeren Frachtkiste saß. Sie erschreckte sich, als Aleknagik plötzlich zwei Pulspistolen herauszog. „Was ist deine Präferenz?"

Ihr Magen schoss in ihre Kehle und sie starrte auf die Waffen. Musste ein Shuttle-Mechaniker an den Kämpfen teilnehmen? Wieder einmal musste sie sich eingestehen, dass sie diesen Plan nicht vollständig durchdacht hatte. Sie glaubte nicht, dass sie jemanden erschießen könnte – selbst, wenn ihr Leben davon abhing. Doch die Verweigerung der Teilnahme würde sicherlich Fragen aufwerfen. Sie streckte eine zitternde Hand in Richtung der kleineren Waffe aus und versuchte, ihre Stimme leise und ruhig zu halten: „Auf was schießen wir?"

Von der anderen Seite der Bucht rief Kashatok: „Der Junge bleibt an Bord."

Gott sei Dank! Sie blickte erneut zu dem Kapitän. Sein durchdringender Blick ließ ihr Inneres flattern. Mit einer Hand griff er abwesend nach dem Rum neben sich, aber Jhikik wählte diesen Moment, um auf den Boden zu springen und stieß mit seinem langen Schwanz versehentlich die Flasche um. Der Laut von brechendem Glas füllte den Frachtraum.

Kashatok erhob sich, sein Ausdruck leicht genervt. „Ich sollte dich für Zielübungen benutzen."

Jhikik huschte Joys Hosenbein hoch und setzte sich auf ihre Schulter. Sein weicher Schwanz wickelte sich locker um ihren Hals, als er hinter ihrem Kopf herum zu seinem Herrchen spähte.

Aleknagik schnaubte. „Wirklich interessant. Das kleine Monster mag den neuen Jungen. Pass auf deine Socken auf, Kleiner."

Eines von Kashatoks Augen zuckte. „Jhikik, komm her."

Joy stieß die Kreatur an, aber anstatt sich zu bewegen, schnurrte sie an ihrem Ohr. Vielleicht könnte sie den Captain etwas besänftigen, sodass Jhikik keine Angst mehr haben musste. „Ähm, soll ich das für dich aufwischen, Captain?"

Das ließ Kashatok nur noch finsterer dreinblicken. „Das kann ich selbst. Gassy braucht dich. Geh."

Sie drehte sich um und eilte zur Andockplattform, wo Gassy stand und die Ereignisse beobachtete. Er musterte Jhikik, der immer noch auf ihrer Schulter saß. „Ich schätze, er stört nicht beim Arbeiten. Aber es ist schon seltsam." Der alte Ingenieur fand ihren Blick. „Er mag andere Männer im Allgemeinen nicht."

Ihr Atem stockte. Er hatte Männer gesagt, nicht Leute. Hatte er den Verdacht, dass sie eine Frau war? Auf der Suche nach einem schnellen Themenwechsel versuchte sie, ihr vorheriges Gespräch wieder aufzunehmen, während ihr Blick zurück zu Kashatok wanderte. „War der Kapitän auch ein Trooper?"

Gassy wandte sich erneut der Konsole zu und begann, Sensordaten abzurufen. „Nein. Er verließ Denaida-daru, um sich dem Kartell anzuschließen. Immer noch das einzige Kartellmitglied in der Flotte."

„Okay. Ich dachte, alle Piraten wären Teil des Kartells."

Er schüttelte den Kopf. „Der Rest der Flotte hat in der Vergangenheit mit dem Kartell gehandelt, aber in letzter Zeit gab es etwas böses Blut zwischen uns und ihnen." Er reichte ihr eine Kalibriereinheit und zeigte auf die Tür zur Bucht. „Bring das dort rüber."

Joy befolgte seine Anweisung mit Leichtigkeit. Ihre Gedanken lagen bei ihrer Reportage, die unglaubliche Ausmaße annahm. Jedes Mal, wenn sie eine Frage stellte, tauchten ein Dutzend weitere auf. Und sie war immer noch verblüfft, dass sie nicht in der Lage gewesen war, etwas über die Denaidaner zu erfahren, besonders da einige von ihnen als Trooper gedient hatten. Ein kleiner Teil in ihr, das musste sie zugeben, glaubte, dass zumindest Bruchstücke dessen, was Gassy über Syndicorp behauptete, der Wahrheit entsprechen könnte.

Wenn es wahr war, mussten dazu irgendwo Aufzeichnungen existieren. Ihre Mutter war der Communications CEO; vielleicht konnte sie einige Hinweise geben, vorausgesetzt, Joy erwischte sie mit einer heruntergefahrenen Schutzmauer. *Was würde sie davon halten, wenn ich eine große Syndicorp-Verschwörung ans Licht bringe?* Ein erschreckender Gedanke. Andererseits rieb sie innerlich die Hände aufgeregt aneinander.

Kashatok wurde von seinem Wecker geweckt. Sofort griff er nach dem Rum, spülte sich damit den Mund aus und schluckte, bevor er sich von seinem Bett erhob. Er hatte sich in den Schlaf trinken müssen, um den Jungen aus seinem Verstand zu verbannen, und hoffte, dass er das während der heutigen

Verbrennung nicht bereute. Er war seit Jahren nicht mehr so betrunken gewesen, aber selbst er hatte Grenzen. Er drehte sich und suchte nach Jhikik, der normalerweise auf der Suche nach Frühstück auf seinem Gesicht herumsprang. Der kleine *Tunrak* hatte besser nicht bei dem Jungen geschlafen.

Aber nein. Er fand den Netorpok in einer Ecke an einer Socke kauen. „Muss das sein, Jhik? Das ist widerlich." Seufzend schnappte er sich die Socke und warf sie in den Abfall, bevor er den Hydrokulturkäfig öffnete und ein paar Naujiar-Blätter pflückte. „Hier, na komm."

Nachdem er den Wasser- und Nährstoffgehalt überprüft hatte, schloss er den Käfig wieder. Seinem kleinen Freund konnte man die Pflanzen genauso wenig anvertrauen wie die Socken der Besatzung, und der Garten war die Hauptnahrungsquelle der Kreatur. Er war ein bisschen besorgt über die Anzahl der sterbenden Äste. Sobald sie diesen Job beendet hatten, würde er Joey einen Blick auf das Teil werfen lassen.

Er ging zum Schreibtisch zurück und tippte auf das Kommunikationssystem. „Aleknagik, sind wir bereit für die letzte Verbrennung?"

„Äh, du musst zu uns kommen und mit Gassy darüber reden."

„Warum?“ Kashatok zog das Wort in die Länge. Gassy war in letzter Zeit ein wenig vergesslich geworden, aber er war schon so viele Jahre auf dem Schiff, dass Kashatok zögerte, ihn in den Ruhestand zu schicken.

„Mit der Andockrampe stimmt etwas nicht.“ Im Hintergrund hörte er Stimmen und es klang nach einem Streit.

Murrend trat Kashatok vom Schreibtisch weg und ging zur Tür. „Komm schon, Jhik.“

Der Netorpok stopfte sich das letzte Blatt in den Mund und sprang für den Stechschritt zum Maschinenraum auf Kashatoks ausgestreckten Arm. Gassys Stimme hallte aus dem Frachtraum den Korridor hinunter, sein rauer Ton wurde von einem dumpfen Gebrüll unterstrichen. „Es gibt einen Unterschied im Hydraulikdruck, den du berücksichtigen musst, wenn ihr Anpassungen vornehmt.“

Kashatok lief am Raum mit der Technik vorbei und blieb auf der Türschwelle zum Frachtraum stehen. Ein flaches Stück, das verdächtig nach einem Teil der Andockrampe aussah, hing von der Decke. Gassys breitschultrige Gestalt ragte über jemandem auf, der kurz und dünn war. Beide trugen sie einen quadratischen Gesichtsschild, und

Gassy richtete die blaue Flamme eines Schweißbrenners auf die Naht des hängenden Teils und sandte Funken nach außen. Die kleinere Form deutete und sagte etwas, das Kashatok über dem Gebrüll nicht ausmachen konnte.

Kashatok stampfte in das Sichtfeld der beiden. „Was im Namen von Ellam Cua ist hier los? Wir müssen von dieser Raumstation runter."

Gassy schaltete die Flamme aus und versetzte den Frachtraum in plötzliche Stille. Der alte Denaidaner hob sein Visier und entblößte sein zerklüftetes Bronzegesicht und seinen eisengrauen Bart. „Schön, dass du hier bist, Captain. Kannst du dort hochklettern und den Ausrichtungsschlüssel stabilisieren, während ich dieses Kupplungsschloss justiere?"

„Ich?" Kashatok knirschte mit den Zähnen. Gassy hatte jahrelang sein Bestes versucht, um Kashatok in einen Ingenieur zu verwandeln. „Warum glaubst du, habe ich einen Mechaniker eingestellt? Ist er nicht qualifiziert?"

Gassys Gesicht färbte sich blaugrün. „Joey ist derjenige, der bemerkt hat, dass die Kupplung locker war, also feuerst du ihn besser nicht. Ich bin der Ingenieur; die Verantwortung liegt bei mir." Die Linien in seinem Gesicht vertieften sich zu einem finsteren Blick. „Geh einfach wieder zu deiner Flasche. Ich melde mich, wenn wir fertig sind." Gassy knallte sein Visier über sein Gesicht, hinkte zurück zur Kupplung und fuhr mit dem Schweißen fort.

Kashatok fühlte sich von Gassys abweisendem Ton ein wenig angegriffen und wandte sich an den Jungen. Gassy war schon lange bei ihm. Er war der Einzige, der den wahren Grund kannte, warum Kashatok dem Kartell beigetreten war. Die einzige Person, bei der der Kapitän zumindest versuchte, nett und freundlich zu sein.

„Kann ich kurz unter vier Augen mit dir sprechen, Captain?" Joey kaute auf seiner Unterlippe und seine Augenbrauen hatten sich zusammengezogen. Auf einer Wange war ein Ölfleck, und Kashatok musste dem Drang widerstehen, die Hand auszustrecken und ihn wegzuwischen.

Was ist bloß los mit mir? Er bedauerte es, seine Rumflasche auf dem Schreibtisch gelassen zu haben, und ließ Joey mit einer Handbewegung wissen, dass er ihm folgen sollte. Er marschierte quer durch den Frachtraum und blieb auf der anderen Seite der Rettungskapsel stehen. Joey musste joggen, um aufzuholen, sein lockiges, dunkles Haar wippte im düsteren Licht. Kashatok stemmte die Hände in seine Hüften und zwang sich, die Stirn zu runzeln. „Also?"

„Hast du seinen Fuß bemerkt?"

Die Frage überraschte Kashatok. Er senkte die Hände an seine Seiten. „Was soll damit sein?"

„Er versuchte, die Wand hinaufzugehen, als würde er Grav-Stiefel tragen. Er ist ziemlich hart gelandet." Joey schüttelte den Kopf und zwischen seinen Augenbrauen formte sich eine Sorgenfalte. „Er behauptet, Superkräfte zu haben."

„Das hat er. Üblicherweise." Kashatok trat hinter der Kapsel hervor, damit er seinen alten Ingenieur sehen konnte. „Alles in Ordnung mit ihm?"

Joey blinzelte und sah verwirrt aus. „Ich denke schon. Aber ich fürchte, er wird es noch einmal versuchen."

Zufrieden damit, dass sein alter Ingenieur in der Tat in Ordnung war, wandte er sich wieder an Joey. „Gassy ist nicht mehr der Jüngste, weshalb ich überhaupt einen Mechaniker eingestellt habe."

Joey schaute weg und sein Gesicht nahm ein üppiges Rosa an. „Ich würde da rauf gehen, jedoch passen mir die Grav-Stiefel nicht. Gassy versuchte, sie anzuziehen, aber ihm passten sie auch nicht."

Kashatok leckte sich die Lippen und fragte sich, warum er so kleine Details über diesen Jungen bemerkte, und warum er so bestrebt war, alles für ihn in Ordnung bringen zu wollen. Es musste Gassy sein, dessen Sorge um den Jungen auf ihn überschwappte. Oder vielleicht hatte er selbst einfach ein Alter erreicht, in dem er das Bedürfnis nach einem Protegé hatte. „Wir besorgen dir am nächsten Hafen ein Paar Grav-Stiefel." Auf dem Weg zurück zur baumelnden Rampe streifte sein Ellbogen Joeys Arm und der Kontakt breitete sich in seinem ganzen Körper als Kribbeln aus. *Usviiqe, ich brauche einen* Drink. „Ich werde Gassy diesmal helfen. Wir werden unsere Chance verpassen, wenn wir uns nicht beeilen."

Joey nickte und joggte neben Kashatok her, um mitzuhalten. „Ja, Sir."

„Aber ich möchte, dass du bei ihm bleibst und mich rufst, wenn er wieder Probleme hat."

„Ja, Sir."

Gassy hob sein Visier, als sie sich ihm näherten, und zog eine Augenbraue hoch. Er spitzte die Lippen und musterte Joey länger, als es Kashatok lieb war.

Kashatok hob den Ausrichtungsschlüssel auf und fühlte sich seltsam defensiv. „Du kannst nicht erwarten, dass der Junge alles tun kann, was du kannst.“

„Habe nie gesagt, dass ich das erwarte“, antwortete der alte Mann.

„Ich besorge Joey beim nächsten Halt ein paar Grav-Stiefel. Um hier schnellstmöglich wegzukommen, werde ich dir jetzt helfen.“

„Klar doch.“ Gassy senkte sein Visier wieder. „Dann mal hoch mit dir, sodass wir das Problem aus der Welt schaffen können.“

Joey hob sein eigenes Visier auf, zog es aber nicht über, sondern beobachtete stattdessen Kashatok. Der Blick des Jungen veranlasste den Kapitän, sich gerader hinzustellen. Kashatok rief seine ionische Kraft herbei und sprang anmutig auf die Oberkante der hängenden Rampe. Für einen Moment balancierte er auf einem Fuß entlang der schmalen Kante des Metalls. Auch in dieser Entfernung war er sich der erhöhten Herzfrequenz von Joey bewusst.

Das Visier rutschte aus den Fingern des Jungen und seine braunen Augen weiteten sich. „Du hast wirklich Superkräfte?“

„Ionische Kräfte. Das habe ich dir doch gesagt.“ Gassy neigte den Kopf. „Hör auf, anzugeben, Captain, und halte den Schraubenschlüssel fest.“

Kashatok tat, was gewünscht wurde, und bald war das Verbindungsstück an Ort und Stelle, die Rampe befestigt. Auf dem Weg zur Brücke zurück fühlten sich seine Schritte das erste Mal seit langem wieder leichter an. Vielleicht würde er den Jungen doch unter seine Fittiche nehmen.

KAPITEL VIER

Für diese letzte Etappe der Reise plante Kashatok, dem Frachter so nah wie möglich zu kommen. Die denaidanischen Crewmänner benutzten ihre ionischen Schilde anstelle von Nav-Grav-Sitzen und standen kampfbereit vor den Toren der Bucht. Kashatok schnallte sich eine zweite Waffe an seinen Gürtel und beobachtete, wie Chignik und Ekwok dasselbe taten. Normalerweise bemannte er die Brücke, während seine Männer das fremde Schiff kaperten, aber heute setzte er auf die Ablenkung. Was war es nur mit dem neuen Besatzungsmitglied, das ihn dermaßen aus dem Konzept brachte? Sein meuterisches Haustier schien auch vernarrt zu sein und saß gerade auf Joeys Schulter, welcher bereits seinen Platz auf einem Nav-Grav-Sitz eingenommen hatte. *Warte nur, bis dem Jungen ein paar Schnurrhaare wachsen, dann wird er genauso abstoßend wirken wie der Rest der Crew.* Doch irgendwie bezweifelte das Kashatok.

Das vertraute, leicht ekelerregende Gefühl, das sich bemerkbar machte, wenn das Schiff aus der Brennsequenz rauskam, jagte durch seine Venen. Aleknagiks Stimme kam über die Lautsprecher: „Sensorreichweite bei sechzig. Entlüfte jetzt den Frachtraum."

Kashatok holte noch einmal tief Luft, bevor er seinen Schild gegen das Vakuum verstärkte. Chigniks viele Zöpfe peitschten und bogen sich wie lebende Schlangen im Hurrikan der Druckentlastung. Die denaidanische Fähigkeit, dem Vakuum standzuhalten, brachte ihnen einen Vorteil ein, wenn es darum ging, Schiffe zu kapern, da es nicht notwendig war, Zeit damit zu verschwenden, die Atmosphäre auf das andere Schiff anzupassen.

Das Deck schauderte und Aleknagiks Stimme vibrierte in seinem Cochlea-Implantat. „Captain, wir werden beschossen. Mach dich bereit für Ausweichmanöver."

Mit finsterer Miene beugte Kashatok leicht seine Knie. Es war zwar nicht ungewöhnlich, dass ein Frachter über Waffen verfügte, aber von schweren Geschützen war von seinem Informanten nie die Rede gewesen. Das Schiff vibrierte wieder. Ein paar Manöver später sagte ihm ein harter Ruck, dass sie Kontakt aufgenommen hatten. „Greifer an Ort und Stelle. Captain, sie weigern sich, die Bucht zu evakuieren."

Kashatok grunzte. In dem Moment, in dem seine Männer die Tür öffneten, würde der Frachtraum des Frachters an Druck verlieren. Der plötzliche Ausgleich verwüstete lebende Organismen, und er hasste es, sich um Leichen kümmern zu müssen. Könnte er gerade seufzen, hätte er es getan. Nun, sie waren gewarnt worden. Er stieg über das Rohr, aktivierte das Bedienfeld für das Tor der Bucht, drückte seine Handfläche auf die Verkabelung und sandte einen Ionenimpuls durch den Mechanismus. Die meisten Schiffe waren gegen Ionenimpulse ungeschützt und so glitt die Tür auf. Während sich die beiden Buchten ausglichen, wartete er, und dann sah Kashatok zu Chignik und nickte ihm zu.

Seine Männer stürmten mit gezogenen Waffen über das Einstiegsrohr.

Der Frachtraum des anderen Raumschiffes war von oben bis unten mit Haftzellen ausgekleidet.

Kashatoks Zwillingsherzen setzten aus. Er hatte ein *usviiqes* Gefängnisschiff geentert? Gemalte Linien auf dem Boden zeigten vorgeschriebene Wege zwischen den Käfigen und überall an den Wänden waren die Syndicorp-Embleme zu sehen. Um Ausbrüche zu verhindern, führte Syndicorp Schiffe mit Sträflingen unter falschen Passagierlisten, aber es gab normalerweise Hinweise: Überladung von Vorräten, das Ladungsgewicht, das sich zwischen den Häfen nicht änderte. Dieser Sektor war jedoch weit von Nunam-qa entfernt, sodass Kashatok die Möglichkeit eines Gefängnisschiffs nicht in den Sinn gekommen war. *Weil dein Verstand beschäftigt war, du dummer Scheißer. Anaq*, er brauchte einen Drink.

Von hinter den Gittern starrten ihn humanoide Gesichter an, die Arme wedelten und die Augen wölbten sich, als ihre Körper auf den verminderten Druck reagierten. Er öffnete den Mund, um seinen Männern zu befehlen, die Bedienelemente für die Lebenserhaltung zu finden, aber Chignik war bereits dabei. Es bestand eine Chance, dass die Gefangenen überleben würden. Kashatok schloss einen Moment die Augen und war versucht, Ellam Cua ein Gebet anzubieten, obwohl er schon vor langer Zeit aufgehört hatte, an irgendeine Art von

Gottheit zu glauben. Warum hatte der Kapitän des Frachters nicht erwähnt, dass die Bucht voller Gefangener war? Oder hatten er und Aleknagik beschlossen, es vor Kashatok nicht zu erwähnen? Manchmal befanden sich Kashatok und sein Erster Offizier nicht auf Augenhöhe.

In dem Moment, als sich der Druck angepasst hatte, öffnete er die innere Luftschleuse und ging den Korridor hinunter zur Brücke. Die anderen Laderäume enthielten wahrscheinlich mehr Gefangene, aber das würde er seine Männer erledigen lassen. Er wollte den Captain finden und die Gefangenenliste sichern. Waren Kartellmitglieder in den Zellen, so könnte er bei diesem Job doch noch die Gewinnschwelle erreichen. Die Erpressung eines hochrangigen Kartellmitglieds könnte die Kaperung sogar lohnenswert machen.

In den leeren Korridoren hallten die heulenden Sirenen wider. Vor ihm trat ein Mann aus einer Tür und sein Pulsgewehr richtete sich auf Kashatok, der sofort seinen Ionenschild aktivierte und die Schüsse hinnahm, ohne langsamer zu werden. Er zog seine eigene Pistole, traf den Kerl direkt zwischen die Augen und führte seinen Weg fort.

Wie erwartet war der Zugang zur Brücke

blockiert. Er schoss auf das Bedienfeld, drückte seine Handfläche gegen die Kabel und schickte einen Impuls. Die Tür zischte und ging einen Spalt weit auf. Hitze brannte an seinen Wangen entlang, als jemand aus dem Inneren durch die Öffnung feuerte. Er trat zur Seite und öffnete die Schiebetür, die nun den Rest des Weges freigab. Mehr Pulsfeuer wärmte die Luft.

Er wartete, bis sie innehielten, um ihre Waffen abkühlen zu lassen, dann verstärkte er seinen Schild und trat ins Sichtfeld. Zwei Menschenmänner mit Patronengurten richteten ihre Waffen auf ihn. Ein Dritter hatte den Rücken zur Tür, sein hellblaues Hemd wurde durch Schweiß verdunkelt. Kashatok wich aus und riss dem Schützen, der ihm am nächsten war, den Boden unter den Füßen weg. Dann schaltete er einen weiteren mit einem einzigen Schuss in die Brust aus.

Der dritte Mann schnappte sich eine Pistole und drehte sich ihm zu. Kashatok feuerte erneut. Funken sprühten vom Kontrollfeld, als der Mann zur Seite sprang.

Der nahegelegene Schütze kam wieder auf die Füße und stürzte sich auf ihn. Kashatok schlug dem Mann eine ionisch geladene Faust ins Gesicht. Die

Augen des Mannes rollten zurück und er kippte rückwärts über den Stuhl des Kapitäns.

Kashatok drehte sich und fing sich von dem Mann im blauen Hemd einen sengenden Pulsschuss in seine Schulter ein, der gleich danach in den Korridor sprang. Kashatok ignorierte den Schmerz und machte sich rechtzeitig zur Tür auf, um zu sehen, wie Chignik den Mann mit einem gezielten Schuss in die Brust ausschaltete. Der Körper des Mannes flog nach hinten und landete hart auf dem Boden. Der Duft von verbranntem Fleisch erfüllte den Korridor.

Chignik wies mit seinem Daumen über die Schulter in Richtung des Laderaums. „Captain, das wird dir nicht gefallen."

„Es gibt nichts, was ich bisher daran mag", antwortete Kashatok und presste eine Hand auf die Verbrennung an seiner Schulter. An seinen Fingern klebte türkisfarbenes Blut. „Hat mein Glückshemd ruiniert."

„Es sind Kinder an Bord."

Die Worte ließen Kashatok abrupt innehalten. Seine Frustration darüber, dass dies ein Gefängnisschiff war, verwandelte sich in Abscheu. Niemand schickte Kinder nach Nunam-qa, nicht einmal Syndicorp. Kinder an Bord konnten nur eine Sache bedeuten. „Sklavenhändler.“

Chignik nickte. „Scheint so.“

„*Anaq*!“ Kashatok sah den am Boden liegenden Mann angewidert an. Er trug eine Cargohose, die er in den Schaft seiner Stiefel gesteckt hatte, aber sein blaues Hemd war weder Militär- noch Gefängnisbekleidung. Auch die ein paar Meter entfernte Pulspistole war keine Standardausgabe. Kashatok fluchte.

Er ging zurück in den Kontrollraum des Frachters. Der erste Schütze war tot, aber der Mann, dem er ins Gesicht geschlagen hatte, atmete noch. „Fessle ihn“, befahl Kashatok. „Dann lass die Sklaven frei. Ich gehe auf die Kinship und versuche von dort, dieses Chaos zu beseitigen.“

„Aye, aye, Käpt'n!“

Kashatok lief zum Frachtraum, durch das Rohr und versuchte, nicht an die Flasche Rum in seinem Quartier zu denken. Diese Sklaven würden Hilfe brauchen, und seinen Männern würde es nicht besonders schmecken, dass diese Aktion keinen Gewinn einbringen würde. Er hoffte, dass mindestens einer der Sklaven den *usviiqen* Frachter fliegen konnte.

———

An dem großen U-förmigen Tisch in der Kombüse schloss sich Joy dem Rest der Crew an, wobei sie darauf achtete, mit ihrer Kamera alle Gesichter einzufangen. Während sie erleichtert war, von den Kämpfen verschont zu bleiben, hatte sie schnell gemerkt, dass es unmöglich war, Filmmaterial zu sammeln, wenn Gassy sie die ganze Zeit Ventile im Kabeldschungel einstellen ließ. Sie verweilte auf Kashatoks breitschultriger Form. Sein Hemd war an einer Schulter gerissen und mit einer türkisenen Flüssigkeit bedeckt, die seinen Arm runter tropfte. Sein Blut. Diese Reportage würde gut ankommen, sobald sie alles zusammengeschnitten hatte. Piraten, Schießereien und jetzt auch noch Sklavenhändler. *Alles, was ich jetzt noch brauche, ist eine Liebesgeschichte, um die Dinge abzurunden,* scherzte sie vor sich hin. Nicht, dass im Moment viel Liebe im Raum zu spüren war.

Gegenüber von ihr fuhr Cooper eine Hand über seinen kahlen Kopf, seine dunklen Augen lagen durch seine zusammengezogenen Augenbrauen regelrecht im Schatten. „Wie konnte das passieren?"

„Schlechte Informationen." Kashatok stellte

seinen Rum ab und platzierte beide Handflächen auf dem Tisch. „Als euer Kapitän übernehme ich jedoch die volle Verantwortung. Beim nächsten Job gebe ich meine Anteile auf, um den Verlust für euch auszugleichen."

„Nachdem wir Rum eingekauft haben." Gassy grinste und zwinkerte Joy zu. Er reichte ihr eine offene Flasche.

Niemand sonst lachte, und der finstere Blick auf Kashatoks Gesicht bedeutete wohl, dass es keine gute Idee war, ihn zu ködern. Sie gab vor, einen Schluck zu nehmen, und reichte die Flasche weiter.

Der andere Mensch, Moore, leckte sich die Lippen. „Sie waren wahrscheinlich für einen Sexplaneten bestimmt. Enayshu Five zahlt gute Credits für Kinder."

Joy verzog das Gesicht zu einer Grimasse. Sklaven waren schlimm genug. Kindersexsklaven? Worauf zum Teufel hatte sie sich eingelassen?

„Von wie vielen Sklaven reden wir?" Manopups obere Tentakel krümmten sich. „Ich kenne einen Mann auf Orlenny, der in der Lage sein könnte, ein paar der Männer in den Minen auf Beryllium zu entladen."

Kashatok fletschte die Zähne. „Wir handeln nicht mit Sklaven."

„Du wirst sie nicht verkaufen?", platzte Joy die Frage heraus. Der Schwarzmarkt handelte immer noch mit fühlenden Wesen, besonders außerhalb des Syndicorp-Sektors, also hatte sie angenommen, dass genau das jetzt bevorstand.

„Keine lebende Fracht." Kashatok sprach durch zusammengepresste Zähne.

Gassy lachte und zeigte auf Jhikik, der auf der Lehne des Kapitäns auf und ab lief. „Nicht mehr, seit die eine Ladung mit exotischen Haustieren Amok gelaufen ist."

Joy blickte finster drein. Während der kleine Netorpok ein angenehmer Begleiter war, hatte sie die Befürchtung, dass seine Zuneigung sie irgendwann verraten könnte. Sie hatte das kleine Wesen schon zweimal wegscheuchen müssen, seit sie sich an den Küchentisch gesetzt hatte. „Was wird dann mit den Sklaven passieren?"

„Nicht unser Problem", sagte Aleknagik.

Kashatok fügte hinzu: „Doc ist gerade drüben und kümmert sich um die Opfer."

Joy zählte die Besatzung und erkannte, dass einer der Denaidaner fehlte. Sie war ihnen nicht gerade formell vorgestellt worden, und es war schwierig gewesen, sich die seltsamen Namen zu merken. Die Mannschaft schien polarisiert; einige der Denaidaner wandten sich bei Problemen eher an Gassy und die andere Hälfte an Aleknagik. Wie Planeten um eine Sonne hielten sie alle einen respektvollen Abstand zu ihrem Kapitän ein.

„Verdammte Verschwendung unserer medizinischen Vorräte, wenn du mich fragst", murrte Cooper, während Moore zustimmend nickte.

„Ich habe noch mehr schlechte Nachrichten." Aleknagik winkte den Rum weg, als er in der Runde zu ihm kam. „Wir haben während des Andockens leichte Schäden von ihren Waffen davongetragen. Die Langstreckensensoren sind ausgefallen."

Kashatok lehnte sich in seinem Stuhl zurück und seufzte. „Ich habe während des Kampfes auch die Brücke des Frachters mit meiner Pulspistole beschädigt. Das muss repariert werden. Es ergibt keinen Sinn, sie erst zu retten, nur um sie dann im Weltraum verrotten zu lassen."

Joys Meinung zu dem Kapitän änderte sich erneut. Sexy. Mysteriös. Und jetzt auch noch altruistisch. *Wie eine Art Robin Hood.* Er wollte ihre weibliche Zuschauerschaft wirklich in Flammen aufgehen sehen. Sie zoomte ihre Kamera noch einmal auf sein Gesicht und schwenkte seine Brust hinunter, bis sie sah, wie seine Finger mit Jhikiks

Schwanz spielten. Wie würden sich diese Fingerspitzen auf ihrer Haut anfühlen? Sie schüttelte den Kopf, um sich von diesen Gedanken zu befreien. Zerschmettern, wäre noch besser.

Gassy grunzte. „Joey kann sich um die Reparatur auf der Brücke kümmern, während ich nach draußen gehe und mir unsere Sensoren ansehe."

„Bist du sicher, Gassy?", fragte der Denaidaner mit dem dunkelbraunen Bart. „Ich könnte eine Kamera für dich rausschicken."

Gassy blickte ihn finster an. „Behandle mich nicht wie einen Invaliden, Ekwok."

„Ich versuche nur, zu helfen." Ekwok hielt beide Hände hoch und wandte sich einem Denaidaner mit einem kunstvoll geflochtenen Bart zu. „Hast du auf dem Frachter jemanden ausgemacht, der navigieren kann?"

„Ein paar scheinen fähig zu sein. Ich mache mir mehr Sorgen, ob sie es schaffen, ihre Systeme zu warten, bis sie einen sicheren Ort gefunden haben."

Cooper verschränkte seine großen Arme und blickte finster drein. „Ich kann nicht glauben, dass wir einen funktionierenden Frachter an einen Haufen Sklaven übergeben."

Aleknagik breitete sich in seinem Stuhl aus und

warf aus den Augenwinkeln einen Blick auf den Kapitän. „Ja, das stimmt wohl.“

Kashatok erhob sich langsam und seine Präsenz füllte plötzlich den ganzen Raum. „Wollt ihr mit mir argumentieren?“ Angespannte Stille erfüllte auf einmal die Kombüse. „Sobald sie auf dem Weg sind, habe ich einen neuen Job für dich.“ Joys Herz sprang fast aus ihrem Körper, als er sich zu ihr beugte. „Während du dort drüben bist und ihr Kontrollfeld reparierst, möchte ich, dass du in dem System alle Informationen aufrufst, die Syndicorp erwähnen.“

Sie räusperte sich, denn bei seinem hitzigen Blick wurde ihr etwas schwindelig. „Syndicorp-Informationen? Aber sie gehören nicht zu Syndicorp.“

„Sei nicht so naiv, Junge.“ Kashatok brach den Augenkontakt ab und hob seine Flasche für einen langen Schluck an seine Lippen. „Syndicorp verschließt die Augen vor seinen Tochtergesellschaften, solange sie Gewinne erzielen.“

Sie hatte genug von den Gesprächen ihrer Mutter belauscht, um zu wissen, dass das Unternehmen nicht nur legalen Geschäften nachging, aber Sklavenhandel? Nein, das könnte nicht sein. Dennoch wollte sie nicht, dass Kashatok seine Wut auf sie lenkte. „Geht klar, Captain. Ich werde nachsehen."

Kashatok senkte einen Arm, damit Jhikik seine Schulter hochhuschen konnte. „Ich möchte nicht zu viel Zeit hier verbringen, also erledigt eure Arbeit und lasst uns von hier wegbrennen. Ich bin in meinem Quartier."

Joy erhob sich mit den anderen, lehnte einen weiteren Schluck des Rums ab und ging mit ihrer Werkzeugkiste zum Frachter. Alles, was sie tun konnte, um sich vom Radar des Captains fernzuhalten, war für sie in Ordnung.

Sie lief durch das Einstiegsrohr und nahm alles mit der Kamera auf, als sie in die Bucht des anderen Schiffes trat. Nachdem sie gehört hatte, wie die Crew über die Dekompression sprach, hatte sie versucht, sich auf das vorzubereiten, was vor ihnen lag; die Realität war viel schlimmer, als sie erwartet hatte. Überall lagen Leichen auf dem Boden, und der Gestank ungewaschener Körper verstopfte ihr die Kehle. Wie lange steckten diese Leute schon in diesen kleinen Käfigen? Am Ende der riesigen Bucht verabreichte der große, bronzehäutige Denaida-Arzt einem Mädchen Sauerstoff, während ein Mann ein schlaffes Kind in der Nähe in den Armen wog. Eine klagende Frau kniete ein paar Meter weiter. Andere gingen durch die Reihen und suchten offensichtlich nach geliebten Menschen.

Joy wappnete sich, drückte die Schultern durch und konzentrierte sich auf den Korridor, der zur Brücke führte. Scheiß auf Filmmaterial, denn bekam sie mehr davon zu sehen, würde sie wohl losheulen. Die Luft stank nach Verwüstung und Herzschmerz. *Auf keinen Fall darfst du weinen.* Sie marschierte mit schweren Schritten und hielt im Frachtraum den Atem so lange wie möglich an.

Als sie die Brücke erreichte, stellte sie fest, dass zwei Männer und eine Frau bereits eine beschädigte Konsole auseinandergenommen hatten. Die verfärbten Paneele und die geschmolzene Verkabelung lagen verstreut auf dem Boden. Sie verzog das Gesicht. Sie war mit den Systemen des Frachters nicht ganz vertraut, und jetzt wusste sie nicht mal, wie es am Anfang ausgesehen hatte. Sie seufzte und zeigte einem der Ex-Sklaven, wie man die Hauptschnittstelle umleitete, und überprüfte dann die anderen Systeme.

Nachdem sie zwei Ex-Sklaven losgeschickt hatte, um die Lebenserhaltung neu einzustellen, steckte sie einen Datenwürfel in das System und richtete Parameter ein, um nach allem zu suchen, was mit Syndicorp zu tun hatte. Der Frachter war für einen Stopp im von Rakwiji kontrollierten Onskzu-Sektor bestimmt. Sie erschauderte und stellte sich die schrecklichen Dinge vor, die die Sklaven im Besitz von Rakwiji erwartet hätte. Ein weiterer Halt war an einem Syndicorp-Planeten im Pulati-Sektor geplant. Sie sah zweimal nach und runzelte die Stirn. Der Frachter hatte gültige planetarische Zugangscodes.

Fuck.

Der Kapitän behielt Recht. Jemand innerhalb von Syndicorp handelte mit Sklaven. Das würde ihrer Mutter nicht gefallen. Auf der anderen Seite könnte dies eine noch größere Geschichte sein als eine Reportage über Piraten. Joy setzte sich, um die Dateien des Sklavenschiffs herunterzuladen. Nachdem sie mit diesen Piraten fertig war, würde sie sich die Syndicorp-Sklavenhändler vornehmen und ihre Unternehmungen ans Licht bringen.

KAPITEL FÜNF

*K*ashatoks Männer waren unzufrieden, und das zu Recht. *Usviiqe*, er war auch sauer. Diese ganze Anstrengung hatte ihn Geld und Zeit gekostet. Er wischte an Kartellinformationen vorbei, die aufgrund seiner leichtsinnigen Auswahl bereits veraltet waren. Sogar ein relativ wohlhabendes Flottenschiff wie seins existierte auf einer Job-zu-Job-Basis, und was er nicht in Treibstoff und Vorräte investierte, gab er für Rum aus. Auch seine Männer konnten nichts entbehren. Durch Glücksspiel und Trinken kam seine Denaida-Crew immer mittellos zurück, während das Posungi und die Menschen ihr Geld in Bordellen ließen.

Er sah von seinem Überblick über

Passagierlisten und Schifffahrtsrouten auf und rieb sich die Lippen. Was würde Joey mit seinem ersten Anteil tun?

Als er bemerkte, dass er sich in Tagträumen verlor, schüttelte er sich und setzte seine Suche nach einem neuen Ziel fort. Obwohl es ihm nichts ausmachte, ein oder zwei Gefangene gegen Lösegeld einzutauschen, war der Verkauf von Unschuldigen in die Sklaverei aus Kashatoks Sicht ein völlig anderes Maß an Piraterie. Er mied Passagier- oder Kolonialschiffe aus einem bestimmten Grund; er wollte seinen Männern gar nicht erst die Möglichkeit bieten, mit dem Verkauf von Sklaven Geld zu verdienen. Wenn er das zuließe, hätten sie auch kein Problem damit, die Häuser von Unschuldigen zu plündern und die Bewohner zu vergewaltigen.

Sein Schreibtisch-Interface blinkte in Warnung.

„Captain", kam Aleknagiks Stimme über den Lautsprecher. „Der Frachter muss es geschafft haben, ein Notsignal abzusenden. Wir haben Trooper auf den Kurzstreckenscannern. Sie werden in weniger als fünf Minuten in Reichweite sein."

„*Usviiqe!*" Kashatok schoss auf die Füße, sodass Jhikik erschrocken davoneilte. „Abkoppeln und Brennsequenz einleiten."

„Doc und der Neue sind immer noch auf dem Frachter."

„Sag ihnen, sie sollen ihre Ärsche wieder an Bord bringen."

„Doc habe ich bereits über sein Implantat Bescheid gegeben. Aber ich kann den Jungen nicht erreichen."

Kashatok fluchte erneut und marschierte zur Tür. Die Kinship kam zuerst – seine Crew wusste das –, aber er war es, der Joey geschickt hatte, um den Frachter zu reparieren. Damit lag die Verantwortung bei Kashatok, dafür zu sorgen, dass er es wieder an Bord schaffte. „Halte die Position, bis ich dir sage, dass wir aufbrechen können."

„Verstanden."

Kashatok raste zum Frachtraum, durchquerte das Einstiegsrohr in zwei Schritten und steuerte auf die Brücke des Frachters zu.

Ein dürrer Sklave blockierte den Korridor, die Augen unter seinen buschigen Brauen weit aufgerissen. „Stimmt etwas nicht?"

„Trooper." Kashatok schob sich an ihm vorbei und setzte seinen Weg zur Brücke fort. „Wenn du an diesem Schiff festhalten willst, schlage ich vor, dass du es einsatzbereit machst und ihr hier so schnell wie möglich verschwindet."

Aleknagiks Stimme vibrierte in seinem Cochlea-Implantat: „Wir stehen unter Beschuss, Captain."

„Ich bin auf dem Frachter. Warte, bis ich es sage." Er hastete die letzten Schritte zur Brücke.

Joey schaute von einem der Sitze des Frachters zu ihm auf. „Captain?"

„Komm mit." Er streckte die Hand aus.

„Ähm, okay." Der Junge leckte sich die Lippen und sah sich um. „Lass mich meine Sachen zusammensammeln."

„Dafür bleibt keine Zeit." Er packte Joeys Arm und zog ihn regelrecht an den gaffenden Sklaven vorbei. Das Schiff bebte und die Alarme klagten.

Er zog das Tempo an, aber Joeys kürzere Beine waren seinen ionisch verstärkten Schritten nicht gewachsen. Ohne innezuhalten, zog er den Jungen auf seine Schulter und zuckte zusammen, als sein verletzter Arm das Gewicht auf sich nahm. Dann rannte er los. Am Ende des Korridors stand die Tür zum Frachtraum nur einen Spalt weit offen, da dazwischen ein Kanister geklemmt worden war. Luft strömte an ihm vorbei in Richtung des Fluchtwegs. *Heiliger Ellam Cua, wurde das Einstiegsrohr zerstört?*

Hinter ihm krachte die Tür zur Brücke zu.

An ihnen zischte die Luft vorbei, die auch

Trümmerteile enthielt. Instinktiv hob er seinen Ionenschild und schloss das drohende Vakuum aus. Joey wackelte an seinem Hals. In dieser Position konnte er seinen Schild nicht über den Jungen ausweiten. Er setzte Joey ab und schrie über das Rauschen des Luftstroms: „Klettere auf meinen Rücken und lass nicht los!"

Joey lehnte sich gegen den beharrlichen Zug und stieg ohne weitere Ermutigung auf. Er wickelte seine Beine um Kashatoks Taille und drückte die Vorderseite an seinen Rücken. Das unverwechselbare Gefühl von Brüsten traf auf Kashatoks Schulterblätter. *Was zum …?*

Aber gerade hatte er keine Zeit, sich damit auseinanderzusetzen. Die Luft wäre in wenigen Augenblicken weg. Kashatok beschwor seine Macht herauf und legte den Schild um sich und Joey. Er konnte den ausgedehnten Schild nicht lange halten, das Einstiegsrohr jedoch war nur noch eine Handvoll Schritte entfernt.

Er schob die blockierte Tür weit genug auf, um durchzukommen. Der Frachtraum auf der anderen Seite lag verlassen vor ihm und wies nur gesicherte Ladung auf. Durch den klaffenden Schlund der Ladeluke konnte er sehen, wie die Kinship wegdriftete. *Usviiqe!*

Mit Hilfe der letzten entweichenden Luft im Rücken sprang er über den Boden und aus der offenen Luke. Joeys Wange presste sich hart gegen seine Schulter, Gliedmaßen wie zitternde Eisenbänder um Kashatoks Hüfte und seine Schultern. Überall um sie herum schwebten leblose Sklaven.

Eingerahmt vom Licht des offenen Tors stand Aleknagik mit einer Hand auf der Steuerung des Einstiegsrohrs. Der atmosphärische Schild flackerte über der Öffnung zum Leben. Das Rohr zog sich weiter zurück. Kashatok gab alles, um Boden gut zu machen, aber selbst seine ionische Kraft war nicht zu mehr in der Lage, als das Vakuum von ihm abzuhalten. Alles, was ihm in diesem Moment blieb, um das Schiff zu erreichen, war sein Momentum.

Wenige Sekunden später bekam er die schmaler werdende Öffnung zu fassen und zog sich und Joey in den Frachtraum. Er rollte über das Deck und wickelte beide Arme beschützend um Joeys Kopf. Über … *ihr* kam er zum Stillstand und blickte nun in sehr weibliche, samtbraune Augen.

Zum ersten Mal seit über einem Jahrzehnt dachte er an Aiyana. Er erinnerte sich an ihre rasenden Herzen nach einer Runde voller

Leidenschaft. Ein schwindelerregender, ängstlicher Rhythmus, der dem dieser Frau unter ihm nicht unähnlich war.

Er taumelte auf die Füße und riss sich von der bittersüßen Erinnerung los.

Und von dem Drang, es wieder zu erleben.

———

*D*ass sie sich an Kashatoks Rücken klammerte, während er ohne Raumanzug durch die leere Schwerelosigkeit schwebte – und überlebte – war mehr gewesen, als Joy verarbeiten konnte. Jetzt lehnte er über ihr und sein Atem wehte über ihr Gesicht. Sie fühlte sich wie gelähmt und doch beschwingt.

Kashatok starrte sie an, als hätte sie ihn geschlagen, stand dann wortlos auf und wandte sich seinem Ersten Offizier zu. „Du hast das *usviiqe* Einstiegsrohr eingeholt."

Mit rasendem Herzen rollte sich Joy auf die Knie. Ein harter Ruck hätte sie beinahe wieder gegen das Deck gepresst.

Aleknagik hielt beide Hände hoch. „Auf uns wird geschossen." Das Deck bebte, als wollte es seinen Standpunkt beweisen. „Ich konnte das Tor nicht für immer offenhalten; nicht, wenn wir unsere Schilde rechtzeitig an Ort und Stelle haben und die Brennsequenz einleiten wollen, bevor sie uns in die Luft jagen. Außerdem hast du den Sprung doch geschafft."

Die Lichter flackerten und es ertönten Alarme. Der Lautsprecher knisterte: „Getroffen! Brennantrieb ist offline!"

„*Anaq*!" Kashatok stolperte zur nahegelegenen Konsole.

Joys rasendes Herz kam bei seinen Worten zu einem plötzlichen Stillstand. Kein Brennantrieb? Und sie wurden angegriffen? Sie kämpfte sich auf die Beine. Gassy würde ihre Hilfe brauchen.

Kashatok brüllte ins Kommunikationssystem: „Gassy, kannst du uns zum Laufen bringen?"

Stille.

Kashatok erhob erneut das Wort: „Gassy, melde dich!"

Joy beugte ihre Knie und hatte Schwierigkeiten, auf dem bebenden Deck das Gleichgewicht nicht zu verlieren. Vorsichtig begab sie sich auf den Weg zum Maschinenraum.

„Aleknagik, renn zur Brücke und hol uns hier raus", befahl Kashatok hinter ihr. „Ich werde Gassy helfen."

Der Erste Offizier sprang ohne Probleme an ihr vorbei. *Okay*. Offenbar befand er sich auf einem anderen Schiff als sie. Dann packte eine riesige Hand sie an ihrem Hemd und hob sie hoch. „Du. Zum Nav-Grav-Sitz."

Sie trat hilflos mit den Beinen. „Aber –"

„Kein aber. Ich weiß nicht, was genau dein Plan ist oder warum du auf meinem Schiff bist, aber bis wir den nächsten Hafen erreicht haben, bleibst du in deinem Quartier."

Er wusste es. Verdammt, er wusste, dass sie eine Frau war. Natürlich tat er das. Jeder Zentimeter von ihr war während des Sprungs zurück zum Schiff an ihn gepresst gewesen. Mit Sicherheit hatte er die Weichheit von ihr an seinem breiten, harten Rücken bemerkt. Aber das war doch kein Grund, sie in ihr Quartier zu verbannen, oder? „Gassy braucht vielleicht meine Hilfe."

Er knurrte – und wie er knurrte –; ein leises Geräusch, das seinen Arm hoch und in ihre Knochen drang, da er sie immer noch am Kragen ihres Hemdes hielt. „Dieses Schiff ist kein Ort für eine Frau."

Kashatok zog sie mit sich und zu einem der Nav-Grav-Sitze hinter der Brücke, wobei das Deck unter ihnen weiterhin schaukelte und schwankte.

Als sie die offene Tür zum Maschinenraum passierten, wehte der Duft von geschmolzenen Rohren und angekokeltem Haar zu ihnen.

Kashatok lockerte seinen Griff an ihrem Hemd und trat einen Schritt über die Türschwelle. „Gassy?"

Dampf und Kühlmittel kamen in Nebelschwaden aus dem Raum, aber Joy entdeckte den Ingenieur im Kabeldschungel, eingeklemmt zwischen zwei verbogenen Rohren. Sie deutete mit dem Finger. „Da ist er!"

Sie löste sich von Kashatok, manövrierte zwischen den Rohren durch und schaffte es an einem brühend heißen Sprühnebel vorbei, bis sie die Ventile erreichte, um ihn abzustellen. Alles war mit siedendem Kühlmittel beschichtet. Ihr blieb jedoch keine andere Wahl; sie packte das heiße Metall und drehte das Ventil, wobei sie die Hitze an ihren Handflächen, so gut es ging, ignorierte. Der Sprühnebel ließ nach, bis nur noch ein Rinnsal zurückblieb.

Als sie sich umdrehte, fand sie Kashatok, der den bewegungslosen Körper des Ingenieurs auf den Boden senkte. „Gassy, kannst du mich hören?"

Der alte Mann atmete noch, blieb aber bewusstlos. Hässliche Brandwunden bedeckten seine Haut, und ein Teil seines Haares war verschwunden.

Joy näherte sich der Tür. „Ich hole Doc."

„Nein." Kashatok hob den großen Ingenieur in seine Arme, als wäre er so leicht wie eine Feder. „Bleib hier und schau, was du tun kannst, um uns hier rauszuholen. Ich bringe ihn zum Arzt." Das Schiff ruckelte und schauderte. Sein Blick fixierte sie wie ein Schweißlaser. „Wenn ich zurückkomme, erwarte ich Antworten."

Ein Teil von ihr grinste, aber jetzt war nicht die Zeit, sich darüber zu freuen, dass er ihre Fertigkeiten brauchte. Das Schiff bebte, als es einen erneuten Schlag einsteckte. Sie war auf einem Piratenschiff und sie standen unter Beschuss.

Sie fluchte in jeder Sprache, die sie kannte, und arbeitete an der Diagnose, ohne auch nur einen Gedanken an ihre ausgeschaltete Kamera zu verschwenden.

***

*K*ashatok legte Gassy auf den Untersuchungstisch und hielt eine Hand hoch, als sein Arzt anfing, Fragen zu stellen. „Kümmere dich einfach um ihn."

Doc presste seine bronzefarbenen Lippen zusammen und wandte sich seinen Schränken zu, in denen er die Vorräte durchwühlte.

Da er keine Zeit hatte, sich mit dem Schicksal eines Mannes zu befassen, stürzte Kashatok aus der Krankenstation. Das gesamte Schiff stand kurz davor, in Stücke gerissen zu werden. Er platzte auf die Brücke und starrte auf die massive Trooper-Flotte, die den Bildschirm füllte. „Update", befahl er.

„Unsere Sensoren sind immer noch offline", bot ihm Aleknagik aus dem Pilotensitz an, seine Schultern starr, während er an den Bedienelementen arbeitete. „Setzen mit den Ausweichmanövern fort."

Cooper rief vom Waffensitz über seine Schulter: „Die Steuerbordpistolen funktionieren nicht."

„Hintere Schilde mit halber Stärke", berichtete Ekwok.

Kashatok suchte auf dem schwankenden Deck nach Halt, als das Schiff erneut getroffen wurde, und scannte die interne Diagnose über die Schulter seines Steuerbordkanoniers. Die Kinship war ohnehin nicht schwerbewaffnet und verließ sich mehr auf Geschwindigkeit und den Überraschungseffekt. Er beobachtete, wie die

Schilddiagnose eine weitere Stufe nach unten ging.

Er warf einen Blick auf den Bildschirm. „Wie weit sind wir vom Bergbaugürtel entfernt?"

„Knapp unter null Komma eins Parsec", sagte Chignik.

„Aleknagik, hilf Ekwok mit den Schilden." Kashatok wechselte auf den Co-Pilotensitz rechts von Aleknagik. „Ich werde das Ruder übernehmen."

Als er seine Finger auf den Bedienelementen ausbreitete, bewertete Kashatok die Wolke aus felsigem Schutt auf dem Bildschirm. Der Sektor wurde seit Generationen abgebaut und schuf einen Staubgürtel, den Schmuggler für Rendezvous nutzten. Er lenkte sie in Richtung des nahegelegenen Asteroidenstrahls und flog mit einer Intuition durch die freien Räume, die auf jahrelanger Erfahrung beruhte. Trotzdem würde er mit dem Manövrieren ohne den Einsatz von Sensoren schon bald an seine Grenzen stoßen.

„Captain, bist du sicher, dass das bei dieser Geschwindigkeit klug ist?" Aleknagiks Hände verharrten über der Steuerung.

Kashatok war sich nicht sicher, aber er zog die Zufälligkeit der Asteroiden den Torpedos vor, die es auf die Schwachstellen der Kinship absahen. Mit etwas Glück würden die Asteroidenpartikel das Zielsystem der Flotte stören. Er fletschte seine Zähne und holte das Maximum aus den Triebwerken heraus. „Richte alle Energie auf die Schilde. Wenn wir nicht brennen können, verstecken wir uns."

Der Bildschirm leuchtete vom Aufprall eines kleinen Asteroiden auf, als Kashatok einem L-förmigen Gesteinsbrocken auswich, der doppelt so groß war wie der Frachtraum der Kinship. Er drehte das Schiff um seine Achse und schlüpfte zwischen einem rotierenden Trio aus Asteroiden hindurch. Der Rumpf klapperte und vibrierte bei den minimalen Einschlägen. Ein weiterer Torpedo schlug von hinten in sie rein.

„Schilde bei zwanzig Prozent, Captain!", rief Ekwok.

„Leite die Energie von der Lebenserhaltung um, wenn notwendig!" Kashatok warf einen Blick auf seinen hinteren Bildschirm. „Halte einfach diese Schilde hoch!"

Das Trooper-Schiff war langsamer geworden, zu groß, um sich zwischen Gesteinsbrocken durchzudrängen, und entschied sich für den Umweg um das Asteroidenfeld. Weitere Steine explodierten und brachten glitzernden Nebel mit sich, als die Flotte mit dem Beschuss fortfuhr. *Sie mussten es einfach schaffen,* dachte Kashatok.

Als sich Kashatok einem besonders großen Asteroiden gegenübersah, lenkte er das Schiff in einen Sturzflug. Eine dunkle, entkernte Oberfläche zeichnete sich in seinem Sichtbildschirm ab. Er dachte, er hörte jemanden stöhnen, kurz bevor er sich auf die unebene Oberfläche absenkte. Die Kinship bebte. Er bremste ab, rammte aber in die Gesteinssäule und Steinbrocken landeten auf dem Rumpf; sie hüpften und segelten in einem Schleier aus schwebenden Trümmern entlang der Säule.

Er unterbrach die Stromversorgung der Triebwerke und rief in das Kommunikationssystem: „Alle Systeme abschalten!"

Die Brücke verstummte. Auf der Konsole ging nach und nach jedes Licht aus. Zurück blieb nur das stumpfe Gelb des Notfall-Backups. Für ein paar atemlose Momente saßen sie alle da und starrten durch den begrenzten Bereich des Bildschirms, während der Asteroid, auf dem sie ruhten, sie in die Sichtlinie der Flotte drehte.

Die Einschläge ließen nicht nach und zerstörten Gestein und Eis. Ein Schuss landete nicht weit von ihnen auf der Oberfläche des Asteroids, einer von vielen, der auf die umgebenden Trümmer traf. Das Feuer verlagerte sich weiter weg und hinterließ zerklüftete, wirbelnde Gesteinsbrocken. Sie drehten sich weiter und ihr Asteroid beförderte sie außer Sichtweite.

Zurück in Sichtweite.

Das Torpedofeuer jedoch ließ nach.

Ein paar Augenblicke später sprach Aleknagik leise: „Ich glaube, sie haben uns verloren."

„Behalte die Einstellung bei", befahl Kashatok. *Lass sie denken, dass wir Teil der Trümmer sind.*

Niemand wagte es, auch nur zu atmen.

Das Feuer der Flotte stoppte. Für eine Weile bewegte sich das Schiff im Sichtfeld, bevor sie schließlich umdrehten und in die Richtung flogen, aus der sie gekommen waren.

„Langstreckenscanner sind immer noch unten", flüsterte Chignik, als hätte er Angst, die Besatzung der Flotte könnte ihn hören.

Kashatok fragte: „Wie lange können wir hier ohne Lebenserhaltung sitzen?"

„Den Menschen bleiben ein paar Stunden", antwortete Ekwok.

„Okay." Kashatok rollte die Schultern und sah sich nach seinen Männern um. „Cooper, Moore, in eure Kojen. Ich möchte nicht, dass ihr mehr

Sauerstoff verbraucht, als notwendig ist. Wir werden eine Weile hier sitzen und hoffen, dass sie nicht zurückkommen. Wir brauchen sowieso Zeit, um unseren Brennantrieb zu reparieren." Er atmete tief durch. „Nur damit ihr es alle wisst: Gassy wurde verletzt. Es sieht nicht gut aus."

Ekwok und Chignik ließen die Köpfe hängen. Cooper stieß eine Reihe von Flüchen aus.

„Aleknagik, ich gebe dir die Verantwortung über die Brücke." Kashatok ging zur Tür. „Wenn ihr mich sucht, findet ihr mich im Maschinenraum mit dem ... Jungen." *Anaq*, er hatte eine Frau an Bord. Schlimmer noch: er konnte sie nicht einfach in ihr Quartier schicken. Da Gassy verletzt war, brauchte er sie mehr denn je. Wie hatte es so weit kommen können? Sein Magen drehte sich. Frauen waren nicht für diese Art von Stress gemacht. *Usviiqe*, er war nicht für diese Art von Stress gemacht.

Sie hat sich selbst in diese Lage gebracht, erinnerte er sich.

Besser fühlte er sich mit dem Wissen allerdings nicht.

KAPITEL SECHS

Joy stemmte ihr ganzes Gewicht gegen den Schraubenschlüssel und stöhnte. Der Boden war immer noch rutschig von dem Kühlmittel, und ihre Füße gaben alles, um Halt zu finden. Sie konnte nicht feststellen, was falsch war, bis sie das Kühlmittel wieder zum Laufen gebracht hatte. Zudem stellte es ein Problem dar, dass sie unter dem Notlicht kaum etwas erkennen konnte. Und dieser Bolzen wollte sich partout nicht in Bewegung setzen. Wenn sie sich nicht als nützlich erweisen konnte, war sie sich nicht sicher, was Kashatok mit ihr tun würde. Was sie jedoch wusste, war, dass sie zumindest nicht aus einer Schleuse geworfen werden würde. Er hatte sie mit seinem seltsamen, ritterlichen – oder war es chauvinistischen? – Befehl überrascht, mit dem er sie zu dem Nav-Grav-Sitz geschickt hatte. Es fühlte sich an, als wollte er sie beschützen. Ein Gentleman-Schurke. Vielleicht würde sie ihre Reportage so nennen ... Wenn sie ihn überzeugen könnte, sie an Bord zu behalten.

Sie warf ihr Gewicht wieder nach vorne und fluchte, als ihre Füße wegrutschten.

Zwei starke Hände packten sie an der Hüfte und hielten sie aufrecht.

Sie erstarrte und ihre Haut kribbelte. Langsam drehte sie sich um und wurde von dem warmen, männlichen Duft aus süßem Rum überrollt. Kashatok starrte sie an, das Gesicht von einem ominösen Schatten verdunkelt. „Warum bist du an Bord meines Schiffes?"

Sie leckte sich über die Lippen, unfähig zu sprechen oder wegzuschauen. Was hatte sie sich bloß dabei gedacht? Er war ganz sicher kein Gentleman. Aus seinen Poren sickerte die Gefahr.

Er trat näher, drängte sie mit dem Rücken gegen das Gewirr aus Rohren und stoppte erst, als sich seine gesamte Länge gegen sie presste. „Hast du eine Ahnung, was ich dir antun könnte ... was meine Männer dir antun könnten, wenn sie es herausfinden?"

Sein Atem wehte über ihr Gesicht. Verdammt, er roch wundervoll. Ihr Herz drohte, ihr aus der Brust zu springen. Aber sie wusste, dass es nur einen Weg gab, mit einem Fiesling umzugehen. Sie hob ihr Kinn und sagte: „Dann erzähl es ihnen nicht."

Seine Nasenlöcher blähten sich auf und sie spürte, wie sich seine Muskeln an ihrem weichen Körper anspannten, als wäre er kurz davor, die Fassung zu verlieren. Er starrte sie lange an. Als er wieder sprach, fühlte sich seine tiefe Stimme in dem stillen Maschinenraum seltsam intim an. „Du weißt nicht, um was du mich da bittest."

Sie wagte es kaum, zu atmen. Er war ihr nah genug, dass sie ihn küssen könnte, und sie war sich nicht sicher, ob sie Angst haben oder aufgeregt sein sollte. Ihre Nippel richteten sich auf und bohrten sich in seine Brust. Sie wappnete sich und versuchte, ihre Stimme autoritär klingen zu lassen: „Was ich weiß, ist, dass du den Brennantrieb reparieren musst. Und Gassy ist wohl nicht in der Verfassung, es zu tun."

Ohne Vorwarnung trat er zurück.

Sie gab alles, um sich davon abzuhalten, seinem

Körper wie ein Neunauge einem Hai zu folgen. Jetzt fühlte sie sich doch tatsächlich angetörnt, während er sich Sorgen um seinen Ingenieur machte. Mit sanfterer Stimme fragte sie: „Wie geht es ihm?"

Er schüttelte den Kopf, seine dunklen Augen wie Schlitze. „Doc tut, was er kann."

Ihre Brust verengte sich. Gassy war so gut zu ihr gewesen. Er hatte sie zum Kartenspielen eingeladen und hatte sich für sie eingesetzt, auch vor dem Kapitän. Was würde sie ohne sein Mentoring tun? „Wie kann ich helfen?"

„Repariere den Brennantrieb", sagte Kashatok mit zusammengepressten Zähnen.

„Ich versuch's." Sie deutete auf das Rohr hinter ihr. „Ich kann diesen Bolzen nicht lösen. Die Diagnose wird erst funktionieren, wenn ich dieses Ventil ausgetauscht habe."

Er hob einen Arm, lehnte sich an ihr vorbei und füllte ihre Sicht mit der köstlichen Bronzehaut an seiner Kehle und den Metallbändern, die seinen Bart dekorierten. Beim ersten Versuch gab der Bolzen mit einem zähneknirschenden Kreischen nach. Sein Atem fächerte über ihre Wange. „Das beweist meinen Standpunkt."

Einen logischen Gedanken in ihrem Kopf zu behalten, war bei seiner Nähe fast unmöglich. *Das hat er absichtlich gemacht.* Sie packte ihre Cargohose mit beiden Händen, um zu verhindern, dass sich ihre Arme um seine Mitte schlangen und ihn noch näher zogen. „Standpunkt?"

„Frauen gehören nicht auf mein Schiff."

Nun, so konnte man einen Moment auch ruinieren. Sie drückte die Schultern durch und ihr Temperament meldete sich. „Das ist nicht fair. Du hast deine Superkraft, oder wie auch immer du es nennst, eingesetzt. Du hättest nicht erwartet, dass Cooper so einen Bolzen bewegt."

Seine Gesichtszüge blieben hart.

„Fick dich. Repariere es doch selbst. Ich gehe zurück in mein Quartier." Sie legte beide Hände auf seine Brust und versuchte, ihn wegzuschieben. Ein Funke wie bei einer elektrischen Entladung prickelte ihre Arme hinauf, während er sich keinen Millimeter bewegte.

Er starrte sie einen Moment lang an. Eine Vene an seiner Stirn pulsierte. „Kann ich nicht."

Sie verdrehte die Augen. Dieser Typ stellte ein Gewirr aus Widersprüchen dar: Stärke und Verletzlichkeit, Sexualität und furchterregende Wut.

Sie war sich nicht ganz sicher, was sie mit ihm machen sollte. „Also brauchst du mich?"

Seine Schultern hoben und senkten sich bei seinem nächsten Atemzug. Schließlich trat er zurück. „Kannst du mir einfach sagen, was ich tun soll?"

Sie zog zur nahegelegenen Konsole. „Der Hauptflusszähler ist durchgebrannt. Beginne damit, das Ventil auszuwechseln."

„Ich meinte, dass du mir die Schritte erläutern sollst, sodass du zu deinem Quartier gehen kannst."

„Nein." Sie lachte, drehte sich zu ihm und lehnte sich mit dem Hintern an die Konsole. Als würde sie es zulassen, dass er sie versteckte und den ganzen Ruhm einsackte. „Ich werde den nächsten Schritt erst kennen, wenn wir das vorherige Problem repariert und eine neue Diagnose durchgeführt haben."

Er seufzte. „Kannst du die Sache allein klären?"

Ihre Schultern sackten zusammen. „Ich bin ein Shuttle-Mechaniker, kein Ingenieur. K-Klasse-Schiffe sind komplex. Ich werde Hilfe von jemandem brauchen, der dieses Schiff kennt."

Er massierte seine Schläfen und fuhr mit den Fingern über sein Gesicht und seinen Bart. „Also gut. Was muss als Nächstes getan werden?"

Sie war stolz auf sich und unterdrückte ein Grinsen, als sie sich in Richtung der Schränke bewegte, in denen Gassy Ersatzteile aufbewahrte. Sie würde den Kapitän wie einen Irren arbeiten lassen.

Und gleichzeitig an eine Menge Filmmaterial kommen.

———

Joy entfernte die Tertiärspulenmatrix und zog alle Leitungen zu den Seitentriebwerken beiseite, bevor sie sich in den engen Bereich im Bauch des Hauptantriebs quetschte. Sie starrte auf die geschmolzene Elektronik im Frequenzumwandler. Wie sollte sie das beheben? Sie konnte keinen Frequenzumwandler reparieren. Dabei handelte es sich um einen speziellen Apparat, der sowohl vor als auch nach der Installation kalibriert werden musste. Ohne den Frequenzumwandler hatten sie keinen Brennantrieb, und ohne Brennantrieb hatten sie nur die schlichten, viel zu langsamen Triebwerke, um von hier wegzukommen.

So viel dazu, dass sie sich als nützlich erweisen wollte.

Heilige Scheiße, was sollte sie tun? Sie wackelte und rutschte aus dem engen Bereich heraus und fluchte, als eine ihrer Hosentaschen an einem hervorstehenden Bolzen hängen blieb und riss. Was sollten sie nur tun ... Sie könnte ihre Mutter anrufen. Nachdem, was Kashatok getan hatte, um den Troopern zu entkommen, hatte sie das Gefühl, dass ein Anruf bei Syndicorp nicht nur ihre Reportage ruinieren, sondern wahrscheinlich auch mit den Hinrichtungen dieser Männer enden würde. Kashatok mochte ein Pirat sein, aber die Todesstrafe hatte er ganz sicher nicht verdient.

Der Kapitän betrat den Raum, als sie mit einem schweren Werkzeugkasten in einer Hand aus dem Dschungel herausrutschte. Er beugte sich vor und nahm ihr den Griff ab. Ihr Herz machte einen Satz, als seine Haut die ihre berührte. Seit er herausgefunden hatte, dass sie eine Frau war, hatte er es vermieden, sich in ihrer Nähe aufzuhalten, was aus irgendeinem Grund unbedeutende Momente wie diese aufregender gestaltete.

„Was ist los?", fragte er.

Ihr Gesicht erwärmte sich und sie brauchte einen Moment, um sich an ihre bevorstehende Aufgabe zu erinnern. „Wie weit ist die nächste Raumstation entfernt?"

Kashatok runzelte die Stirn. „Vielleicht ein halbes Parsec? Warum?“

Jhikik nutzte die Gelegenheit, um Kashatoks Vorderseite herunterzuklettern, indem er den langen Bart seines Herrchens als Seil benutzte, und streckte dann seine kleinen Ärmchen nach ihr aus. Sie nahm ihn zu sich, ohne groß darüber nachzudenken, und es tröstete sie, sein weiches Fell zu streicheln. Sie war keine Navigatorin, aber sie wusste, dass Parsecs normalerweise durch Verbrennungszyklen gemessen wurden. Wie lange würde es dauern, ein halbes Parsec nur mit Triebwerken zu überwinden? Wahrscheinlich eine wirklich lange Zeit.

Sie schluckte schwer. Würde er sie in ihr Quartier verbannen, wenn sie den Antrieb nicht reparieren konnte? Sie mochte die Idee nicht, monatelang in diesem Lagerraum eingesperrt zu sein, während das Schiff zurück in die Zivilisation humpelte. Sie kaute auf ihrer Unterlippe und suchte nach letzten Alternativen. „Ist Gassy schon wach?“

„Mehr oder weniger. Doc meinte, es geht ihm besser.“ Kashatoks Augen waren dennoch mit Sorge gefüllt.

Joy schluckte. Armer Gassy. „Kann ich zu ihm gehen?"

Kashatok nickte. Schweigend machten sie sich zur Krankenstation auf, und durch Kashatoks lange Schritte lief er stets ein paar Zentimeter vor ihr.

Auf einem der Betten lag Gassy unter einem schimmernden, sterilen Schild. Riesige Brandblasen bedeckten den Großteil seiner Haut. Trotz der Schuldgefühle, die sie bei seinem Anblick empfand, schaltete sie ihre Kamera ein. Morbide Aufnahmen brachten Einschaltquoten, und dafür war sie schließlich hier, oder? Sie blieb zurück, als sich Kashatok seinem Bett näherte und zoomte auf das Gesicht des Captains.

„Wie geht's dir, alter Mann?", fragte Kashatok.

Der Ingenieur öffnete ein Auge. Dabei platzte eine verkrustete Blase, was ein hörbares Geräusch erzeugte. Sein anderes Auge war zu geschwollen und blieb zu. „Ich werde in kürzester Zeit hier rauskommen." Seine Stimme klang wie Steine, die aneinander rieben. Er erblickte sie und ein Mundwinkel zuckte, was auf den Versuch eines Lächelns hinwies. „Hey, du. Hast du mein Baby schon zum Laufen gebracht?"

Joy trat vor und versuchte, ermutigend zu lächeln. „Du hast nicht zufällig irgendwo einen

Ersatz-Frequenzumwandler versteckt, oder? Oder weißt, wie man einen repariert?"

Sein bereits entsetzlich aussehendes Gesicht verzog sich zu einer Grimasse. Die blinkenden Lichter, die seinen Vitalwerten folgten, flackerten rot. „Das Ding übersteigt die Fähigkeiten eines Schiffsingenieurs."

Nun, zumindest fühlte sie sich dadurch etwas weniger unzulänglich. Aber es löste immer noch nicht das Problem, wochenlang – vielleicht monatelang – an Bord dieses Schiffes zu sitzen, während sie im toten Raum vor sich hin schmorten.

„Was sollen wir also tun?" Kashatok hielt den Blick auf den verletzten Mann gerichtet.

Gassy kämpfte mit einer Wasserröhre neben ihm und nahm sich einen Moment Zeit, um sie zu seinen Lippen zu ziehen. Joy sehnte sich danach, ihm zu helfen, wagte es aber nicht, in das sterile Kraftfeld hineinzugreifen. Als er fertig war, sagte er: „Gib einen Notruf ab."

Kashatok presste die Augen zu. „Es könnte Wochen dauern, bis ein Notruf jemanden in der Flotte erreicht."

„Soweit ich weiß, beherrscht die Hardship diesen Quadranten. Sie könnten in der Nähe sein."

Gassys gutes Auge blitzte mit etwas auf, das Joy nicht ganz entziffern konnte.

Kashatoks Haut nahm einen blaugrünen Ton an, und Joy erkannte zum ersten Mal, dass Denaidaner in dieser Farbe erröteten. Irgendwie niedlich. Schließlich zog sich Kashatoks Oberlippe zu einem höhnischen Grinsen. Nicht so niedlich. Er sah zu Joy und seine Augen wanderten von ihrem Gesicht zu ihren Brüsten. Innerhalb eines Herzschlages zuckte sein Kopf hoch und er wandte sich wieder seinem Ingenieur zu. „Was soll das heißen?"

Etwas in Joys Magen drehte sich, und sie warf einen Blick auf ihre Brust und erwartete halb, dass ihre Brüste heraushingen. Nein, immer noch gut bedeckt von ihrem weiten Hemd.

Gassy antwortete: „Komm schon, Kashatok. Du musst es einfach wissen. Ich habe es gleich nach der ersten Verbrennung herausgefunden, als Jhikik ihre Seite nicht verlassen wollte."

Joy stockte der Atem. Hatte er gerade das Personalpronom *Sie* benutzt?

Gassy wusste es?

———

„*U*sviiqe!" Kashatok ballte die Hände an seinen Seiten zu Fäusten und weigerte sich, die Frau neben sich anzusehen. Er hatte jetzt anderthalb Tage Zeit mit ihr verbracht, hatte sie bei jeder Bewegung beobachtet und sich gezwungen, Abstand zu halten. Und Gassy hatte es die ganze Zeit gewusst? Kashatok hatte noch nie einen Drink mehr gebraucht als jetzt. „Und mir davon zu berichten, ist dir nicht in den Sinn gekommen?"

„Damit du was tun kannst?" Gassys Stimme knickte ein und er griff wieder nach der Wasserröhre. „Wir waren bereits auf dem Weg zu einem Job. Und sie ist eine *usviiq* gute Mechanikerin. Ich brauchte ihre Hilfe."

Kashatoks Nasenlöcher blähten sich auf. Wenn der alte Mann nicht schwer verletzt worden wäre, hätte Kashatok ihm wahrscheinlich eine reingehauen. „Wir sind an mindestens drei bewohnten Welten vorbeigekommen. Es wäre kein Problem gewesen, sie irgendwo abzusetzen."

„Sie hat dich dazu gebracht, aus deiner *usviiqen* Höhle zu kommen. Das erste Mal seit Jahren, dass ich mit dir Karten gespielt habe. Es ist schön, zu sehen, dass du auf etwas anderes als Rum konzentriert bist." Gassy gluckste vergnügt, was sich in einen nassen Husten verwandelte. „Sie passt gut rein. Gib ihr eine Chance."

Kashatok warf beide Hände hoch und vibrierte regelrecht vor Wut. „Eine Chance auf was? Ein Leben in Gefahr? Ein Piratenschiff ist kein Ort für eine Frau."

Gassy sprach sanft: „Mit den Naniten sind wir vielleicht nicht für immer Piraten."

Kein Pirat sein? Das Feuer in Kashatok erlosch, als ob der gesamte Sauerstoff des Raumes weggesaugt worden wäre. Er hatte seinen Planeten mit sechzehn verlassen und näherte sich schnell dem Tag, an dem er sagen konnte, dass er in seinem Leben mehr Zeit auf einem Schiff verbracht hatte als auf einem Planeten. Wenn er kein Pirat war, was gab es dann noch? Doch er konnte seinen Blick nicht davon abhalten, zu der dunkelhaarigen Frau am Fuße von Gassys Bett zu schweifen. Er hatte sie sogar faszinierend gefunden, bevor er dahintergekommen war, dass sie weiblich war. Wie lange war es her, dass er sich nach Gesellschaft gesehnt hatte? Ellam Cua, noch nie hatte er jemanden so sehr gewollt. Und das machte ihn nur noch gefährlicher. „Du glaubst diesen Syndicorp-Scheiß? Deren Technologie ist der Grund, warum Denaidaner so etwas wie diese Naniten überhaupt brauchen." Er seufzte. „Wie auch immer, du weißt sehr wohl, dass das an meinem Fall nichts ändern würde."

Die Augenbrauen der Frau zogen sich verwirrt zusammen. „Naniten?"

Gassy ignorierte sie. „Ich weiß, dass du glaubst, dass du nicht in der Nähe von Frauen sein kannst, aber ich habe immer gesagt, dass deine Geschichte einige Schwachstellen aufweist. Und bedenke dies: sie braucht die Naniten zu ihrer eigenen Sicherheit. Wir können nicht riskieren, dass ihr etwas zustößt. Sie ist die Einzige, die dieses Schiff zum Laufen bringen kann."

Die Frau stemmte die Hände in ihre Hüften. „Ich brauche sie? Kashatok, wovon redet er?"

Kashatok weigerte sich, sie anzusehen und konzentrierte sich stattdessen auf Gassys fahle Haut. „*Du* bist mein Ingenieur, alter Mann."

Gassy lehnte sich gegen die Kissen. „Ich werde in absehbarer Zeit nicht mehr in den Maschinenraum zurückkehren, und das weißt du. Geh und setze das Notsignal ab. Dann schlage ich vor, dass du deinen neuen Schiffsingenieur über die denaidanische Version der Vögel und Bienen aufklärst. Ich werde jetzt ein kurzes Nickerchen machen."

Mit rasendem Herzen blieb Kashatok einen Moment wie angewurzelt stehen und starrte auf die Person, die in seinem Leben einem Mentor – vielleicht sogar einem Vater – am nächsten kam. Gassys Annahmen über die Frau nervten Kashatok, nährten aber auch einen Samen der Hoffnung. Der Ingenieur glaubte wirklich an das Potential der Naniten. Selbst für einen Mann, der den Tod seiner ersten Liebe verursacht hatte.

Kashatok schüttelte den Kopf und schaute weg. Gassy lag falsch. Aiyana war in Kashatoks Armen gestorben. Die Frau war in seiner Gegenwart nicht sicher, und die Naniten würden das nicht ändern. Aber er vertraute auch nicht darauf, dass sie auf diesem Schiff in Sicherheit war; nicht, wenn man bedachte, wie die Männer über Frauen scherzten. So unmöglich es auch schien, er musste sie in der Nähe und sich unter Kontrolle halten.

Er griff nach ihrem Oberarm. „Bis wir einen Hafen erreichen, wirst du mir nicht von der Seite weichen."

„Was? Warum?" Ihr Fleisch zitterte unter seinen Fingern, aber sie versuchte nicht, sich zurückzuziehen. „Wirst du mir sagen, was das gerade war?"

Er trieb sie zur Tür und in den Korridor. Der

körperliche Kontakt mit ihrem Arm strömte durch seine Sinne, als ob ihr Blut in seinen Venen floss. *Usviiqe,* er wollte Rum. Aber er würde sich nicht in der Flasche verlieren, solange sie auf seinem Schiff war.

Sie eilte neben ihm her und atmete schwer. „Hallo? Kannst du meine Frage beantworten?"

Er lief zu seinem Quartier und betete, dass sie unterwegs niemanden trafen. Er hatte noch nie eine Person in seine Kabine eingeladen, und wenn die Männer Joey eintreten sahen, würden sie wissen, dass etwas vor sich ging. *Wenn sie es nicht schon jetzt wissen.* Gassy hatte es gewusst und kein Wort gesagt.

Der Korridor blieb leer. Er schob sie vor sich hinein und schloss die Tür hinter ihnen. Allein mit ihr erkannte er, wie prekär die Situation war. Jedes Flattern ihres Herzschlags berührte seine Sinne wie die Liebkosung einer Verführerin, und er konnte seinen Blick nicht von dem Mund ... der Frau ... Joeys ... wegziehen. „Wie ist dein richtiger Name?", verlangte er zu wissen.

„Joy." Sie hob trotzig ihr Kinn. „Ich habe dich nie belogen."

Er hatte ihren Namen falsch verstanden? Seine Lippen zuckten und er kämpfte gegen ein unwillkürliches Lächeln an. *Niedlich.* Weiblich oder nicht, sie war ein kleiner Punk. „Und warum bist du auf meinem Schiff? Ich habe dir ausdrücklich gesagt, dass Frauen an Bord verboten sind."

Durch seine geschärften Sinne spürte er, wie Joys Körpertemperatur anstieg. Er sah einen leichten Schweißfilm auf ihrer Stirn. Jhikik, der sich die ganze Zeit leise an ihre Halsbeuge gekuschelt hatte, erhob sich und sprang auf den Boden. Kashatok ignorierte sein fragendes Zwitschern und weigerte sich, den Blick von Joy zu nehmen.

Die rosa Zungenspitze befeuchtete ihre Lippen, bevor sie sich auf ihre pralle Unterlippe biss. Schließlich hauchte sie: „Solltest du nicht dieses Notsignal senden, anstatt dir Sorgen um mich zu machen?"

Er widerstand dem Drang, seinen Kopf zu senken und ihren Mund für sich zu beanspruchen. Leider hatte sie Recht. Er atmete langsam aus. Er hatte keine Zeit, mit ihr zu streiten – nicht, während sie auf einem Asteroiden saßen und durch den kaputten Brennantrieb nur begrenzte Möglichkeiten hatten. Auf dem Absatz wirbelte er herum und marschierte zu seiner Schreibtisch-kommunikation, wo er einen Notruf auf mehreren sicheren Flottenkanälen kodierte. Je früher er das Schiff reparieren konnte, desto eher konnte er sich von dieser Frau befreien, die ihn von den wirklich wichtigen Dingen ablenkte.

Als er fertig war, schaute er auf. Er entdeckte Joy vor der offenen Tür, hinter der sich das hydroponische System befand. Durch ihre vorgebeugte Haltung spannte sich die lockere Cargohose eng über ihren Arsch und offenbarte zudem ihre sinnlich geschwungenen Hüften. Er spürte, wie sich sein Schwanz rührte, etwas, das schon lange nicht mehr passiert war. Ellam Cua, sie in sein Reich zu bringen, könnte ein Fehler gewesen sein. Er zwang seine Aufmerksamkeit auf den fröhlich zwitschernden Netorpok, der zwischen den Ästen im Käfig schwang. „Das erlaube ich ihm eigentlich nicht."

Sie schaute über ihre Schulter, eine Hand immer noch in dem hydroponischen Schaltkasten vergraben. „Was?"

„Jhikik. Er wird jedes Blatt in Sichtweite essen, wenn ich ihm diese Freiheit gebe."

Sie richtete sich auf, um zu sehen, wie sich der Netorpok von einem Ast fallen ließ, gesichert nur durch seinen Schwanz, um zu einem anderen Ast zu schwingen. „Aber er scheint so glücklich zu sein."

Kashatok marschierte zu ihr und griff an ihr

vorbei in die Käfigtür. Jhikik wich zwitschernd aus, doch Kashatok erwischte den Schelm am Nacken und zog ihn heraus. Der kleine *Tunrak* versenkte seine winzigen Zähne in Kashatoks Daumen, bevor er empört davonhuschte. Kashatok konnte es ihm nicht verübeln, aber er konnte ihm auch keine freie Hand lassen. „Du weißt es besser, Jhik."

Joys Atem streifte seinen Arm. „Geh behutsam mit ihm um. Er macht nur das, was Netorpoks eben tun."

Als ob sie wüsste, was Netorpoks tun. Über den subtilen Duft der Naujiar-Blüten hinter ihr nahm er einen Duft auf, der an frische Zitrusfrüchte erinnerte. Ein Duft, der von ihr zu kommen schien. Die berauschende Mischung ließ ihm das Wasser im Mund zusammenlaufen. Er zwang sich einen Schritt zurück. „Erzähl mir, warum du hier bist."

Sie neigte den Kopf und biss sich erneut auf die Unterlippe. Ihr Puls flatterte vor unberechenbarer Unentschlossenheit. Schließlich holte sie tief Luft. „Was, wenn ich dir sage, dass ich an einer Reportage arbeite?"

Er brauchte einen Moment, um zu verstehen, was sie gesagt hatte. Und dann lachte er. „Du machst einen Film? Über uns?"

„Keinen Film. Eine Reportage für RealTime

News. Ich möchte den Zuschauern die verwegene Welt des Schwarzmarkthandels und der Weltraumpiraterie zeig –"

„Warte mal. Du bist eine Reporterin?" Das hatte er nicht kommen sehen. RealTime News war bekannt für sensationelle Realitätsberichterstattung, aber das könnte eine Fassade sein. „Woher soll ich wissen, dass du kein Syndicorp-Spion bist?"

Sie hob das Kinn. „Das kannst du nicht wissen. Aber das bin ich nicht."

Keine Lüge. Das konnte Kashatok in ihrem Herzschlag spüren, in der Beständigkeit ihres Augenkontakts.

Sie fuhr fort: „Ich habe vor, diesen Syndicorp-Sklavenring aufzudecken, nachdem ich meine Piratengeschichte beendet habe."

Er kniff die Augen zusammen. „Das Reparieren von Schiffen und die Arbeit an Wochenschauen sind nicht gerade Fertigkeiten, die ineinandergreifen. Erzähl mir, wie das passieren konnte."

„Ich bin bei keinem von beiden inkompetent, wenn du das meinst." Ihre schlanke Kehle bebte, als sie schluckte.

Er machte einen Schritt nach vorn. Sie hatte im Grunde zugegeben, dass sie keine

Mechanikerin war. Wie konnte sie so Gassys Job übernehmen? „Wenn du nicht in der Lage bist, die Reparaturen vorzunehmen, kann ich auch diesen ganzen Scheiß mit der Selbstbeherrschung überspringen."

Sie lehnte sich an die Käfigwand, ihr Blick blieb mit seinem verschmolzen. Ihr rasender Puls passte sich seinem an und ihre Pupillen waren geweitet. „Ich kann das Schiff reparieren, sobald ich das passende Ersatzteil habe."

Er machte einen weiteren Schritt, seine Sinne sprühten Funken und entfachten ein Feuer. Sie roch so köstlich, nach dem vertrauten Hauch von Maschinenöl, das von einem warmen Zitrus- und Naujiar-Duft überlagert wurde.

„Aber wer braucht schon Selbstbeherrschung?" Sie leckte diese prallen Lippen.

Die Geste war zu viel. Sein Mund lag auf ihrem, bevor sein Gehirn aufholen konnte. Joys Lippen kollidierten mit seinen, teilten sich einladend. Sie wölbte ihren Rücken, sodass sich ihre Brüste gegen seinen Oberkörper pressten.

Wie aus einem Albtraum erwacht, schien sein ganzer Körper das Bewusstsein wiederzuerlangen. Ihre Lippen waren wie die erste Kostprobe einer seltenen Droge. Die Weichheit ihres Körpers gegen seinen wie der warme Kuss der Sonne nach dem Winter.

Sie öffnete sich ihm, schmolz an ihm dahin, zeichnete mit der Zungenspitze seine Oberlippe nach. Zu beiden Seiten von ihr stützte er seine Ellbogen an den Käfig und formte seinen Körper gegen ihren.

Ihre Hände glitten von seiner Brust um ihn herum, hielten seitlich inne und sandten elektrisierendes Verlangen durch seinen neu erwachten Blutkreislauf. Sie schmeckte so gut, wie sie roch, und er tauchte in ihren Mund ein und platzierte eine Hand an ihrem Hinterkopf, um sie für seinen Ansturm zu fixieren. Ihr kurzes Haar fühlte sich zwischen seinen Fingern wie Pirelux-Seide an.

Er verlagerte sein Gewicht und positionierte ein Bein zwischen ihren Schenkeln. Sie weitete ihre Haltung, lud ihn ein, und die Hitze ihrer Mitte, die er an seinem Oberschenkel nicht leugnen konnte, entlockte ihm ein Stöhnen. Sein Schwanz pochte vor Verlangen, und so unterbrach er den Kuss und zog seinen Mund entlang ihrer Wange bis unter ihr Ohr.

Sie hauchte seinen Namen, neigte ihren Kopf

nach hinten und wickelte ihre Arme um seine Schulterblätter, um ihn näher zu sich zu ziehen.

Ihr weiblicher Duft war hier stärker und umhüllte ihn, bis nur noch dieser Moment existierte … nur Joy existierte.

„Kinship, hier spricht die Hardship." Die ungewohnte Stimme eines Mannes veranlasste ihn, von ihr zurückzuzucken, als hätte er einen Stromschlag bekommen. „Wir haben euer Notsignal erhalten. Bitte schickt uns eure Koordinaten."

KAPITEL SIEBEN

Joy taumelte nach Kashatoks Kuss. Ihre Lippen kribbelten und ihre Haut sehnte sich nach seiner Nähe und Wärme. Mit einem Kuss hatte sie nicht in einer Million Jahren gerechnet, vor allem nicht, nachdem sie ihm gesagt hatte, dass sie eigentlich eine Reporterin war. Verdammt. Sie hätte ihm schon vor langer Zeit die Wahrheit sagen sollen.

Auf der anderen Seite des Raumes stand der Kapitän mit dem Rücken zu ihr, den Schultern angespannt, als er ein Holo-Bild auf seinem Schreibtisch hervorrief. Ein bronzehäutiges Gesicht mit einer zotteligen Haarmähne erschien und schwebte über der Arbeitsfläche. Seine Haarpracht konkurrierte mit Ekwoks gelbbraunem Chaos auf dem Kopf und dem zweifarbigen Bart. Sahen alle Denaidaner wie heiße Barbaren aus?

Kashatoks Finger tanzten über die Bedienelemente. „Gut, dich zu sehen, Captain Qaiyaan. Die genauen Koordinaten werden jetzt weitergeleitet. Halte Ausschau nach dem Trooper-Schiff.“

Qaiyaans Bart schwankte, als er nach unten schaute, vermutlich auf seine eigenen Bildschirme. „Sieht so aus, als könnten wir in ein paar Stunden bei euch sein. Wir haben keinen Frequenzumwandler für ein Schiff der K-Klasse an Bord. Allerdings denke ich, dass wir zusammen eine Lösung finden werden. Wenn alle Stricke reißen, versuchen wir es mit einem Huckepackmanöver, um euch für eine Reparatur zur nächsten Station zu bringen.“

Das Gesicht einer wunderschönen Menschenfrau mit kohlefarbenen Augen und dunklem Haar erschien über der Schulter des anderen Kapitäns und sie flüsterte ihm etwas ins Ohr. Anscheinend war das Verbot von Frauen auf dem Schiff nicht auf Kashatoks Spezies oder auf die Tatsache zurückzuführen, dass er ein Pirat war. Bedeutete das, dass es persönlicher Natur war?

Joy richtete ihr weites Hemd und beobachtete

die vertraute Art und Weise, in der die Frau beim Sprechen ihre Fingerspitzen auf die Schulter des Kapitäns legte. Eine seltsame Sehnsucht brach in Joys Brust aus und zwang sie, hart zu schlucken.

Der Mann auf dem Holo nickte und drehte sich dann zurück zum Bildschirm. „Captain Kashatok, wir hoffen immer noch, dass du uns mehr Informationen zu dem geheimen Testlabor Syndicorps in diesem Sektor geben kannst. Hattest du die Gelegenheit, ein wenig zu recherchieren?"

Kashatok blickte über die Schulter zu Joy. „Jetzt ist kein guter Zeitpunkt, Captain. Ich werde sehen, was ich herausfinden kann, bevor ihr bei uns ankommt."

„Du verstehst, wie wichtig die Angelegenheit ist?" Qaiyaans Augen glitzerten vor Intensität. „Dieses Labor könnte der einzige Schlüssel zum Fortbestand unseres Volkes sein."

„Ich sagte doch gerade, es ist kein guter Zeitpunkt." Kashatok trennte die Verbindung.

Joy blickte finster auf Kashatoks Rücken. „War das eine gute Idee? Schließlich brauchen wir seine Hilfe."

„Er wird kommen." Er starrte weiter auf die Stelle, die das Holo-Bild eingenommen hatte.

Sie dachte darüber nach, was sie gehört hatte. Die Piraten suchten nach einem Syndicorp-Labor. Hatte es etwas mit der Zerstörung ihres Planeten zu tun? Warum verhielt er sich so heimlichtuerisch? *Er muss immer noch glauben, dass du ein Spion bist.* „Nur damit du es weißt: Ich nehme gerade nichts auf. Ich sagte doch, ich bin kein Spion. Wie kann ich dich davon überzeugen?"

Er drehte sich langsam um und ließ den Blick von Kopf bis Fuß über ihre Form schweifen. In der Zwischenzeit fielen ihre Augen zu der offensichtlichen Beule an seinem Schritt. Als Reaktion pulsierten die Wände ihres Geschlechts. Die plötzliche Rückkehr der sexuellen Spannung im Raum erschwerte ihr das Atmen. Sie leckte sich die Lippen und erinnerte sich an den Kuss. Heiße Kerle wie er hatten normalerweise kein Interesse an ihr, aber Kashatok ... ja, er wollte sie. Vielleicht könnte sie ihn davon überzeugen –

„Geh da rein", sagte er und zeigte auf eine offene Tür zu seiner Rechten, durch die sie ein großes Bett sehen konnte. Ihr ganzer Körper kribbelte und ihr Höschen wurde feucht. *Ja, bitte!* Sie wandte sich der Tür zu, um seiner Anordnung nachzukommen, doch er sprach weiter: „Und sobald wir den nächsten Hafen erreicht haben, möchte ich, dass du von meinem Schiff verschwindest."

Sie blieb abrupt stehen und schaute über ihre Schulter. „Warte – was?"

Er stand noch immer an derselben Stelle, die Hände an seinen Seiten zu Fäusten geballt. „Ich kann dich nicht um mich haben."

Langsam dämmerte es ihr, was er meinte. Sie drehte sich zu ihm um und ihr Verlangen wandelte sich in Wut um. „Wovor hast du Angst, Kashatok? Sind es alle Frauen oder geht es hier speziell um mich?"

Seine Augen funkelten vor unterdrücktem Zorn auf. „Ich habe keine Angst vor dir. Ich habe Angst *um* dich. Weißt du überhaupt, wie nahe du vor ein paar Augenblicken dem Tod warst?"

„Nein, schließlich lässt du ja nur kryptische Kommentare fallen." Sie verschränkte die Arme unter ihrer Brust. „Diese ganze Sache könnte durch ein einfaches Gespräch gelöst werden."

Er fletschte die Zähne. „Du willst, dass ich alles vor dir ausbreite? Okay. Wie wäre es damit? Das denaidanische Paarungsritual ist für Menschen tödlich."

Ihre Kinnlade klappte auf. *Nun, das kam unerwartet.* „Äh, Paarungsritual?"

„Während des Geschlechtsverkehrs schafft meine Spezies eine empathische Verbindung, die so stark ist, dass sie Frauen einer anderen Spezies tötet." Sein Blick war so durchdringend, dass sie ihm fast glaubte.

Fast.

Sie verlagerte ihr Gewicht und stemmte eine Hand in ihre Hüfte. „Das erklärt, warum du Menschenfrauen verbietest. Aber warum holst du nicht einfach Denaida-Frauen an Bord?"

Sehnsüchtig blickte er zu der Rumflasche auf dem Schreibtisch. „Unsere Frauen sind alle tot."

Ihre Augenbrauen zogen sich zusammen. *Alle tot?* Gassy hatte ihr zwischen den letzten paar Verbrennungszyklen ein wenig von der Zerstörung seiner Welt erzählt. Sie hatte immer noch Schwierigkeiten damit, zu glauben, dass Syndicorp so etwas tun würde, aber er war ziemlich überzeugend, und sie hatte in der kurzen Zeit, in der sie ihn kannte, Vertrauen zu dem alten Mann gefasst. Seltsamerweise hatte er es versäumt, diese Sache mit dem Paarungsritual zu erwähnen, zumal er anscheinend die ganze Zeit ihr Geheimnis gekannt hatte. „Willst du damit sagen, dass alle eure Frauen mit dem Planeten ausgelöscht wurden?"

„Die empathischen Fähigkeiten unserer Frauen

haben sie zu empfindlich gemacht. Sie waren nicht in der Lage, mit anderen Arten zu interagieren. Keine von ihnen hat sich bei der Termination außerhalb des Planeten befunden.“

Sie erkannte, dass sie dies aufzeichnen sollte, und schaltete ihre Kamera ein. „Hast du jemals etwas davon gemeldet?“

Er schnaubte. „Nicht persönlich.“

„Dann erzähl es mir.“ Sie machte einen Schritt auf ihn zu. „Ich werde dafür sorgen, dass die Galaxie davon erfährt.“

Seine Augen verengten sich und er hielt eine Hand hoch. „Hör auf damit. Wie wäre es, wenn du mir zuerst ein paar Informationen gibst? Es braucht viel Mut, sich als Mann zu verkleiden und an Bord meines Schiffes zu kommen, nachdem man vor den Konsequenzen gewarnt worden war. Warum willst du uns so verzweifelt filmen?“

Sie erstarrte. Wenn sie es so schaffte, dass er den Mund aufmachte, würde sie ihre eigene Geschichte von jedem Mond in der Galaxie brüllen. Nur bezweifelte sie, dass sie lange von ihm auf Abstand bleiben könnte. Er zog sie an wie ein Magnet Eisenspäne. „Ich bin Reporterin. Das ist mein Job.“

„Nein. Du bist Mechanikerin. Eine *usviiq* gute, wenn du mit Gassy Schritt halten kannst. Eine echte Reporterin hätte ihre Kamera die ganze Zeit laufen lassen. Du hast gerade erst mit der Aufnahme begonnen."

Die Hitze, die sich auf ihrem Gesicht ausbreitete, näherte sich einem unerträglichen Zustand. Wie konnte er das wissen? „Ich ... habe versucht, höflich zu sein."

Er lachte. „Eine höfliche Reporterin. Das kaufe ich dir noch weniger ab als deine Verkleidung."

Sie stemmte die Hände in ihre Hüften. „Hey! Es dauerte mehrere Tage und einen Sprung durch den Weltraum, bevor du dahintergekommen bist."

„Ich war die meiste Zeit betrunken." Er nahm die Flasche und rollte sie zwischen seinen Händen. „Außerdem hat es Gassy recht schnell herausgefunden."

„Er ist klüger als du." Bei der Beleidigung verlor er an Farbe. *Gut.* Er musste lernen, dass sie Mobbing nicht akzeptierte. Jhikik tippte mit einer Pfote gegen ihr Hosenbein und sie beugte sich vor, um ihn hochzunehmen. „Ich habe dir die Wahrheit gesagt. Sperr mich ein, wenn es sein muss."

Er schaute von der Flasche auf und sein rechtes Auge zuckte leicht. „Das habe ich gerade versucht und du hast abgelehnt."

„Hast du?"

Er deutete auf das Schlafzimmer.

„Oh." Sie blinzelte. „Oh! Okay. Ich dachte, du wolltest mich aus einem anderen Grund da drin haben."

Nun waren seine Wangen an der Reihe, die Farbe zu verändern – zu einem bezaubernden Blaugrün. *Hatte sie ernsthaft gerade gedacht, dass dieser außerirdische Pirat bezaubernd war?* Er räusperte sich. „Jetzt weißt du es besser."

Sie beobachtete, wie seine normale Hautfarbe zurückkehrte. „Dieser andere Captain, mit dem du gerade gesprochen hast … Er hatte eine Frau an Bord."

Die Verletzlichkeit, die mit Kashatoks blaugrünen Wangen gekommen war, kehrte zu den vertrauten wütenden Linien zurück. „Nicht du auch noch."

„Ich auch, was? Hat das etwas mit den Naniten zu tun, von denen Gassy gesprochen hat?"

„Die Naniten sind eine falsche Hoffnung." Etwas an Kashatoks Gesichtsausdruck ließ sie denken, dass er diese Hoffnung wollte, auch wenn er sie immer wieder niederdrückte.

So sehr sie die wütenden Linien in seinem Gesicht glätten wollte, wusste sie es besser, als sich ihm zu nähern. Stattdessen pflückte sie ein Blatt aus dem Käfig und bot es Jhikik an. Er knabberte daran und schnurrte ihr ins Ohr, während Kashatok sagte: „Bitte sprich weiter."

Er atmete langsam aus. „Beende die Aufzeichnung."

Sie hatte vergessen, dass sie aufnahm. Nickend stoppte sie ihre Kamera. Ihre persönliche Neugier war stärker als ihr Bedürfnis zu filmen.

Während er sie aufmerksam musterte, schien er zu entscheiden, dass sie seiner Bitte gefolgt war. „Diese Frau, die du gesehen hast, hat angeblich eine Syndicorp-Biotechnologie gestohlen, durch die sie sich telepathisch mit Computern verbinden konnte. Oder irgendeinen Blödsinn dieser Art. Als Nebeneffekt veränderten die Naniten ihre Synapsen so stark, dass sie sich mit einem Denaidaner verbinden konnte."

Joys unwillkürliches Grinsen ließ nicht lange auf sich warten. „Das sind großartige Neuigkeiten! Wie viele von euch haben sich verbunden?"

„Sie und Qaiyaan sind die einzigen. Und sie wäre während des Vorgangs fast gestorben."

„Oh." Joy biss sich auf die Unterlippe und bemerkte, wie sich sein Blick auf ihren Mund verlagerte. Ihr Magen flatterte. „Haben es andere Frauen versucht?"

Kashatok wandte sich ab. „Davon ist mir nichts bekannt. Aber es ist nicht so, dass ich die Angelegenheit verfolge.“

„Aber du willst, dass Frauen es versuchen.“

„*Ich* will gar nichts.“ Er schlug mit der Handfläche auf den Schreibtisch und die Flasche wackelte. „Können wir jetzt aufhören, darüber zu reden?“

Sie gab Jhikik ein weiteres Blatt, fuhr mit den Fingerspitzen über die braunen Blütenblätter einer Pflanze und beobachtete, wie sie sich als Reaktion auf ihre Berührung schloss. Für den Moment würde sie nichts mehr aus ihm herausbekommen. „Danke, dass du mir davon erzählt hast.“

„Wirst du dich jetzt verbarrikadieren?“

„Nein.“ Joy zog eine Augenbraue hoch. Dieser Typ hatte für alles nur eine einzige Lösung. „Aber ich werde in den Maschinenraum gehen und auf das andere Schiff warten.“

Wenn das Einstiegsrohr angeschlossen wurde, plante sie, bei der Ankunft der fremden Besatzung ganz vorne zu stehen. Sie würde es sich nicht nehmen lassen, Captain Qaiyaan ein paar Fragen zu stellen.

K ashatok lief von einem Ende des Raumes zum anderen und wartete auf ein Update. Alle paar Minuten marschierte er den Korridor hinunter und vorbei an der offenen Tür zur Technik, besorgt um Joy allein mit seiner Crew. Er hatte sie gewarnt, ihre Verkleidung beizubehalten, als sie sein Quartier verlassen hatte, aber nach allem, was er wusste, plapperte Gassy in seiner drogeninduzierten Dummheit vor jedem das Geheimnis aus.

Diese verfluchte Frau. Sie hatte keine Ahnung, wie nah sie mit diesem Kuss dem Tod gekommen war. Die Erinnerung daran schürte einen feurigen Pfad durch seine Adern und wanderte direkt zu seinem Schwanz. Es war Stunden her und doch pulsierte seine Länge noch immer. Wenn er nicht unterbrochen worden wäre ... Er wusste nicht, wie weit er es mit ihr gewagt hätte.

Wie lange war es her, dass er überhaupt eine Frau gewollt hatte? So richtig gewollt? Die wenigen, mit denen er in den Häfen interagieren musste, blieben ihm nie im Gedächtnis. Er starrte auf die Flasche auf seinem Schreibtisch. Andererseits ertränkte er sich normalerweise in Rum. Er kannte seine Grenzen mit dem Rauschmittel und trank nur genug, um seine Erinnerungen zu unterdrücken, aber ihn für seine Arbeit an Bord funktionsfähig zu halten.

Bedürfnisse waren jedoch leicht niederzuringen, wenn das Objekt der Begierde weit entfernt war. Gleichzeitig achtete er darauf, nie lange genug in einem Hafen zu verweilen, sodass er seine Zurückhaltung nicht verlor. Joy auf diesem Schiff zu haben, verlangte ihm alles ab. Am liebsten würde er in den Maschinenraum stürmen, sie über das Kontrollfeld beugen und sie hart ficken. Oder im Abstellraum. Oder auf dem Boden ... Er warf einen Blick in sein offenes Schlafzimmer und stellte sich vor, wie sie sich auf den sauberen Laken ausbreitete.

Er packte die Flasche, schwang und warf sie gegen die hintere Wand. Sie zerschmetterte vor seinen Augen. Sogar nüchtern war es ihm unmöglich, seinen Verstand und seine Hände von ihr zu lassen. Er konnte es sich nicht leisten, dass die Crew ihn verspottete.

Er schloss die Augen und seufzte, als er sich an ihren kleinen Körper erinnerte, der sich bei dem Sprung von einem Schiff zum anderen an seinen Rücken gepresst hatte. Nun musste er sich auch noch mit der Erinnerung auseinandersetzen, dass er sie auch an seiner Vorderseite gespürt hatte, ihren weichen Bauch an seiner harten Länge. Der feuchte und willige Druck ihres Mundes – oh, ihr Mund! Ellam Cua, er wollte sie verschlingen.

Wenn er nicht aufpasste, würde er genau das tun.

Eine falsche Bewegung von ihm würde ihren Verstand für immer leeren. Was nichts anderes als den sicheren Tod bedeutete. So sehr er es auch vorzog, es nicht zu tun, zwang er sich, Aiyanas leeren Blick heraufzubeschwören. Warum konnte er sich nicht an ihr Gesicht erinnern? Als er versuchte, sich diese toten Augen, diesen schlaffen Mund ins Gedächtnis zu rufen, konnte er nur Joys wunderschöne braune Augen sehen und die entzückende Art, wie sie immer an ihrer Unterlippe kaute. So lebendig.

Jhikik, der die Not seines Herrchens spürte, zwitscherte und krallte sich an sein Hosenbein. Aus Gewohnheit hob er das kleine Wesen auf und setzte es auf seine Schulter. Der lange Schwanz mit seinen Saugnäpfen rollte sich unter seinen Arm und um seine Brust, sodass er an Joys Hände auf seinem Oberkörper zurückerinnert wurde. Was, wenn die Naniten funktionierten? Wäre es möglich, Joy stark genug zu machen, um der

Leidenschaft eines Mörders wie ihm standzuhalten?

Nein. Die Idee war Unsinn, und darüber nachzudenken, würde nur Ärger verursachen. Sobald Kapitän Qaiyaan eintraf, würde Kashatok sie verlegen. Er würde sie aus der Gefahrenzone bringen. Sie war eine gute Mechanikerin. Vielleicht würde Qaiyaan seinen Ingenieur gegen sie eintauschen.

Gleich nachdem Kashatok diese Idee gekommen war, verwarf er sie wieder. Auf keinen Fall würde er sie in Qaiyaans Obhut geben, wenn er ständig von Naniten erzählte. Was, wenn der Bastard sie ihr ... einpflanzte? Der Mann war offensichtlich fest entschlossen, Gefährten zu kreieren. Diese *usviiqen* Syndicorp-Maschinen könnten ihr Gehirn genauso leicht braten wie Kashatok, wenn er im Maschinenraum mit ihr die Kontrolle verlor und sie dort fickte.

Das Kommunikationssystem gab einen Laut von sich. Kashatok marschierte wütend an seinen Schreibtisch.

Ein bärtiges Gesicht erschien auf dem Bildschirm. „Captain Kashatok, wir nähern uns dem Asteroidengürtel.“

Kashatok hielt eine Reihe ungerechtfertigter Kraftausdrücke zurück und antwortete: „Bestätigt, Captain. Ich schalte unsere Position ein."

Qaiyaan fuhr mit den Fingern über die Zwillingszöpfe unter seinem Kinn. „Hast du irgendwelche Informationen zu diesem Labor?"

Usviiqe! Das Labor. Als Qaiyaan ihn zum ersten Mal mit der Bitte kontaktiert hatte, war Kashatok schnell über die Notizen seines Informanten geflogen, einfach weil er neugierig gewesen war. Aber er hatte sich nicht die Mühe gemacht, tatsächlich anzubieten, das Kartell zu bezahlen, um die Informationen auszugraben, die noch nicht im Darknet herumflogen. Diese Art von Informationen war teuer, und Qaiyaan war kein wohlhabender Kapitän. Selbst sein Schiff war weniger wert als Kashatoks übliche Bezahlung.

Und doch war es die Hardship, die gerade seinen Arsch aus der Scheiße zog. Er musste zugeben, er schuldete ihm etwas. „Meine anfängliche Einschätzung zeigt keine übermäßige Trooper-Aktivität in einem bestimmten Sektor, um darauf hinzuweisen, dass dort ein geheimes Labor sein könnte. Ich erinnere mich jedoch an ein paar Wenige, bei denen gerade der Mangel an

Syndicorp-Verkehr verdächtig war. Manchmal ist das ein ebenso guter Indikator wie überschüssige Bewegung. Ich werde meine Informanten fragen, sobald ich einen Hafen erreiche."

Qaiyaans Augen verengten sich. „Ist das das erste Mal, dass du dich damit befasst hast? Du weißt doch, wie wichtig diese Information sein könnte. Nicht nur für mich. Für uns alle! Wir brauchen eine erneuerbare Nanitenquelle."

Kashatok räusperte sich. „Okay. Hast du schon andere Frauen infiziert?"

Ein Muskel in Qaiyaans Kiefer zuckte. „Nein. Und es ist keine Infektion."

„Mein Fehler." Kashatok versteckte nicht den Sarkasmus in seinem Ton. Wie vermutet, waren die Naniten ein Schwindel. Dennoch, wenn Informationen das waren, was der Kerl wollte, war es ein fairer Preis für die Rettung. „Ich werde dich kontaktieren, sobald ich Informationen habe."

„Das hast du beim letzten Mal auch gesagt." Qaiyaans holografisches Gesicht wurde größer, als er sich nach vorn lehnte. „Wie wäre es, wenn du die Anfrage sofort versendest? Ich warte."

Seufzend schüttelte Kashatok den Kopf. Keiner der sogenannten Piraten in der Flotte verstand wirklich, was es bedeutete, ein Krimineller zu sein. „Ich stelle niemals Kartellanfragen über das Kommunikationssystem. Auch nicht über das Darknet. Nicht einmal über die sicheren Kanäle.“

„Unfassbar bequeme Ausrede. Vielleicht sollte ich dich hier lassen, sodass du darüber nachdenken kannst, während ich dein Ersatzteil aufspüre. Wie viel Saft hast du noch für die Lebenserhaltung übrig?“

Kashatok knirschte mit den Zähnen. Er musste zugeben, dass er Qaiyaans vorherige Bitte im Grunde ignoriert hatte. Er war nicht gerade ein Pay-it-Forward-Typ, und zu dem Zeitpunkt hatte er dem Kapitän nichts geschuldet. „Hör zu, diese Art von Information ist teuer. Ich konnte keine Vorauszahlung leisten, als du mich gefragt hast. Diesmal schulde ich dir etwas, also werde ich dafür sorgen, dass ich meinen Teil erfülle. Je eher du uns hier rausholst, desto schneller kann ich daran arbeiten. Wenn es in der Nähe ein Syndicorp-Labor gibt, wirst du es in ein paar Tagen wissen.“

Qaiyaan warf ihm über das Holo einen genervten Blick zu, nickte kurz und unterbrach die Übertragung.

Kashatok starrte unbeweglich auf den Bereich

über seinem Schreibtisch, dann schlug er auf das Kommunikationssystem und befahl der Brücke, die Ortung des Schiffes zu aktivieren. Er betete, dass Qaiyaan ihn aus Trotz nicht noch länger warten lassen würde.

KAPITEL ACHT

*W*ährend Joy im Frachtraum auf das andere Schiff gewartet hatte, war Joy ihre Optionen durchgegangen. Kashatoks fordernder Kuss hatte sie überrascht und atemlos zurückgelassen. Noch nie hatte ein Typ, der so heiß war wie dieser grüblerische Alien-Pirat, ein derartiges Interesse an ihr gezeigt. In seiner Nähe fühlte sie sich dumm und naiv – als wäre sie wieder dreizehn und in einen Filmstar verknallt.

Lasse dich nicht auf ihn ein. Er hatte sie nur geküsst, weil sie weit und breit die einzige Frau war. Sie war nicht glamourös. Sogar ihre Mutter nannte sie schlicht und gewöhnlich. Ihre wenigen sexuellen Erfahrungen waren nichts Erwähnenswertes gewesen und sie hatte keine spektakulären Talente in dieser Disziplin. Hätte Kashatok eine Auswahl an Frauen vor sich, wäre sie sicherlich die letzte Wahl.

Außerdem war sie an Bord dieses Schiffes eine Reporterin, und sie musste wie eine denken. Wie viele Aufnahmen hatte sie bereits verpasst? Das musste aufhören. Wenn sie ihre Kamera am Laufen halten müsste, bis die daraus resultierenden Kopfschmerzen sie umhauten, würde sie es tun. Ihre düstere Piraten-Reportage hatte sich verschoben und wurde zur herzzerreißenden Geschichte einer hoffnungslosen Spezies, mit Highlights, die sich auf Vertuschung und Rache, gestohlene Technologien und Sex konzentrierten. Ihre Einschaltquoten würden durch die Decke gehen. Was die Naniten betraf ... Nun, wenn die Chance käme, würde sie diese ergreifen. Die Mechanikerin in ihr war fasziniert von den kleinen Robotern. Sie hatte gedacht, dass ihre Kamera das Coolste aller Zeiten war, als sie installiert wurde. Wie wäre es, wenn ihr winzige Computer zur Verfügung stünden?

Der Lautsprecher verkündete eine Durchsage von der Brücke: „Macht euch bereit; wir bekommen Besuch.“

Die Vorfreude war nicht zu bändigen. Sie

wischte sich die Hände an einem Lappen ab und aktivierte ihre Kamera. Zwei Piratenschiffe am selben Ort musste etwas Besonderes sein, und sie wollte keine einzige Interaktion verpassen. Sie eilte zum Frachtraum und schloss sich dem Rest der Besatzung an. Als sie die Kamera über die Anwesenden schwenkte, erkannte sie, dass, obwohl sie entspannt wirkten, jeder von ihnen bewaffnet war.

Kashatok lief an ihnen vorbei, ohne einen Blick in ihre Richtung zu werfen, und ging zum Buchttor, das sich bereits öffnete. Sie bemerkte die plötzliche Druckveränderung in ihren Ohren.

Ein großer Mann mit zotteligen Haaren, den sie als Kapitän Qaiyaan erkannte, stand auf der anderen Seite des Einstiegsrohrs und schien genauso imposant wie die Denaidaner auf diesem Schiff. „Erlaubnis, an Bord kommen zu dürfen, Captain?"

Ihr Kapitän war auch bewaffnet, bemerkte sie. „Erlaubnis erteilt."

Qaiyaan überquerte das Rohr, gefolgt von einem jüngeren Denaidaner mit Haaren, die so bronzefarben wie seine Haut waren.

Joy fokussierte die Kamera auf die nackten Füße des jüngeren Mannes, schwenkte nach oben und begegnete schließlich seinem Blick. Er grinste sie an, und sie konnte sich nicht davon abhalten, das Grinsen zu erwidern.

Kapitän Qaiyaan fragte: „Wer ist euer Ingenieur?"

Kashatok schüttelte den Kopf. „Gassy wurde verletzt." Er deutete auf Joy, ohne sie anzusehen. „Der Junge und ich haben die Reparaturen übernommen."

Der jüngere, bronzehäutige Mann ging direkt zu ihr und streckte seine Hand aus. „Hallo, ich bin Tovik. Du bist ein Ingenieur? *Assirpaa!*"

Sie hatte keine Ahnung, was *Assirpaa* bedeutete, aber er schien wirklich aufgeregt zu sein. „Eigentlich bin ich Mechaniker", sagte sie und streckte ihm ihre eigene Hand entgegen. „Ich heiße Joy."

„Freut mich, Joy. Ich dachte, Kashatok erlaubt keine Frauen auf seinem Schiff!"

Joy erstarrte und ihre Aufmerksamkeit glitt zu Kashatok. Der gesamte Frachtraum verstummte und die Besatzung schien sich in Zeitlupe in ihre Richtung zu drehen. Sie fühlte sich wie eine Maus in einem Raum voller Katzen. Nichtsahnend grinste Tovik sie weiterhin breit an und sie erkannte, dass sie immer noch seine Hand hielt. Sie ließ ihn los, trat einen Schritt zurück und suchte in ihrem Verstand nach einem guten Comeback. „Versuchst du, mich zu beleidigen?"

Aber es war bereits zu spät. Cooper und Moore steckten die Köpfe zusammen und murmelten. Manopups Tentakel krümmten sich wie Schlangen um sein Kinn. Aleknagik starrte sie mit räuberischen Augen an. Chignik lachte und schlug Ekwok auf den Rücken. „Ich habe doch gleich gesagt, dass mit dem Jungen etwas nicht stimmt."

Kashatok näherte sich und zwang Tovik, einen Schritt zurückzutreten. „Woher wusstest du das?"

Dem armen jungen Mann stand der Mund weit offen. Über seine Schulter sah er zu seinem Kapitän. „Ist es denn nicht offensichtlich?"

Qaiyaan machte einen Schritt nach vorne. „Komm her, Tovik."

Tovik schlürfte mit hängendem Kopf zurück zu seinem Kapitän. „Ich wusste, dass ich einfach im Maschinenraum hätte bleiben sollen. Ich werde nie eine Gefährtin für mich finden."

Um sie herum gewann das Gemurmel der Crew an Lautstärke. Das Wort *Naniten* tauchte mehrmals auf, zusammen mit *Sex* und einigen weiteren obszönen Bemerkungen.

„Und? Zu wem gehört sie?", fragte Qaiyaan

und ließ den Blick fragend über die Crew schweifen.

Joy erstarrte. „Gehören? Ich gehöre mir selbst.“

Qaiyaan schaute von ihr zu Kashatok und zurück, als würde er sicherstellen wollen, ob sie die Wahrheit sagte. Dann verneigte er den Kopf in ihre Richtung. „Ich entschuldige mich, Joy. Da ich Kashatok kenne, nahm ich an ...“

„Du hast falsch angenommen“, entgegnete Kashatok.

Joys Magen rebellierte. Da er Kashatok kannte? Was sollte das denn heißen? Sie sah zu ihrem Kapitän, der jedoch konzentrierte sich auf Qaiyaan, seine Fäuste wie Hämmer an seinen Seiten. Sie würde ihn später ausquetschen. Vorerst positionierte sie sich zwischen den beiden Kapitänen. „Es ist eine lange Geschichte, Captain Qaiyaan. Aber ich komme im Moment einem Ingenieur am nächsten.“ Die Crew daran zu erinnern, wie wichtig sie war, konnte nicht schaden. „Wie wäre es, wenn ich Tovik in unseren Maschinenraum begleite und wir daran arbeiten, uns hier rauszuholen?“

„Ich glaube, zuerst musst du Tovik begleiten.“ Qaiyaan trat zur Seite und machte eine einladende Bewegung. „Um die Verbrennungspläne unseres

Schiffes durchzugehen, damit ihr eure Systeme für das Abschleppen anpassen könnt. Es würde mir nicht gefallen, die Ausrichtung falsch zu haben und euch aus Versehen in eine andere Galaxie zu schleudern.“

„Wenn du die Schaltpläne schickst, können wir sie hier überprüfen“, sagte Joy.

Qaiyaan schüttelte den Kopf. „Wir werden keine spezifischen Details über unser Schiff öffentlich machen.“ Sein Blick richtete sich an Kashatok. „Vor allem nicht für einen Kartellinformanten.“

Gassy hatte erwähnt, dass Kashatok das einzige Kartellmitglied in der Flotte war, aber Joy war nicht bewusst gewesen, dass zwischen ihnen eine Feindseligkeit herrschte. Sie zuckte mit den Schultern und machte einen Schritt nach vorne.

Kashatoks Hand auf ihrem Arm ließ sie innehalten. „Ich komme auch mit.“

Qaiyaan streckte eine Hand aus, während die andere an seiner Pulspistole verblieb. „Ich würde es vorziehen, wenn du an Bord deines eigenen Schiffes bleibst, Captain.“

Kashatoks Griff an ihrem Arm festigte sich. „Ich fühle mich nicht wohl dabei, sie allein gehen zu lassen.“

Joy löste behutsam seine Finger. „Ich komme schon klar, Captain."

Er ließ seine Hand fallen, aber sie konnte durch das Heben seiner Brust sehen, dass er nicht einverstanden war. Er richtete einen dunklen Blick auf sie und sagte: „Ich muss mit dir sprechen. Sofort."

„Natürlich." Selbstbewusster, als sie sich fühlte, folgte sie ihm in die hinterste Ecke des Frachtraums. Ekwok nickte nachdenklich mit seinem gelbbraunen Haarschopf, als sie an ihm vorbeikam, seine Augenbrauen fast bis zu seinem Ansatz. Sie weigerte sich, anderen ihre Aufmerksamkeit zu schenken, aber sie konnte spüren, dass jedes Augenpaar auf sie gerichtet war.

Kashatok lief um die Vorderseite des Shuttles und packte ihren Oberarm. „Ich vertraue nicht darauf, dass er nicht einfach mit dir verschwindet, sobald du an Bord bist. Ohne einen funktionierenden Brennantrieb kann ich dir nicht folgen."

Beim körperlichen Kontakt richteten sich ihre Nippel unwillkürlich auf und sehnten sich danach, dass sich seine Daumen über die Knospen bewegten und sie neckten. Wie war es diesem Mann gelungen, jede Vernunft in ihr zu verbannen?

Vielleicht drückte sein Höhlenmenschenverhalten ihre biologischen Knöpfe. Was auch immer es war, es gefiel ihr, jetzt allerdings war nicht die Zeit für solche Dinge. „Warum sollte er mit mir abhauen?"

„Er hat die Naniten."

Sie wartete auf weitere Erklärungen, aber er glaubte anscheinend, dass er genug gesagt hatte. Sie befreite sich aus seinem Griff und versuchte, ihm ein versicherndes Lächeln zu schenken. „Kashatok, es gibt keinen Grund, mich zu stehlen. In der Galaxie wimmelt es von Frauen, denen er Naniten verabreichen kann, wenn er das so wünscht."

„Die Naniten sind eine gestohlene Syndicorp-Technologie. Er kann sie nicht einfach irgendjemandem geben."

„Wenn das stimmt, wird er sie mir nicht aufzwingen. Hör auf damit, mich verstecken zu wollen."

Er knirschte genervt mit den Zähnen. Anscheinend hatte er aber kein weiteres Argument vorzubringen. „Die Sache gefällt mir nicht."

Ein wohlig warmes Gefühl breitete sich in ihr aus. Sie hatte sich noch nie zuvor von jemandem beschützt gefühlt, hatte nie gedacht, dass sie es mögen würde, zumal ihre Mutter so erdrückend war. Aber Kashatoks Emotion war so roh und echt, sodass sie wusste, dass es hier nicht um Kontrolle ging. Er machte sich wirklich Sorgen um sie.

Sie schaute über ihre Schulter, um sicherzugehen, dass niemand etwas sehen konnte, und zog dann spielerisch an seinem Bart. Es war schade, dass er Jhikik in seinem Quartier gelassen hatte; der kleine Netorpok hätte ihm vielleicht Trost spenden können. „Ich weiß, dass du mich nur beschützen willst, aber Captain Qaiyaan kam den ganzen Weg hierher, um uns zu helfen, noch bevor er wusste, dass ich an Bord bin. Ich glaube nicht, dass er mir etwas antun würde."

„Was ist, wenn er dich nicht zurückkommen lässt?"

„Warum sollte er das tun?"

„Die anderen Piratenkapitäne vertrauen mir nicht."

Joy neigte den Kopf. „Aber er ist gekommen, um dir zu helfen."

Kashatok rieb sich über seine Stirn. „Denaidaner helfen anderen Denaidanern. Es gibt zu wenige von uns, um das nicht zu tun. Jedoch vertrauen sie mir nicht mit Frauen, und das aus gutem Grund."

Sie gab ihm deutlich zu verstehen, dass sie ihre Kamera ausstellte. Hier ging es um etwas

Persönliches, und sie wollte, dass er frei reden konnte. „Erzähl mir den Grund. Bitte."

Winzige Muskeln zuckten in seinen Wangen, als würde er alles geben, um sich in Schach zu halten. „Es ist kompliziert. Jetzt ist dafür weder die richtige Zeit noch der richtige Ort."

Sie lehnte sich vor und stellte sicher, dass sie vollen Augenkontakt mit ihm hatte. „Wenn ich zurückkomme?"

Er schloss die Augen und entließ den Atem, bevor er scharf nickte.

„Okay. Ich habe eine Idee." Sie lunzte um das Shuttle zu Qaiyaan. Aleknagik war vorgerückt und unterhielt sich mit dem anderen Kapitän. Tovik lachte über etwas Gesagtes und der Rest der Crew schloss sich ihm an. Sie wandte sich wieder Kashatok zu. „Bitte ihn darum, eines seiner eigenen Besatzungsmitglieder als Sicherheit zurückzulassen. Er wird seinen eigenen Mann nicht im Stich lassen."

Kashatok holte tief Luft und entließ den Atem. „Du schlägst eine Art Geiselaustausch vor."

Für einen langen Moment bewegte er sich nicht, sah sie nur an und ihr Herz drohte ihr aus der Brust zu springen. Es fühlte sich an, als wollte er sie erneut küssen. Er roch so gut, nach Muskatnuss und Rauch. Instinktiv leckte sie sich über die Lippen.

Er starrte auf ihren Mund, streckte die Hand aus und strich mit seinem Daumen über ihre Lippen. „Lass dich nicht von ihnen zu etwas Dummen überreden. Okay?"

Sie nickte. Seine Nähe steckte jedes Nervenende von ihr in Flammen.

Dann zog er sich zurück und marschierte auf die versammelte Besatzung zu.

Die Wiedererlangung ihrer Geistesgegenwart dauerte einen Moment. Als sie ihre Beine wieder fühlte, beeilte sie sich, aufzuholen und versuchte dabei, nicht auf seinen erstaunlichen Hintern zu starren. Sie war sich der Ironie bewusst. Während sie ihn anstarrte, tat die Crew dasselbe mit ihr. Unter den wachsamen Augen der Männer rollten ihr Schweißtropfen über ihre Haut, jedoch hielt sie den Kopf hoch.

Kashatok stoppte mehrere Meter vor dem anderen Kapitän. „Sie wird mit dir gehen, aber wir brauchen eines deiner Crewmitglieder, das hierbleibt, während sie sich auf eurem Schiff befindet."

Sie stellte sich neben Kashatok, fing Toviks Blick ein und zwinkerte. Die Angespanntheit in den

Schultern des jungen Mannes ließ nach und er erwiderte das Zwinkern. Kommunikation, mehr war nicht nötig.

„Einverstanden." Qaiyaan tippte an eine Stelle unter seinem Ohr. „Noatak, du wirst auf der Kinship gebraucht."

Kashatok fügte hinzu: „Und lasst ihr Gehirn in Ruhe. Sie ist meine einzige Ingenieurin."

Die Wärme, die sie zuvor wahrgenommen hatte, kühlte sich ein wenig ab. Ingenieurin. Richtig. Deshalb brauchte er sie in einem guten Zustand. Sie hatte viel zu viel in den Kuss hineininterpretiert.

Noatak kam an Bord – ein großer Denaidaner mit dicken, schwarzen Haaren, die mit breiten Silberbändern in Schach gehalten wurden – und nachdem er und Qaiyaan sich leise kurzgeschlossen hatten, folgte Joy Tovik an Bord der Hardship.

Ein riesiger Kloß setzte sich in ihrer Kehle fest, als sie durch das Rohr liefen. Direkt hinter Tovik betrat sie den viel kleineren Frachtraum der Hardship und erwartete, dass Tovik in Richtung der Treppe weitergehen würde, die zu einem Metallsteg führte. Nur ein paar Schritte an Bord wirbelte er jedoch herum und sagte: „Befehle, Captain?"

Qaiyaan aktivierte den Atmosphärenschild hinter ihnen und verdeckte so den Blick in die

Bucht der Kinship. Joys Magen rebellierte, und das nicht nur, weil die Schwerkraft auf dieser Seite niedriger war, als sie es gewohnt war. Es bestand die Möglichkeit, dass Kashatok Recht behalten würde. „Was geht hier vor sich? Ich dachte, wir würden uns die Schaltpläne ansehen."

Eine Frau mit schwarzen Haaren kam über den Steg gerannt, entdeckte Joy und wurde langsamer. Joy verspürte das seltsame Verlangen, den Schwanz einzuziehen und durch das Rohr wieder zurückzurennen. Die Frau war in Person noch atemberaubender als auf dem Holo-Bildschirm, trug ein figurbetontes Tanktop und eine schwarze Lederhose, die ihre Kurven wunderschön in Szene setzten. Bei ihrem perfekten, herzförmigen Gesicht und ihrer cremeweißen Haut fühlte sich Joy, als wäre sie gerade aus einem Sumpf geklettert. Joy rieb beide Handflächen über die Vorderseite ihres Hemdes und ihre Oberschenkel, als ob das ihre dreckige Arbeitskleidung auf magische Weise in ein Outfit aus Pirelux verwandeln könnte.

Der Kapitän streckte einen Arm aus und die Frau duckte sich darunter durch und schlang einen Arm um seine Taille. „Joy, das ist Lisa, meine Gefährtin", sagte er.

„Eine Frau?" Lisa dämmerte es, was sich sofort

auf ihrem Gesicht zeigte. Sie ließ sie die Augen über Joys Körper schweifen. „Meintest du nicht, dass dieser Kashatok keine Frauen auf seinem Schiff erlaubt?"

Joy funkelte die Frau genervt an. Sie kannte diese Sorte: sexy, selbstbewusst und abweisend gegenüber denen, die sie als minderwertig betrachteten. Wie ihre Mutter. Joy drückte die Schultern durch, schaute auf die kleinere Frau hinab und durchzog ihre Worte mit Sarkasmus: „Mich freut es auch, dich kennenzulernen."

Die blasse Haut der Frau färbte sich rosa und sie senkte beschämt ihren Blick. „Es tut mir leid. Ich wollte nicht unhöflich sein. Es ist nur so, dass ich dich nicht erwartet habe." Sie traf auf Joys Blick. „Können wir noch einmal von vorn anfangen? Ich bin Lisa."

Joy nickte höflich. Sie vertraute dieser Frau nicht mehr, als sie diesen Männern derzeit vertraute. „Warum hast du mich hierher gebracht?"

Ein glatt rasierter Denaidaner erschien oben auf der Treppe und sprang dann die fünfzehn Stufen hinunter, als wäre es nichts. Mit weit aufgerissenen Augen näherte er sich. „Eine Frau?"

Lisa stieß ihm den Ellbogen in die Rippen. „Benimm dich."

Diese Crew und ihre unhöflichen Begrüßungen … Joy streckte eine Hand aus. „Ich bin Joy. Vorläufige Ingenieurin der Kinship.“

„Mekoryuk, aber du kannst mich Mek nennen.“ Er nahm ihre Hand und ein Lächeln zierte seine Lippen. „Ich freue mich, dich an Bord zu haben.“

„Jetzt, da sich alle kennen, muss ich zurück zur Kinship und die Reparaturen abschließen.“

„Tief durchatmen“, sagte Qaiyaan. „Du bist jetzt in Sicherheit und kannst gerne bleiben. Hier kann dir Kashatok nichts tun.“

„Kashatok würde mir nie wehtun.“ Joy erkannte in diesem Moment, wie sehr sich ihre eigene Meinung in nur wenigen Tagen verändert hatte.

Die drei Männer tauschten Blicke aus.

„Was?“, fragte Joy.

„Kashatok hat einen Ruf“, sagte Qaiyaan.

„Er hinterlässt in jedem Hafen tote Frauen!“ Toviks grüne Augen weiteten sich.

Joys Hand hob sich zu ihrer Kehle. Seine eigenen Worte gingen ihr nun durch den Kopf: *Sie vertrauen mir nicht mit Frauen, und das aus gutem Grund.*

„Nicht tot, Tovik“, stellte Mek richtig. „Komatös.“

Komatös? Wollten sie damit sagen, dass

Kashatok versuchte, sich in jedem Hafen mit Frauen zu paaren?

„Macht doch keinen Unterschied." Tovik runzelte die Stirn. „Sie stehen nicht wieder auf, oder?"

Nicht Kashatok. Sie glaubte nicht, dass er zu so etwas fähig war – nicht, wenn man bedachte, wie er sie immer wieder von sich stieß. Und wie er sie beschützte. Joy fand ihre Stimme: „Ihr müsst euch irren. Kashatok würde das nie tun."

„Du kennst die Nachwirkungen, wenn wir uns paaren?" Mek neigte seinen Kopf, als würde er sie neu bewerten.

Sie nickte. „Kashatok hat mir alles darüber erzählt, dass ihr euch nicht auf Frauen einlassen dürft und wie die Naniten das beheben sollen."

Qaiyaan verschränkte seine Arme. „Er hat dich gebeten, sie zu besorgen, oder? Möchte wahrscheinlich ein Spielzeug mit einer längeren Akkulaufzeit."

Joy biss die Zähne zusammen. „Ich bin kein Spielzeug. Und nein, er hat mich um nichts gebeten."

Die übermütige Haltung des Kapitäns verwandelte sich in Verwirrung. „Hat er nicht?"

„Er hat mich sogar vor ihm gewarnt. Er will

mich so schnell wie möglich von seinem Schiff runter haben. Wenn er nicht befürchten würde, dass du mich gegen meinen Willen mit Naniten infizierst, würde er dich wahrscheinlich bezahlen, um mich loszuwerden."

Mek hob beide Hände hoch. „Eins sollten wir klarstellen: Die Naniten sind keine Infektion."

„Und wir würden niemals etwas gegen deinen Willen tun!", bestand Tovik.

Dann sprachen die Männer alle durcheinander, bis Lisa ihre Finger in den Mund steckte und einen scharfen Pfiff ausstieß. Joys Einschätzung von ihr verbesserte sich mit jeder Minute. „Seid ruhig."

Die Männer murrten, aber beruhigten sich.

Sie stemmte ihre Hände in die Hüften. „Am Ende zählt nur, was Joy will." Lisa drehte sich um und sah Joy in die Augen. „Also lasst sie reden."

Joys Kehle trocknete plötzlich aus. Was wollte sie? Diese Piraten waren auf die streng geheime Technologie von Syndicorp gestoßen, die es ihnen ermöglichte, sich in galaktische Banken zu hacken oder militärische Geheimnisse zu stehlen, und doch wollten sie nur Gefährtinnen erschaffen. Wenn sie ehrlich mit sich selbst war, kümmerte sie sich nicht mehr um die Reportage. Nach dem Gespräch mit Kashatok hatte sie ihre Kamera nicht wieder eingeschaltet. Sie wollte ehrlich die Kinship reparieren und Kashatok dazu bringen, sie auf eine Weise zu respektieren, sodass sie an Bord bleiben konnte. Und vielleicht – nur vielleicht –, würden sie gemeinsam das Paarungsritual vollziehen.

Aber dafür bräuchte sie die Naniten.

Ihr Puls donnerte in ihren Ohren, als sie sagte: „Ich würde gerne ein wenig mehr über diese Naniten erfahren, bitte."

Kashatok schritt von einem Ende des Frachtraums zum anderen und gab vor, nicht vorhandene Fracht zu katalogisieren, während er darauf wartete, dass Joy zurückkehrte. Auf der Rückseite des höhlenartigen Raums saß seine Crew um einen Frachtcontainer herum, den sie zu einem Kartentisch umfunktioniert hatten, und spielten das langsamste Spiel von Ongaru Flip, das Kashatok je gesehen hatte.

Der Erste Offizier der Hardship schien bereits einer von seinen Männern zu sein, so leicht war es ihm gefallen, sich einzugliedern. An eine Geisel erinnerte er ganz sicher nicht. Die dicken Silberbänder in seinen langen Haaren ließen ihn unter der etwas raueren Crew hervorstechen, die an jedem seiner Worte zu hängen schien, während er lebhaft über die Naniten sprach. „Ich brauchte auch eine Weile, um es für bare Münze zu nehmen, und ja, ich habe gezweifelt. Aber glaubt mir, wenn ihr den Lärm hören könntet, der jede Nacht aus dem Kapitänsquartier kommt, würdet ihr genauso glauben, dass es möglich ist."

Chignik legte den Kopf in den Nacken und stöhnte. „Ellam Cua, wieder eine Frau zu erleben!"

Nickend lehnte sich Ekwok vor. „Bitte, Noatak, du musst unserer Frau Naniten geben."

Unsere Frau. Kashatok sträubte sich gegen den Ausdruck. Das war genau das, was er befürchtet hatte; die Crew wollte sie. Seine Männer planten bereits, sie sich zu nehmen. *Sie gehört mir.* Der Gedanke erhob sich in ihm als starke Welle, und er ballte seine Fäuste an seinen Seiten und versuchte, sie niederzudrücken. Wenn er so darüber nachdachte, war er nicht besser als seine Männer. Er musste sich und seine Crew in Schach halten. Vielleicht sollte er Captain Qaiyaan bitten, sie an Bord der Hardship zu akzeptieren, um hier dem Chaos vorzubeugen. Aber wieder stieg diese ursprüngliche Besitzgier in ihm auf. *Mein.*

Noatak fuhr fort: „Die Wahl liegt bei ihr. Ich

bezweifle, dass sie die Naniten will, solange sie nicht an einen Denaidaner gebunden ist.“

Jhikik erschien wie aus dem Nichts, grub seine Krallen in Kashatoks Hosenbein und huschte hoch zu seiner Schulter. Der kleine *Tunrak* musste wieder durch die Belüftungsrohre entkommen sein, aber ausnahmsweise war Kashatok froh. Er brauchte die beruhigende Präsenz des kleinen Kerls. Er streichelte den weichen Schwanz, der sich um seinen Hals geschlungen hatte. „Keine Bange, Jhik. Sie wird zurückkommen.“

Jhikik entließ ein hohes Geräusch und bewegte sich in eine Hocke.

Am Spieltisch schlug Cooper eine Karte auf den mittleren Stapel und lehnte die Flasche ab, die herumgereicht wurde. „Bin ich froh, dass ich mich nicht auf ein paar verdammte Mikrocomputer verlassen muss, um gevögelt zu werden. Ich frage mich, ob der Kapitän sie noch eine Weile an Bord lassen wird?“

Moore schnaubte und mischte die Karten. „Ich warte auf das nächste Bordell, vielen Dank auch. Ich ziehe es vor, dass meine Bettpartner wie Frauen aussehen.“

Ein paar der Männer lachten. Chignik

schüttelte den Kopf. „So schlimm sieht sie nun auch nicht aus."

„Du hattest anscheinend noch nicht viele Frauen um dich", entkam es Manopup und wackelte anzüglich mit seinen Tentakeln.

„Noch eine Sache", sagte Noatak und spielte seinen Zug. „Nicht jede Gehirnstruktur einer Frau ist für die Naniten geeignet. Für einige können sie tödlich sein."

Aleknagik beendete einen langen Schluck von dem Rum und reichte die Flasche an Moore weiter. „Mir ist ihre Gehirnstruktur egal, solange ihre weiblichen Attribute an der richtigen Stelle sind."

Ohne nachzudenken, flog Kashatok regelrecht auf die andere Seite der Bucht, stoppte vor dem Tisch und ragte über den Spielern. Das Geschwätz brach ab. „Hört auf, über Joys weibliche Attribute zu sprechen! Und sie wird die Naniten nicht nehmen, also schlagt euch das aus dem Kopf."

Die überraschten Gesichter brachen nacheinander den Blickkontakt zu ihm ab. Alle außer Aleknagik. „Interessant, dass du ihr die Möglichkeit für ein Privatquartier gegeben hast, *Captain*."

Kashatoks Herzen schlugen hart gegen seinen

Brustkorb, während seine Crew misstrauische Blicke austauschte. *Hatte Aleknagik ihr diesen Deal nicht angeboten?* Kashatok konnte sich ehrlich gesagt nicht erinnern. Er machte einen bedrohlichen Schritt auf seinen Ersten Offizier zu. „Worauf willst du hinaus?"

„Es ist schwer, einen Kapitän zu respektieren, der seine eigenen Regeln bricht."

„Hey, jetzt kommt mal alle runter!" Noatak erhob sich von seinem Sitz und machte mit seinen Händen beschwichtigende Bewegungen.

In diesem Moment deutete ein Zischen darauf hin, dass sich das Kraftfeld des Rohrs erweitert hatte.

Joy trat in die Bucht.

Joys Verstand summte mit Nanitenaktivität. Nur so konnte man das Gefühl in ihrem Kopf beschreiben. Sie hatten eine Party entlang ihres Sehnervs, genau dort, wo ihre Kamera mit ihrer Großhirnrinde verbunden war. Nachdem sie mehr über die Naniten erfahren hatte, war die Mechanikerin in ihr noch faszinierter. Die Dinger sollten es ihr ermöglichen, sich in Computersysteme zu hacken. Das würde eine Diagnose so einfach machen! Nicht nur das, sie wollte auch sehen, ob dieser Kuss mit Kashatok etwas zu bedeuten hatte. Wenn nicht, würde sie diesen Männern zumindest helfen, ihren Nanitenvorrat zu erhöhen und etwas tun, um den Schaden auszugleichen, den Syndicorp ihnen zugefügt hatte. Solange sie verheimlichte, was sie mit Syndicorp verband. Dieses Geheimnis durfte auf keinen Fall ans Licht kommen.

Aufgrund ihres kybernetischen Implantats war es Mek gelungen, die synaptische Insertion zu rationalisieren. Er hatte sie zur Beobachtung an Bord der Hardship behalten wollen, da sie gerade eine der beiden verbliebenen Nanit-Proben in ihrem Kopf aufgenommen hatte. Aber Joy wusste, dass Kashatok wahrscheinlich nah dran war, die Fassung zu verlieren, also hatte sie einen Deal gemacht: Tovik würde mit ihr kommen und auf sie achtgeben.

Sie stieg aus dem Einstiegsrohr und in die Kinship, sodass Tovik den Schwebecontainer mit Spezialteilen über die Verbindung manövrieren konnte. In dem Moment, als sie auftauchte, kam Jhikik über das Deck und sprang in ihre Arme. „Hey, kleiner Kerl. Ich habe dich auch vermisst."

Als sie aufblickte, traf sie auf Kashatoks

besorgten Blick. Hinter ihm waren seine Männer von ihren Sitzen um einen Frachtcontainer aufgestanden. Mehrere Spielkarten flatterten zu Boden.

In einem Ausbruch von Bewegung schritt Kashatok zu ihr. Wieder hatte er sein übliches finsteres Gesicht aufgelegt. „Und?"

Sie hatte ihm sagen wollen, dass sie die Naniten nun in sich trug, hatte jedoch nicht erwartet, ein Publikum zu haben. Stattdessen deutete sie hinter sich, wo Tovik aus dem Einstiegsrohr erschien. „Tovik möchte ein Brenngeschirr installieren, aber es macht mich nervös, es ohne Gassys Hilfe zu versuchen." Eigentlich war sie mehr als nervös. Ein Schiff, das sich in der Brennsequenz eines anderen Schiffes verfing, konnte an einen unbekannten Ort geschleudert werden, sogar in eine andere Galaxie – und nicht immer in einem Stück. Das Geschirr würde ein unsichtbares Feld erzeugen, das die Frequenzen beider Schiffe ausglich und sie zu einer Einheit verschmolz, bis die Verbrennung zu einem Ende kam. „Ich bin kein Ingenieur. Was ist, wenn ich etwas durcheinanderbringe?"

Tovik blieb neben ihr stehen, seine nackten Füße und sein sanftes Lächeln wirkten unter Kashatoks Crew vollkommen fehl am Platz. Aber der Junge schien nur Augen für sie zu haben. „Oh, du schaffst das, Joy. Ich werde dir mit jedem Schritt helfen."

„Das schätze ich sehr." Sie lächelte ihn sanft an. Tovik war offensichtlich verknallt und es war eindeutig, dass er nur wenig Erfahrung mit Frauen hatte. Sie musste behutsam mit seinen Gefühlen umgehen.

Kashatok dachte nicht einmal daran, behutsam zu sein. „Joy und ich schaffen das allein. Du darfst gehen."

Toviks Lächeln verschwand. „Aber du musst das Schiff steuern."

„Aleknagik kriegt das schon hin."

„*Anaq*, ja!", stimmte sein Erster Offizier zu.

Toviks Augen schossen nervös zwischen den beiden Männern hin und her. „Ich soll in ihrer Nähe bleiben, falls die Naniten durchdrehen."

Die umliegende Crew schien gleichzeitig nach Luft zu schnappen.

„Sie hat sie genommen", flüsterte einer.

„Ich dachte, sie wären gefährlich?"

„Was passiert nun?"

Joys Magen zog sich zusammen und sie biss sich hart auf ihre Unterlippe. So hatte sie nicht gewollt, dass Kashatok davon erfuhr. Und es war definitiv nicht ihre Absicht gewesen, es vor der gesamten Crew auszubreiten.

Kashatok begegnete ihrem Blick, seine Augen loderten mit Entsetzen, Wut und ... Hoffnung? „Ich habe dir gesagt, dass die Naniten gefährlich sind. Warum hast du sie trotzdem akzeptiert?"

Joy knabberte an ihrer Unterlippe und rührte sich keinen Millimeter vom Fleck, blieb standhaft, als seine Augen der Bewegung folgten. „Ich hatte bereits ein kybernetisches Implantat, also ist mein Gehirn an Schnittstellen gewöhnt. Mek sagt, dass es für mich einfach sein könnte."

Der Arzt von der Hardship hatte auch darauf hingewiesen, dass die Naniten sie beschützen würden, wenn jemand ... seine ungehobelte Seite herausließ. Und da sie von Denaidanern umgeben war, könnte das hilfreich sein. Zudem hatte er ihr eine kleine Pulspistole mitgegeben, die sie jetzt griffbereit am Gürtel trug.

Kashatok stieß in dieser gutturalen Sprache der Denaidaner eine Reihe von Flüchen aus. Sie dachte, sowohl Qaiyaans als auch Meks Namen vernommen zu haben.

Chignik bewegte sich fast ehrfürchtig auf sie zu, sodass Jhikik von ihren Armen auf ihre Schulter huschte. Der Netorpok entblößte seine stumpfen

Zähne. Chignik blieb stehen, aber seine Augen verließen nicht für eine Sekunde ihr Gesicht. „Wie fühlst du dich?"

Tuliak, der normalerweise so still war, dass er vergessen wurde, murmelte: „Hoffentlich notgeil."

Das Gelächter der Crew brach ab, als Kashatok die Gruppe hinter sich niederstarrte. „Jeder, der es wagt, Joy ohne ihre Erlaubnis anzufassen, wird ein schlimmeres Schicksal erwarten, als aus der Schleuse geworfen zu werden."

Toviks Augen lösten sich regelrecht von seinem Kopf, so weit sperrte er sie auf. „Was könnte schlimmer sein?"

Kashatok lehnte sich vor. Es fehlte nicht viel und er würde zusammen mit seinen Worten Feuer speien: „Das willst du nicht herausfinden."

Joy schnitt mit der Hand zwischen Kashatok und dem jungen Ingenieur durch die Luft. Es knisterte regelrecht, was ihren Kopfschmerzen nicht half. „Niemand wird mich anfassen und niemand wird ausgesperrt. Wir haben im Moment wirklich größere Probleme." Sie packte einen Griff an dem Schwebecontainer. „Qaiyaan hat ein Trooper-Schiff in der Gegend entdeckt, also müssen wir dieses Ding installieren und die Verbrennung einleiten, bevor sie uns finden."

Kashatoks Knurren brach ab und sein Ausdruck wirkte nun wieder eher wie sein typischer finsterer Blick. „*Usviiqe*. Okay. Ihr beiden macht euch an die Arbeit. Ich werde mit Qaiyaan sprechen." Er nagelte Tovik mit einem Blick fest, der die Rumpfverkleidung zerreißen könnte. „Ich bin bald wieder zurück."

Sie musste Tovik Anerkennung zollen, dass er standhaft blieb.

Der Denaidaner, der von der Hardship auf die Kinship gekommen war, trat vor. „Ich begleite dich." Der große Mann lief langsamer, als er an Joy vorbeikam und betrachtete sie mit einem neugierigen Blick. „Ich muss sagen, du bist eine mutige Frau, wenn du es wagst, wieder zurückzukommen. Ich würde eine Waffe griffbereit halten, wenn ich du wäre."

Joy antwortete ihm nicht. Sie war sich nicht sicher, ob sie mutig oder einfach nur dumm war.

Kashatok ließ ein letztes Mal den Blick über Joy schweifen, bevor er zu dem Rohr ging. „Du bist meine Mechanikerin. Vergiss das nicht. Lass dir nichts von den anderen gefallen."

Wie er sie *meine Mechanikerin* nannte, erfüllte sie mit einem neuen Hoffnungsschimmer. Seine Worte wirkten besitzergreifend. Persönlich. Ihrem Herzen schienen Flügel zu wachsen und in ihrem Bauch flatterten die Schmetterlinge. Sie konnte nicht anders und strahlte ihn an, bevor sie den Schwebecontainer an der Crew vorbei zum Maschinenraum führte.

In dem vertrauten Raum hielt sie inne. Der Bereich schien voller Bewegung zu sein, obwohl keine beweglichen Teile zu sehen waren. Waren es die Naniten, die ihr Bewusstsein für derartige Dinge steigerten? Lisa hatte ihr gesagt, dass sie wahrscheinlich anfangen würde, Computersysteme wahrzunehmen, während die Naniten ihre Synapsen bevölkerten. Sie meinte auch, dass sie keine sofortigen Veränderungen erwarten sollte. Wie bei ihrem Kameraimplantat würde es einige Zeit dauern, ihr Gehirn auf die Naniten zu trainieren. Sie versuchte, sich auf die Konsole auf der anderen Seite des Raumes zu konzentrieren, erhielt aber nichts Außergewöhnliches. Sie bewegte sich also auf die Werkbank zu und half Tovik, den aufwendigen Apparat aus Metall- und Flussmittelschläuchen, den er Geschirr nannte, zu entladen. Er rieb mit der Hand über das glänzende Metall des Apparats. „Wir müssen das in euren Hauptbrennantrieb einarbeiten. Ist die Stromversorgung abgeschaltet?"

Sie wandte sich an die nahegelegene Konsole. Ohne die Informationen überhaupt abrufen zu müssen, wusste sie, dass der Stromkreis zum Brennantrieb getrennt war. Aufgeregt blickte sie über die Bedienelemente und erhielt einen Messwert vom Schwerkraftgenerator, der ihr mitteilte, dass die Systeme innerhalb akzeptabler Parameter lagen. *Wow.* Diese Naniten könnten sich wirklich als nützlich herausstellen.

Sie war sich immer noch nicht sicher, ob alles echt war, tippte auf die Bedienelemente und versicherte sich manuell, dass das System, das den Brennantrieb mit Strom versorgte, ausgeschaltet war. „Wir können."

Gemeinsam lenkten sie das Geschirr im Dschungel zwischen das Durcheinander aus Rohren. Nachdem sie die Hälfte des Geschirrs gesichert hatten, bekam sie ein neues Verständnis dafür, warum Gassy es einen Dschungel nannte. Sowohl sie als auch Tovik mussten neue Wege finden, sich zu biegen und zu drehen, um auf die Verbindungen zuzugreifen, während Jhikik über die Leitungen kletterte und scheinbar nicht bereit war, sie aus den Augen zu lassen. Derzeit lag sie auf dem Rücken unter einem großen Rohr und streckte einen Arm nach oben zu einem Kabel; zwei weitere hielt sie in der Nähe ihres Bauchnabels, um zu verhindern, dass sie entkamen. Sie konnte ihr Ziel nicht ganz erreichen. „Verdammt, ich könnte einen dritten Arm gebrauchen."

Auf Händen und Knien drückte Tovik seine breiten Schultern in den kleinen Bereich neben ihr. „Bist du sicher, dass du die richtigen Schaltkreise hast?"

Plötzlich kippte er nach vorne. Ebenso abrupt wurde er rückwärts aus dem Loch gerissen.

„Was glaubst du eigentlich, was du hier machst?" Kashatoks tiefe Stimme brachte das Metallrohr über ihrem Gesicht zum Rasseln.

„*Anaq*, Kumpel!" Die Laute einer Rauferei erreichte sie. „Wir modulieren nur die Schildphaseneinstellung. Oder willst du, dass wir bei unserem ersten Huckepackmanöver wie Eierschalen knacken?"

Joy ließ ihre Kabel los und rutschte aus dem Dschungel. Kashatoks Fäuste hielten Toviks Tunika am Kragen umklammert. Der düstere Ausdruck auf seinem Gesicht würde ausreichen, um einen Rakwiji in Angst und Schrecken zu versetzen.

„Kashatok, es ist okay." Sie bewegte sich langsam auf ihn zu.

Der Kapitän gab Tovik einen harten Stoß und

so stolperte er rückwärts gegen die nahegelegene Konsole. Das Panel leuchtete beim Aufprall auf und eine Datenwelle schoss nach außen. Sie krachte wie ein Pulsschlag gegen Joys Verstand. Aus Gewohnheit, da sie seit über einem Jahr mit ihrer Kamera umgehen musste, beschwörte sie ihre Datenüberschreibungsprotokolle herauf. Aber die Welle war riesig.

Ihr Sichtfeld verdunkelte sich. Toviks wütende Reaktion auf Kashatok bekam sie nicht mehr mit, da sie bereits schwankte und nach hinten kippte.

Sie blinzelte.

Blinzelte.

Dann legte sie beide Handflächen auf ihre Augenhöhlen und hob sie wieder, während unverständliche Informationen durch ihr Bewusstsein rasten. Ihre Adern verwandelten sich langsam in Eis. Sie hatte das Gefühl, unter dem Ansturm nicht mehr atmen zu können. Kurz bevor ihre Beine unter ihr einknickten, keuchte sie: „Kashatok, i-ich kann nichts s-sehen."

KAPITEL ZEHN

Kashatok stand direkt hinter Mek und beobachtete, wie der Arzt zum gefühlt zwanzigsten Mal einen Scanner über Joys Kopf führte. Sie lag im Krankenzimmer der Hardship auf einem Bett, während Jhikik, der sich weigerte, sich mehr als eine Armlänge von ihr zu entfernen, jedes Mal einen warnenden Laut entließ, wenn sich die Hand des Arztes ihr näherte. Kashatok wusste genau, wie er sich fühlte.

In dem Moment, in dem Joy zusammengebrochen war, hatte er sie so schnell wie möglich in seine Arme gehoben und war mit ihr zur Krankenstation geeilt. Qaiyaan und Lisa hatten ihn am Rohr erwartet, und jetzt stand das Paar dicht beieinander an der Wand des Zimmers, wo sie leise miteinander sprachen. Der winzige Teil von ihm, der nicht auf die schreckliche Situation konzentriert war, beneidete die Art und Weise, wie sie sich gegenseitig ergänzten.

Mek legte den Scanner zur Seite und drehte sich zu Kashatok und den anderen um. „Ich kann noch nicht sagen, ob die Schädigung ihres Sehnervs dauerhaft ist."

Kashatok musste jemanden schlagen. Oder er brauchte einen Drink. „Warum hast du sie nicht gewarnt, dass dies passieren könnte?"

Mek starrte auf seinen Scanner. „Ich habe sie gewarnt, dass es Nebenwirkungen geben würde, aber wir haben nicht damit gerechnet, dass die Naniten ihre Synapsen so schnell bevölkern. Sie haben sich schon fast vollständig integriert."

Lisa seufzte, ihre Wangen rot. „Daran hätte ich mich erinnern sollen. Im Syndicorp-Labor stabilisierten sich Menschen mit kybernetischen Geräten mindestens zehnmal schneller als Menschen wie ich. Mein Bruder benutzte die Naniten bereits am nächsten Tag, um den Computer des Labors zu hacken."

Kashatok musterte Joys weiche Gesichtszüge. Ellam Cua, er wollte sie berühren, wollte sichergehen, dass sie noch atmete. Sein Blick rutschte zu ihrem Oberkörper, wo ihre Brüste kaum wahrnehmbare Hügel unter ihrem Hemd darstellten. Sie war kein kurviges Pinup-Girl, aber sie war definitiv weiblich. Wie hatte er das nicht von Anfang an sehen können? Er zog seine Aufmerksamkeit von ihren Brüsten weg, steckte seine Hände in seine Taschen und ließ sich von dem beruhigenden Schlag ihres Herzens trösten, den er durch seine ionischen Sinne wahrnahm. „Wann wird sie aufwachen?"

„Ich bin mir nicht sicher", sagte Mek. „Ihre Gehirnwellen deuten darauf hin, dass sie weiß, was vor sich geht, und es scheint, dass die Naniten mit ihrem kybernetischen Implantat zusammenarbeiten. Ich hoffe, das ist eine gute Sache. Aber wach oder nicht, sie wird zur Beobachtung auf der Hardship bleiben müssen."

Natürlich. Wahrscheinlich hatten sie das die ganze Zeit so geplant. Nun, er hatte nicht vor, sie zu verlassen. Kashatok machte es sich auf einem Stuhl bequem. „Sag mir einfach, was ich tun soll."

„Geh zurück zur Kinship und mach dich bereit für das Huckepackmanöver", sagte Qaiyaan. „Die Trooper scannen das Asteroidenfeld nicht weit von hier."

„Mein Erster Offizier kann sich um die Kinship

kümmern." Kashatok verschränkte die Arme vor der Brust. „Ich bleibe hier."

Mek und Qaiyaan tauschten einen Blick aus.

Auf eine Auseinandersetzung vorbereitet, brachte es Kashatok aus dem Gleichgewicht, als Lisa stattdessen sanft Qaiyaans Hand in ihre nahm. „Er macht sich Sorgen. Lass ihn bleiben." Sie zog ihren Gefährten zur Tür. „Wir müssen sowieso einen Nav-Grav-Puffer hier reinbringen."

Die beiden verließen den Raum und Kashatok starrte Joy mürrisch an. Ausgehend von den Entscheidungen, die sie in der letzten Zeit getroffen hatte, musste sie eine Todessehnsucht haben. Es sollte ihm egal sein, und er sollte sie hier lassen, sodass sie sich mit ihren eigenen Konsequenzen auseinandersetzen konnte. *Usviiqe*, er hätte sie in der Minute in ihr Quartier sperren sollen, als er hinter ihr Geheimnis gekommen war. Stattdessen hatte er sich von ihr überzeugen lassen, dass sie gebraucht wurde. Er war ein Narr.

Mek nahm weitere Blutproben und legte sie in ein Stase-Schließfach. Für ein kleines Schiff war die Krankenstation der Hardship bemerkenswert gut ausgestattet. Jhikik fuhr mit seinen klickenden Lauten fort und zuckte mit dem Schwanz, als bereite er sich mental darauf vor, dem Arzt auf die Hände zu schlagen.

Kashatok war sich nicht sicher, was er mit sich selbst anfangen sollte, und fragte: „Was sind jetzt ihre Optionen?"

Mek legte einen zweiten Satz Proben in eine Zentrifuge. „Die Naniten benehmen sich wie Samenzellen. Im Laufe der Zeit nehmen sie synaptische Veränderungen vor, die den Denaida-Paarungsfrequenzen Widerstand entgegensetzen. Wenn man ihnen jedoch erlaubt, den Prozess zu weit zu treiben, übernehmen die Naniten vollständig die Kontrolle. Ich behalte ihr Level im Auge. Abgesehen davon, die Naniten zu vernichten, bleibt uns nichts anderes übrig, als abzuwarten und regelmäßig neu zu bewerten."

Die Naniten vernichten? Kashatok setzte sich kerzengerade hin. „Willst du damit sagen, dass die Naniten nicht von Dauer sein müssen? Wenn du sie loswerden kannst, tu es jetzt!"

Mek richtete einen ernsten Blick auf ihn. „Es gibt nur einen Weg, die Naniten loszuwerden, Captain. Die denaidanische Paarungsfrequenz."

Ein Klumpen formte sich in Kashatoks Kehle. Um die Naniten loszuwerden, müsste Joy Sex haben. Glorreichen, erfüllenden, bewusstseinserweiternden Sex. Ein Akt, an dem Kashatok niemals teilnehmen konnte. „Das kann doch nur ein Witz sein! War sich Joy dessen bewusst?"

„Ich habe es ihr gesagt. Sie schien bemerkenswert unbesorgt."

„*Usviiqe!* Wen hatte sie ..." Kashatok rieb seine Handflächen über seine Wangen, als die hitzige Erinnerung an den Kuss in seinen Verstand einbrach. Hatte sie sich ihn als Teil des Prozesses vorgestellt? Ellam Cua, er hätte klarstellen sollen, dass er absolut keine Option war. „Wie soll sie das tun, wenn sie bewusstlos ist?"

Mek rieb sich die Nase, dann über den Mund, als zögerte er, seine nächsten Worte auszusprechen. „Sie ... muss nicht bei Bewusstsein sein", sagte er schließlich.

Kashatok machte einen bedrohlichen Schritt auf den Arzt zu. „Niemand berührt sie ohne ihr Einverständnis."

Mek drückte die Schultern durch und kniff die Augen zusammen. „Wäre es dir lieber, wenn sie stirbt?"

„Natürlich nicht. Aber ..." Kashatok suchte nach Lösungen. „Wir könnten einen Frequenzimpulssimulator entwickeln."

„Hmm." Mek tippte mit den Fingern gegen sein

Kinn. „Wir haben nie daran gedacht, dass wir eine solche Option brauchen könnten. Ich glaube sogar, dass Tovik dazu in der Lage wäre, etwas Derartiges zu entwerfen." Der Doktor schüttelte den Kopf. „Im Moment hat er jedoch alle Hände voll damit zu tun, den Prozess mit dem Abschleppen zu überwachen."

Kashatok wollte sich freiwillig melden. Allerdings wusste er nicht genug über die technischen Aspekte, und Gassy war außer Betrieb. Wenn Joy wach wäre, könnten sie wahrscheinlich zusammen an einer Lösung arbeiten.

„Sie ist dein Besatzungsmitglied, also liegt es bei dir", sagte Mek. „Sie hat sehr deutlich gemacht, dass sie dir vertraut. Ich schätze sogar, dass sie dir gegenüber mehr empfindet als Vertrauen."

Kashatok merkte nicht, dass er sich zurückzog, bis er den Hocker in seiner Kniebeuge registrierte. „Selbst, wenn sie wach wäre und mich darum bitten würde, könnte ich es nicht tun. Kann ich nicht." Seine beiden Herzen schlugen in seiner Brust um die Wette. Dann platzte es kurzerhand aus ihm heraus: „Ich bin ein *Carayak*!"

Das Wort hing wie eine giftige Wolke in der Luft. Ein, zwei, drei Herzschläge.

Meks Blick wanderte zu Kashatoks

Leistengegend, und Kashatok wusste, was er dachte. *Warum ist er nicht kastriert?*

Eine schwache Stimme drängte sich in die spannungsgeladene Luft: „Was ist ein Carayak?"

Kashatok sprang regelrecht aus seiner Haut. „Du bist wach!"

Joys Augen blieben Schlitze, als machte ihr das grelle Licht zu schaffen, während sich Mek erneut mit einem Scanner ihrem Kopf näherte. „Noch immer keine Sehkraft?"

Sie schüttelte den Kopf. „Nichts. Sag mir, was ein Carayak ist."

„Ein Denaida-Männchen mit einer außergewöhnlich seltenen genetischen Erkrankung, die inkompatible Paarungsfrequenzen verursacht." Mek zuckte gerade noch rechtzeitig mit der Hand zurück, um Jhikiks Zähnen auszuweichen.

„Tödliche Frequenzen." Die Worte fühlten sich an, als hätte Kashatok Lava getrunken. „Sogar für andere Denaidaner."

„Tödlich?", flüsterte sie und hob eine Hand an ihre Lippen. Lippen, die er geküsst hatte. „Aber du hast mich geküsst."

„Die schädliche Frequenz entsteht während eines Höhepunkts", sagte Mek, seine Stimme ärgerlich klinisch. „Es tötet die Frau nicht, zerstört jedoch ihr Bewusstsein. Die meisten Carayaks entdecken den Zustand während der Pubertät – in der Regel bei ihrer ersten sexuellen Erfahrung." Er wandte sich an Kashatok. „Ich habe noch nie von einem erwachsenen Carayak außerhalb eines Klosters gehört, der nicht kastriert ist. Wurdest du getestet?"

Kashatok grunzte ein Lachen heraus. „Nur auf die altmodische Art und Weise."

Die Wahrheit war jetzt raus, und egal, wie viel Rum er auch trank, nichts würde sie jemals wieder zu einem Geheimnis machen. Wie gelähmt starrte er in Joys blinde Augen und hasste es, wie unfokussiert sie wirkten, da der Anblick Erinnerungen an Aiyana hervorholte. Aber er war auch froh, dass Joy ihn nicht sehen konnte. Er wollte sie so weit weg von dieser schrecklichen Seite von sich selbst haben, wie es nur ging.

„Deshalb willst du keine Frauen auf deinem Schiff", flüsterte sie.

Mek lehnte sich an einen Schrank und kreuzte einen Knöchel über den anderen, aber die entspannt wirkende Haltung machte die Spannung im Raum nur deutlicher. „Captain, ich muss fragen: Sind die Gerüchte über dich wahr?"

Das Ausgraben dieser Erinnerungen hatte eine

hohle Grube in Kashatok geschaffen, wie die plötzliche Entwässerung eines Teiches, der nichts als stinkenden, verrottenden Schlamm hinterließ. Er konnte sich genauso gut von allen Geheimnissen befreien. „Ja. Ich war sechzehn und ihr Name war Aiyana." Er weigerte sich, zu Joy zu sehen, die Hoffnungslosigkeit in seiner Brust eine rohe Wunde. „Und fürs Protokoll: Ich habe sie geliebt."

„Und die anderen?", fragte Mek.

„Die anderen?" Kashatok runzelte die Stirn.

„Die komatösen Frauen, die du in jedem Hafen zurücklässt."

Kashatok drückte die Schultern durch. Er wusste, dass die Leute ihn für ein Monster hielten, aber dieses Gerücht kannte er noch nicht. „Das würde ich nie machen! Ich erlaube Frauen nicht einmal auf mein Schiff."

„Wie bist du dann zu ihr gekommen?" Mek wies mit dem Kinn zu Joy.

Kashatok erinnerte sich an den Moment, in dem er Joy das erste Mal in der Taverne gesehen hatte, mit ihren großen Augen und der olivfarbenen Haut. Wie couragiert und lebhaft sie gewesen war, wie sie sich für ihren Anteil an den Gewinnen eingesetzt hatte. Obwohl er sie damals für einen

Jungen gehalten hatte, war die Anziehung nicht zu bestreiten gewesen.

„Meine Schuld.“ Joy hob ihre Hand, als würde sie um Erlaubnis bitten, im Unterricht zu sprechen. „Ich habe mich als Mann verkleidet.“

„Ich bin erst dahinter gekommen, als wir schon tief im Weltall unterwegs waren“, fügte Kashatok hinzu. „Sonst hätte ich sie am nächsten Hafen abgesetzt.“

Mek kratzte sich über die Stoppeln an seiner Wange. Nachdenklich betrachtete er Kashatok und schien ihn neu zu bewerten. „Und wie ist es jetzt?“

Kashatok schluckte. *Ja, wie ist es jetzt?* Er mochte es, Joy in der Nähe zu haben. Doch sie in der Nähe zu haben, konnte nur böse enden. *Anaq*, das hatte es schon. Sie war blind! Und Naniten oder nicht, sie konnte nicht auf seinem Schiff bleiben. „Ein blinder Mechaniker ist für mich nutzlos.“

Auf dem Bett hörte er Joy nach Luft schnappen und sie wandte ihr Gesicht ab. Kashatok wollte seinen eigenen Schädel gegen eine Wand schlagen. Warum hatte er das gesagt?

Jhikik zwitscherte und streichelte Joys Wange mit der pelzigen Seite seines Schwanzes.

„Ich verstehe.“ Mek drückte die Schultern durch. „Na ja, du musst dir von nun an keine

Sorgen mehr um sie machen. Gerne kann sie an Bord der Hardship bleiben. Ich weiß mit Sicherheit, dass es Tovik nichts ausmachen wird."

Die kleine Stimme in Kashatoks Kopf sang immer wieder *Mein, mein, mein.* Eine andere Stimme wiederholte, dass er sie niemals haben könnte. Dann kam ihm ein Gedanke. „Warte mal kurz. Willst du damit andeuten, dass sie jetzt nur noch für eine Paarung gut ist?"

Mek zuckte mit den Schultern. „Verbunden oder nicht, blind oder nicht, wir werden uns gut um sie kümmern. Aber irgendwann muss sie mit jemandem schlafen, um die Naniten loszuwerden."

Kashatok erkannte, dass er zum Bett ging, als wollte er sie beschützen. Sein ionischer Sinn konnte fühlen, dass sie zitterte und mit den Tränen kämpfte. Tränen, die er verursacht hatte, und er hasste sich umso mehr dafür. „Sie ist eine gute Ingenieurin. Vielleicht kann ich ihre Augen sein und ihr helfen, einen alternativen Plan zu entwickeln, um die Naniten kurzzuschließen."

Der Arzt zog die Augenbrauen hoch. „Solange sie mir erlaubt, einen kleinen Vorrat an Naniten zu ziehen, um zukünftige Gefährten zu erschaffen, sind wir völlig offen für Alternativen." Mek tippte mit einem Finger gegen sein Kinn. „Weißt du,

Carayaks sind extrem selten. Wenn du einer bist, könntest du uns helfen, zu verstehen, wie unsere Paarungsfrequenzen mit anderen Arten interagieren. Würdest du mir erlauben, eine Gewebeprobe zu nehmen?"

Als er an das Gewebe dachte, das Mek wollte, zog Kashatok in Betracht, zuzustimmen; Kastration würde dafür sorgen, dass Joy in seiner Nähe sicher wäre. Dann stellte er sich die übergewichtigen, weichstimmigen Mönche aus seiner Kindheit vor. *Keine Chance.* Er wandte seine Schulter dem Arzt zu und schaffte es so, seinen Intimbereich außer Reichweite zu bringen. „Ich mag meine Eier zufällig genau dort, wo sie sind."

„Nicht von deinen Genitalien." Mek zog einen Abstrichtupfer aus einem der Schränke und hielt ihn hoch. „Ich will nur ein paar Gewebezellen aus deinem Mund."

Kashatok betrachtete den harmlosen Tupfer. Nach einem Moment zuckte er mit den Schultern. „Okay."

Mek hatte gerade die Probe entnommen, als Qaiyaan mit dem sperrigen Headset eines Nav-Grav-Stuhls den Raum betrat. Hinter ihm schulterte Lisa eine Drahtspule. Qaiyaan legte das Headset auf die Arbeitsplatte. „Captain Kashatok, du wirst auf der Kinship gebraucht. Es geht um deinen Ingenieur."

Kashatoks Herzen schlugen gegeneinander. Neben ihm schlug auch Joys Herz schneller. Warum hatte ihn niemand über sein Implantat kontaktiert? Er beäugte Qaiyaan misstrauisch und tippte unter seinem Ohr gegen die Haut. „Kinship, hier spricht euer Captain. Aktueller Stand?"

Innerhalb weniger Augenblicke füllte Docs Stimme seinen Kopf. „Captain, du musst sofort herkommen."

Er spürte, wie das Blut aus seinem Gesicht floss. „Bin auf dem Weg."

Joy tastete nach Kashatoks Hand. „Gassy?"

Bei dem Komfort ihrer Berührung wollte er am liebsten bleiben. Oder sie mitnehmen. Aber das konnte er nicht. Er musste sie hier lassen, nicht nur jetzt, sondern für immer. Mit der anderen Hand strich er ihr eine Locke aus der Stirn. „Ich muss gehen."

Sie drückte seine Hand. „Okay, ja, geh."

„Hier kannst du sowieso nichts tun", sagte Mek. „Ich halte dich auf dem Laufenden."

Kashatok fuhr mit der Hand über Jhikiks pelzigen Kopf. „Kümmere dich um sie, Jhik." Dann, unfähig, sich dem Drang zu entziehen, strich er ein letztes Mal mit den Fingerknöcheln über Joys samtweiche Wange. „Ich komme bald wieder.“

Er starrte Mek in die Augen und versicherte sich, dass der Arzt alles im Griff hatte, bevor er zum Einstiegsrohr eilte. Zum ersten Mal seit über einem Jahrzehnt sandte er ein Gebet an den denaidanischen Gott.

KAPITEL ELF

Nachdem Kashatok weg war, zitterte Joy am ganzen Körper, überwältigt von allem, was um sie herum geschah. Gassy könnte gerade sterben. Würde sie ihn jemals wiedersehen? Sie hielt ein Schluchzen zurück, als ihr die Frage durch den Kopf ging. Es war möglich, dass sie nie wieder jemanden sehen würde. Kashatok brauchte keinen blinden Mechaniker. Bei der Erinnerung an seine Worte würde sie sich am liebsten übergeben.

Sie sagte sich immer wieder, dass die Blindheit eine vorübergehende Nebenwirkung war. Als sie ihr Kameraimplantat erhalten hatte, litt sie tagelang unter einer Migräne und hatte sich in dieser Zeit in ihrer Wohnung verschanzen müssen. Doch das brachte alles nichts. Die Panik blieb und erschwerte ihr das Atmen. Kashatok brauchte keinen blinden Mechaniker. *Bitte lass es nicht dauerhaft sein.*

Sie kämpfte gegen Tränen an und drückte die Handballen auf ihre geschlossenen Augen.

Irgendwo zu ihrer Linken wies Captain Qaiyaan Lisa an, wie sie die Ausrüstung positionieren sollte. Sie wusste sofort, wenn Qaiyaan zu nahe kam, da sich Jhikik anspannte und mit seinen Zähne klapperte. Sie war froh, dass er hier war, denn sein Fell fühlte sich tröstend und warm an ihrem Hals an.

Qaiyaan fragte: „Wie schaffen wir es, dass diese Kreatur nicht im Weg ist?"

„Er tut nichts. Lass mich", sagte Lisa. „Joy, ich werde die Frequenzmodulatordioden anbringen, in Ordnung?"

Joy spürte, wie kühle Hände die kleinen Pads gegen ihre Schläfen drückten. Neben ihrem Ohr vibrierte der Netorpok in Warnung, griff aber nicht an und biss auch nicht zu.

Joy, die ihre Gelassenheit wiedererlangte, fragte: „Was macht ihr?"

„Als ich die Naniten hatte, waren sie unter

bestimmten Frequenzen extrem instabil“, antwortete Lisa. „Vor allem, während der Verbrennung.“

„Mach dir keine Sorgen, Joy.“ Toviks Stimme erschreckte sie. „Ich habe die Nav-Grav-Puffer speziell für die Naniten modifiziert. Ich werde dich beschützen.“

So sehr sie es schätzte, dass er versuchte, zu helfen, war sie nicht in der Stimmung für seine Schwärmerei. „Ich komme schon klar.“

„Du wirst wahrscheinlich immer noch ein gewisses Unbehagen verspüren“, sagte Lisa. „Ein Schiff der K-Klasse huckepack zu nehmen, kann nur holprig werden.“

Die Naniten hatten sich zu einem leisen Summen beruhigt, das sie über Jhikiks Schnurren kaum hören konnte. Aus irgendeinem Grund hatte der Zustrom von Daten auf der Kinship die kleinen Maschinen mit Energie versorgt, ihnen einen Zweck gegeben, und sie hatten versucht, jede Synapse in ihrem Gehirn zu kapern, um die Informationen zu verarbeiten. Seit ihrer Erblindung war ihr Verstand also recht beschäftigt gewesen. Die Mechanikerin in ihr hatte versucht, eine Art mentalen Notschalter zu entwickeln – nichts, was die Naniten vollständig deaktivieren würde, aber etwas, um ihren Prozess zu stoppen. Vorerst war ihr das gelungen, jedoch hatte sie keine Ahnung, was die Maschinen unerwartet wieder zum Leben erwecken könnte.

„Tovik", sagte Qaiyaan, „beweg deinen Arsch und beende die Vorbereitungen. Lisa, ich brauche dich auf der Brücke."

Lisa drückte Joy die Hand. „Halte durch."

Schritte, dann kehrte im Raum Stille ein. Blind zu sein, war ätzend. „Hallo?"

„Keine Sorge, ich bin immer noch hier", antwortete Mek. Sie konnte hören, wie er sich auf der anderen Seite des Raumes bewegte.

Joy streichelte Jhikiks Schulter und fühlte sich völlig hilflos. Sie sehnte sich nach Kashatoks beruhigender Präsenz. „Wie lange noch, bis wir brennen?"

„Sollte nicht mehr zu lange dauern. Sie werden es ankündigen."

Joy holte ein weiteres Mal tief Luft. Sie musste sich auf etwas anderes als ihre eigene Angst konzentrieren. Aber das Einzige, woran sie denken konnte, waren die Naniten, die sie wiederum dazu brachten, an Kashatok zu denken. „Kann man einen Carayak heilen?"

Mek seufzte. „Nein. Wir konnten keinen Weg

finden, das Gen zu unterdrücken. Dann kam die Termination, was weitere Forschung unnötig gemacht hat.“

Sie biss sich auf die Unterlippe. „Also gibt es keine Hoffnung für ihn?“

„Nicht, wenn er ein Carayak ist.“

„Könnte es sein, dass er vielleicht keiner ist?“ Sie konnte die Hoffnung nicht aus ihrer Stimme heraushalten.

„Das kann ich hoffentlich an der Gewebeprobe erkennen, die er mir gegeben hat.“

Das Zittern aus ihrer Stimme fernzuhalten, beraubte sie jeglicher Kraft. „Was ist mit seiner Idee, eine künstliche Frequenz zu schaffen, die die Naniten zerstört?“

Das Geräusch eines Hockers, der über den Boden kratzte, war zu vernehmen. Mek antwortete schließlich: „Die Idee ist nicht schlecht, und ich habe bereits mit Nachforschungen begonnen. Ionenfrequenzen sind jedoch sehr komplex. Zu Paarungszwecken werden sie von Pheromonen und Hormonen in beiden Teilnehmern begleitet. Ich bin mir nicht sicher, ob wir Zeit haben, ein Verfahren zu entwickeln und es zu testen, bevor es ernst für dich wird.“

Ihre Kehle fühlte sich zu eng an. Obwohl Lisa

sie vor dem Zeitlimit für die Naniten gewarnt hatte, hätte Joy nie gedacht, dass die kleinen Dinger so schnell überhandnehmen würden. Zuerst wollte sie sich vor Kashatok beweisen. Nicht nur als Mechanikerin, sondern als Frau. Sie hatte sich noch nie als attraktiv empfunden. Nach dem Kuss hatte sie jedoch geglaubt, dass sie ihn vielleicht in Versuchung führen könnte.

Wenn sie es nur geahnt hätte.

Schritte näherten sich dem Bett. „Du kannst von unserer Crew wählen – wahrscheinlich von beiden Crews –, wenn die Zeit gekommen ist."

Nur nicht Kashatok. Sie drehte den Kopf weg, denn sie wollte in Ruhe trauern. „Ich werde versuchen, etwas zu schlafen. Vielleicht wird die Blindheit dadurch nachlassen."

„Ich bin hier, wenn du mich brauchst." Er tätschelte ihre Hand und sie hörte, wie sich seine Schritte wieder zur anderen Seite des Raumes bewegten.

Ihre Naniten erwärmten sich – was sich in ihrem Kopf als prickelndes Gefühl zeigte –, und sie nahm an, dass es auf ihre Unruhe zurückzuführen war. Gott, was sollte sie tun? So süß Tovik auch war, sie verspürte in der Nähe des rothaarigen Denaidaners kein Verlangen. Keiner der Männer auf den beiden Schiffen hatte ihre Fantasie so angeregt wie Kashatok. Eine kleine Stimme in ihrem Kopf, die verdächtig nach ihrer Mutter klang, wiederholte die Worte: *Ich habe es dir doch gesagt.* Ihre Brust verengte sich.

Was, wenn sie ihre Mutter kontaktierte?

Der CEO des Unternehmens, das diese Naniten geschaffen hatte, würde ihr wahrscheinlich sagen können, wie man sie wieder aus dem Körper bekam. Mit Sicherheit befand sich bereits eine Maschine dafür im Besitz von Syndicorp. Aber ihre Mutter um Hilfe zu bitten, ohne dass die Piraten es herausfanden, könnte sich als schwierig gestalten. Wie sollte Joy ein Kommunikationssystem finden, wenn sie nicht sehen konnte?

Du hast etwas Stärkeres als deine Sehkraft. Der Gedanke ließ ihr Herz stärker pochen. Im Maschinenraum hatte sie Informationen von der Konsole wahrgenommen — und das von der anderen Seite des Raumes. Könnte sie die Naniten verwenden, um auf das Kommunikationssystem zuzugreifen? Traute sie sich?

Als sie sich die Schaltkreise des Kommunikationssystems in ihrem Kopf vorstellte, löste sie die Handbremse einiger der Naniten.

Inmitten all der Informationen, die aus dem

Cyberspace auf sie einhämmerten, leuchtete die Kommunikationsverbindungen wie ein Feuerwerk auf.

Sie bewegte sich und wünschte, sie könnte sehen, was Mek tat. Konnte er sie sehen? Würde er es wissen, wenn sie versuchte, einen Anruf zu tätigen? Und wie konnte sie einen Anruf tätigen, ohne laut zu sprechen? Würden sich ihre Gedanken am anderen Ende in Worte fassen lassen?

Sie entschied, dass sie nichts zu verlieren hatte, und schickte eine Anfrage, sich mit dem privaten Polycom ihrer Mutter zu verbinden. Dabei fügte sie ihre eigene persönliche Identifikationsnummer hinzu, damit ihre Mutter wusste, wer anrief.

Das schlanke Gesicht ihrer Mutter trat in den Fokus, als würde Joy auf einen Bildschirm schauen. Joy biss sich auf die Unterlippe, um sich davon abzuhalten, laut zu sprechen. Ihre Mutter war nie der fürsorgliche Typ gewesen, aber ihr vertrautes Gesicht sorgte für etwas Trost.

„Joy? Was stimmt nicht mit deiner Verbindung?"

Joy konzentrierte sich und antwortete: „Mutter, ich brauche deine Hilfe."

„Welche Art von Hilfe?"

Ihre Mutter konnte sie hören!

Die Falten in dem Gesicht ihrer Mutter vertieften sich, als sie das Polycom näher zu sich holte. „Und warum bist du nicht auf Video? Du bist doch jetzt eine Reporterin, oder? Du brauchst all die Übung, die du bekommen kannst."

Joys Erleichterung verwandelte sich in das vertrautere Gefühl des Selbstzweifels. „Ich bin undercover unterwegs. Ich wurde ..." – sie wählte Meks bevorzugten Begriff – „mit cyberempfindlichen Naniten aus einem der Testlabore von Syndicorp versehen. Ich muss wissen, wie ich sie loswerden kann."

„Du hast was getan?" Die Augen ihrer Mutter weiteten sich. „Diese Technologie befindet sich noch in der zweiten Testphase. Wie bist du –"

„Das ist nicht wichtig. Ich habe nicht viel Zeit. Weißt du, wie man die Naniten zerstört?"

„Wie hast du unser Biotech-Labor überhaupt gefunden? Sie meinten zu mir, es sei unter der Goldmine nicht auffindbar. Nun, das wird dich hoffentlich lehren, nicht irgendwo herumzuschnüffeln, wo du nicht hingehörst. Ich sollte dich deinem Schicksal überlassen, damit du deine Lektion lernst."

Joy biss die Zähne zusammen. Ihre Mutter hatte ihr noch nie geholfen, nur weil Joy gefragt hatte.

„Ich bin nicht in einem Labor. Ich arbeite an einer Reportage über Piraten. Wirst du mir jetzt helfen oder nicht?"

Zum ersten Mal in ihrem Leben nahm Joy auf dem Gesicht ihrer Mutter Sorge wahr. „Piraten? Bitten sie um Lösegeld?"

Scheiße! Ich hätte die Piraten nicht erwähnen sollen. „Mir geht es gut. Ich sagte doch, ich bin undercover. Sie werden mich am nächsten Weltraumhafen absetzen. Bitte sag mir —"

„Mach dir keine Sorgen. Ich schicke sofort ein Team, Schatz. Wir dürfen diesen Gaunern keinen Spielraum lassen. Bleib an der Leitung, damit sie eine Spur aufnehmen können."

„Nein!" Joys Augen flogen weit auf und sie schaffte es in eine sitzende Position. Zu spät erkannte sie, mit was für einer Lautstärke sie gesprochen hatte.

Jhikik zwitscherte laut, Krallen gruben sich in ihren Oberschenkel, wo er sich nach ihrer plötzlichen Bewegung festgeklammert hatte. Sie schwor, dass Meks besorgtes Gesicht vor ihren Augen aufblitzte.

Die Stimme des Arztes sprach von rechts. „Bist du verletzt?"

Joy konnte nicht antworten. Bilder flackerten

durch ihr Gehirn: Mutter, Jhikik, Kommunikationsschaltung, Mek. Ihr Kopf pochte, als würde jemand eine Wurzelkanalbehandlung an ihrem Gehirn vornehmen. Was zum Teufel ging hier vor? Sie biss die Zähne zusammen und konzentrierte sich auf einen einzigen Befehl: *Notschalter aktivieren!*

*K*ashatok überquerte das Einstiegsrohr in einem einzigen Schritt und flog regelrecht durch den leeren Frachtraum. Wo waren seine Wachen? Wenn es eine Sache gab, die ihm das Kartell beigebracht hatte, dann, niemandem jemals den Rücken zuzukehren, nicht einmal den Piraten seines eigenen Raumschiffes. Er hatte ein paar Worte für Aleknagik übrig, wenn er ihn das nächste Mal sah.

Als er an der Waffenkammer vorbeikam, dachte er an Joy, blind und ungeschützt auf dem anderen Schiff. Obwohl er eifersüchtig auf Tovik war, würde er auf sie aufpassen und sein Bauchgefühl sagte ihm, dass es besser war, sie bei einem Arzt zu lassen, der wusste, was er tat. *Verflucht sei sie, dass sie die Naniten genommen hat.* Er hatte gewusst, dass die

Syndicorp-Technologie nur Ärger bringen würde. Im Moment jedoch musste er an Gassy denken.

Er trat so schnell in die Krankenstation der Kinship, dass er den Türrahmen packen musste, um nicht aus der Bahn zu geraten. Der Raum stank nach Desinfektionsmittel und Blut. Sein Blick schweifte hin und her; schließlich landete er auf dem alten Ingenieur, der wie gehabt unter dem Sterilitätsschild lag. „Gassy?"

Gassy öffnete die Augen. „Hey."

Kashatok setzte sich auf den Hocker neben dem Bett und bewertete die stetigen Herzschläge auf dem Vitalmonitor. Er war kein Arzt, aber die Linien und Zahlen schienen sich nicht verändert zu haben. „Wo ist Doc? Ich habe einen Anruf bekommen, dass etwas nicht stimmt."

„Ich habe vorhin ein paar Geräusche gehört, aber bei mir war niemand."

In Kashatoks Nacken stellten sich die Haare auf, sein Ionenbewusstsein alarmiert. Jemand hatte sich hinter ihm eingefunden. Langsam erhob er sich und drehte sich zur Tür.

Aleknagik stand im Raum, die Beine etwas auseinander und die Arme vor der Brust verschränkt. Im Flur hinter ihm hielten Doc und Manopup Pulspistolen.

„Was usviiq nochmal ist hier los?", knurrte Kashatok. Sein Blut verwandelte sich in seinen Venen zu Eis.

„Die Crew hat dich rausgewählt", sagte Aleknagik.

Hinter ihm hustete Gassy. „Warum habe ich nichts von einer Abstimmung gehört?"

„Das ist Meuterei." Kashatok machte einen Schritt nach vorne und blieb stehen, als die beiden Männer im Korridor ihre Pistolen auf ihn richteten. „Aleknagik, sag ihnen, sie sollen sich zurückhalten."

„Das hier ist kein Trooper-Schiff, Captain." Aleknagik zog eine Augenbraue hoch. „Wir sind Piraten. Wir alle haben Mitspracherecht. Wir haben abgestimmt. Du hast uns verraten, indem du deine eigene Regel gebrochen hast."

„Du Sohn einer Rakwiji-Hure." Kashatok ballte die Hände. „Du warst genauso daran beteiligt, sie einzustellen wie ich."

„Das stimmt. Und ich bringe sie wieder an Bord, sobald die Naniten mit ihr fertig sind." Aleknagik grinste. „Anderer Kapitän, andere Regeln."

Kashatok hob sein Kinn. Sein Erster Offizier hatte nichts Gutes geplant, aber vielleicht konnte er den Rest der Besatzung zur Vernunft bringen. „Sie kann nicht eure Mechanikerin sein. Sie ist blind. Nutzlos.“

„Niemand ist nutzlos.“ Aleknagiks Grinsen wurde breiter und er legte eine Handfläche auf seine Brust. „Außerdem gehört sie zur Crew und wurde im Dienst verwundet. Wir kümmern uns um unsere Leute.“ Der Erste Offizier warf seinen Männern einen Blick über die Schulter zu. „Richtig?“

„Ich bin mir sicher, dass wir eine neue … Aufgabe für sie finden werden.“ Manopups Tentakeln wanden sich vor Aufregung. Jemand, den Kashatok nicht sehen konnte, gluckste im Korridor.

„Bevor ihr das tut, werde ich euch alle vernichten.“ Kashatok machte einen weiteren Schritt.

Ein Pulsstoß traf ihn an der Schulter, mit so viel Wucht, dass er herumgewirbelt wurde. Männer fielen in den Raum ein. Gassy rief vom Bett: „Aufhören!“

Der kalte, harte Lauf einer Pulspistole presste sich gegen Kashatoks Wirbelsäule. Er wehrte sich, aber durch den Pulsstoß war sein Arm nicht mehr zu gebrauchen und so hatte Aleknagik keine Schwierigkeiten, seine Handgelenke mit

Kabelbinder zu fesseln. „Wir brauchen dich lebend – zumindest vorerst. Aber wenn du etwas tust oder sagst, was uns nicht gefällt, wird Gassy dafür bezahlen."

Am Bett hielt Manopup seine Pistole locker auf den Ingenieur gerichtet.

„Doc." Kashatok drehte sich und bohrte seinen Blick in den Denaidaner, der im Korridor geblieben war. „Wie kannst du das tun?"

Doc zuckte mit den Schultern, ohne Kashatok in die Augen zu blicken. „Die Crew hat abgestimmt."

„In die Arrestzelle." Aleknagik schob Kashatok zur Tür und in seiner Schulter flammte der Schmerz auf.

„Niemals werden euch die Besatzungsmitglieder der Hardship Joy ausliefern, wenn sie herausfinden, was ihr getan habt", sagte Kashatok, als er den Korridor hinunterging.

Sie umrundeten eine Ecke und Aleknagik riss Kashatok zu sich, um in sein Ohr zu zischen: „Glaubst du wirklich, ich gebe einen *Anaq* auf die Frau? In jedem Hafen wartet Frischfleisch." Aleknagik presste eine Hand zwischen Kashatoks Schulterblätter und schickte ihn taumelnd in den winzigen Raum, der als Zelle benutzt wurde. „Die

Männer wollen sie an Bord haben. Und ein guter Captain hört, was seine Männer zu sagen haben." Die Tür rastete mit einem unterschwelligen Knistern ein, als das Kraftfeld aktiviert wurde. „Es wurde echt mal Zeit, dass die Kinship einen würdigen Captain bekommt."

„Du wirst niemals würdig sein." Kashatok drückte stolz die Schultern durch, trat an das schimmernde Kraftfeld und starrte seinen Ersten Offizier nieder. Wie konnte seine Crew das tun? Er war nie streng mit seinen Männern gewesen, und doch hatten sie seine Autorität immer respektiert. Oder schätzten seine Verbindungen zum Kartell. Nach dem letzten gescheiterten Job wollten sie offensichtlich, dass er verschwand. *Anaq,* er könnte gerade wirklich einen Drink vertragen.

Aleknagik lehnte sich vor, sein Gesicht Millimeter von dem aktiven Kraftfeld entfernt. „Ich sag dir was: Mach es mir einfach, und ich werde nicht darauf bestehen, die Frau herzubringen."

Kashatok knirschte mit den Zähnen und ballte die Fäuste. „Du willst, dass ich mein Schiff kampflos an dich übergebe."

Der Erste Offizier nickte mit seinem zotteligen Kopf und sah so erfreut aus wie eine Ohnkatze, die sich an Milch übertrunken hatte. „Sorge dafür, dass die Hardship nichts ahnt, bis wir hier raus sind."

„Und was passiert mit mir, wenn das alles vorbei ist?"

„Hmm. Die Strafe dafür, eine Frau an Bord zu bringen, ist es, in den Weltraum entlassen zu werden, oder nicht?" Aleknagik grinste. „Aber wenn du dich benimmst, werde ich die Strafe vielleicht in der Nähe der Hardship ausführen. Möglich, dass sie dich an Bord holen."

Chigniks Stimme erklang über die schiffsweiten Lautsprecher: „Wir brennen in sechs. Macht euch bereit."

„Der Kapitän wird auf der Brücke gebraucht." Aleknagik warf Kashatok einen spöttischen Blick zu. „Oh, richtig, das bin ja ich."

Damit drehte er sich auf dem Absatz um und verschwand den Korridor hinunter.

Kashatok taumelte noch von dem Pulsstoß und schaffte es nicht, seine Wut unter Kontrolle zu bekommen. Das musste er aber. Er musste sich stabilisieren, um die Brennsequenz zu überstehen.

———

Joy hatte in ihrem Leben unzählige Verbrennungszyklen durchgemacht, aber noch nie einen, der sich so angefühlt hatte. Selbst mit dem Nav-Grav-Puffer emittierte der Brennantrieb eine Frequenz, die ihre Naniten verrückt spielen ließ. Die kleinen Maschinen wirbelten und schwärmten wie Insekten auf der Suche nach einem Bienenstock. Immer, wenn sich die Maschinen berührten, bogen sie sich und erzeugten seltsame Aromen in ihrem Mund, ihre Haut erhitzte sich, kühlte ab, ihr Herzschlag beschleunigte und verlangsamte sich. Ihre Kamera flackerte in einem zufälligen Muster, das sich anfühlte, als würde sie jeden Moment einen Krampfanfall bekommen. Wie hatte Lisa dieses Chaos in ihrem Kopf überlebt?

Sie packte das Bettlaken zu beiden Seiten, drückte die Augen zu und konzentrierte sich auf die 3D-Struktur eines der Naniten entlang ihres Sehnervs. Die Dinger verhielten sich wie die Aktoren in einer organischen Holo-Suite, die sie einmal repariert hatte. Das Gel-Metall-Komposit reagierte auf die Brennsequenz des Schiffes. Was wäre, wenn sie seine molekulare Struktur an ein zweites Nanit anpassen würde? Könnte sie dadurch die Frequenzrezeptoren verändern?

Die beiden winzigen Maschinen kamen zusammen wie Puzzleteile und beruhigten sich sofort.

Sie vollführte diesen Trick mit anderen Naniten. Hinter ihren geschlossenen Augenlidern erschienen stetige Lichtflecken. Beleuchtete Mikropixel. Sie öffnete die Augen und war enttäuscht, hier die gleichen farblosen Pixel zu sehen.

Sie musste mehr Naniten verpflichten und es gab Tausende, nein, Hunderttausende. Sie hatte gerade erst angefangen und war bereits vollkommen erschöpft.

So plötzlich, wie es begonnen hatte, brach die Brennfrequenz ab. Die Naniten verlangsamten sich, kamen zur Ruhe. Joys Kopf pochte, als hätte jemand einen Presslufthammer an ihr benutzt, aber sie stieß dennoch einen erleichterten Seufzer aus. Sie hatte etwas Zeit, sich zu erholen.

Eine Stimme aus dem Lautsprecher bohrte sich an ihren Kopfschmerzen vorbei in ihren Verstand. „Mek, wie geht es unserem Passagier?"

„Joy, bist du noch bei uns?", fragte Mek.

„Ich arbeite daran", murmelte sie und war

überrascht, dass sie immer noch die Kontrolle über ihre Zunge hatte.

„Ausgezeichnet." Seine Hand tätschelte die ihre. „Die Puffer scheinen zu funktionieren, Captain."

„Das sind gute Neuigkeiten. Aber ich habe etwas zu berichten, das nicht so gut ist. Die Trooper konnten uns folgen, als wir den Asteroidengürtel verließen", sagte Qaiyaan. „Wir müssen sofort ein weiteres Mal brennen."

Joy war sich nicht sicher, aber sie glaubte, sich selbst wimmern zu hören. Für einen Moment sehnte sie sich tatsächlich danach, dass die Trooper sie einfingen; sie war schließlich die Tochter des CEO. Nur wäre das so, als würde man nach einem schlechten Tag zur Mutter rennen. Andererseits würden die Trooper keine Gnade kennen. Ganz sicher würden sie nicht nach einem Gespräch mit ihnen suchen, was sie gesehen hatte, als sie es mit dem Sklavenschiff zu tun hatten. Nein, sie würden erst die Kinship in die Luft jagen und dann Fragen stellen. Sie biss sich auf die Lippe und versuchte, mutig zu sein. Der einzige Weg, dies zu überleben, war volle Fahrt voraus.

Mek bewegte sich leise neben ihr und überprüfte die Monitore. „Du hast ihn gehört. Brauchst du etwas, bevor es losgeht?"

Die Naniten übermittelten ihre medizinischen Informationen von den Sensoren. Erhöhter Blutdruck, hoher Cortisolspiegel, schnellere Atmung. Würde eine weitere Brennsequenz sie töten? Das glaubte sie nicht. „Bringen wir es einfach hinter uns."

„Bereit, wenn du es bist, Captain."

Ihre Naniten gaben sich erneut dem Chaos hin.

KAPITEL ZWÖLF

Die erste Brennsequenz war kurz – genau das, was Kashatok beim Abschleppen eines anderen Schiffes erwartet hatte. Sein Arm und seine Hand kribbelten immer noch von dem Pulsstoß gegen seine Schulter. Er ließ seinen ionischen Schild fallen und öffnete die Bedienbox zu dem Kraftfeld um seine Zelle. Er vertraute Aleknagik nicht, irgendwelche Versprechen zu halten. Er vertraute ihm weder mit seinem eigenen noch mit Joys Leben. Aus dieser Zelle herauszukommen, hatte oberste Priorität.

Plötzlich verabschiedete sich sein Gleichgewicht und seine Sicht verschwamm. Er taumelte seitwärts und schlug mit dem Kopf gegen die Wand. Seine Knie knickten unter ihm ein und sein Magen hob sich, als sich der Raum in sich zusammenzog und sich die Frequenzen der Schiffe an den neuen Ort anpassten. Eine zweite Verbrennung? Ellam Cua, warum hatte das niemand angekündigt?

Er hob seinen Ionenschild und lehnte sich mit dem Rücken gegen die Wand. Sein Kopf pochte während der gesamten Brennsequenz. Solch ein schneller Zyklus konnte nur Ärger bedeuten. War bei Joy alles in Ordnung? Wusste die Crew der Hardship bereits, was Aleknagik getan hatte? Hatten die Trooper es geschafft, ihre Spur aufzunehmen? Er hasste es, nicht zu wissen, was vor sich ging und die Entscheidungsmacht auf diese Weise aus den Händen gerissen zu bekommen.

Als die Verbrennung beendet war, kroch Kashatok zum Kraftfeld der Tür und spähte durch den schimmernden Vorhang in den Korridor. „Hey! Ist da jemand?"

Er musste eine Wunde an seinem Kopf davongetragen haben, denn er spürte, wie das Blut über seine Stirn und in sein Auge rann. Er tastete nach der Wunde und seine Finger kamen türkisfarben zurück. In dem Moment erregte ein leises Zirpen zu seiner Linken seine Aufmerksamkeit.

„Jhikik?"

Ein Zwitschern erhob sich aus einer Öffnung im Boden, die nicht größer als seine Handfläche war. Er kroch hinüber und fand zwei funkelnde Augen, die durch das Gitter zu ihm aufsahen. Armer kleiner Kerl. Der Netorpok saß während der Verbrennung im Allgemeinen auf seiner Schulter, sodass Kashatok ihn in seinen Ionenschild aufnehmen konnte. Oder er kuschelte sich dafür an Joy. Warum war Jhikik nicht bei ihr? Hatten Mek oder Qaiyaan ihn verjagt? Wut brodelte in ihm auf.

Kashatok nahm all seine restliche Ionenenergie zusammen und schaffte es, das Gitter zu öffnen.

Jhikik quetschte sich durch die Öffnung und kam mit einer Socke in der Hand zu ihm. Er kletterte über Kashatoks Arm nach oben und schmiegte sich zitternd an seinen Hals.

„Hat dich die Verbrennung auch überrumpelt? Wieso bist du hier?" Er streichelte den flaumigen Kopf der Kreatur.

Mit dem Schwanz hob der Netorpok die Socke wie eine Friedensflagge hoch. Der Stoff war mit kleinen Löchern übersät. Jhikik zwitscherte wieder. Er hatte die Socke angeknabbert.

Schuldgefühle fegten durch Kashatok. „*Anaq.* Du hast Hunger, hmm?"

Wann hatte er sein Haustier das letzte Mal

gefüttert? *Anaq*, wann hatte er selbst das letzte Mal gegessen? Zu viel war zu schnell passiert. Auf wackeligen Beinen kam er nach oben und betete, dass es keine dritte Verbrennung geben würde. An der Tür fuhr er mit seinen Bemühungen an dem Bedienfeld für das Kraftfeld fort. Ein paar Sekunden später nahm er aus den Augenwinkeln im Korridor eine Bewegung wahr. Hastig steckte er seine Hände in seine Taschen, bevor jemand aus dem Frachtraum um die Ecke kam.

Chignik. Der Denaidaner hatte eine offene Flasche Rum bei sich, seine Zöpfe hingen schlaff runter und ein blutiges Rinnsal verdunkelte sein Kinn. „Hey, Cap.“

Kashatok funkelte den Mann wütend an. Das Gefühl des Verrates kehrte gewalttätig zu ihm zurück. Er verschränkte seine Arme vor der Brust. „Bist du hier, um mir zu sagen, was los ist?“

Chignik nahm einen langen Schluck aus der Flasche und schwankte ein wenig. „Ich habe dagegen gestimmt, nur damit du es weißt.“

Kashatok atmete langsam aus und traf den trüben Blick seines Besatzungsmitglieds. Nicht alle seine Männer hatten gemeutert. Es gab noch Hoffnung. „Dann hol mich hier raus.“

„Kann ich nicht." Chignik schüttelte den Kopf. „Aleknagik hat meine Codes zurückgezogen."

Kashatok schloss für einen Moment die Augen und sein Hoffnungsschimmer erlosch. „Ist noch jemand auf unserer Seite?"

„Gassy, aber er ist uns gerade keine große Hilfe. Ekwok vielleicht." Chignik nahm einen weiteren Schluck. „Er hat sich der Stimme enthalten. Cooper meinte ständig, dass ihm die Sache nicht gefiele, am Ende jedoch stimmte er für Aleknagik."

Noch immer unsicher auf seinen Beinen lief Kashatok vor der Tür auf und ab. Aleknagik war stets gut darin gewesen, die Crew zu dominieren. Diese Tatsache machte ihn zu einem guten Ersten Offizier. Jedenfalls hatte Kashatok das immer gedacht. „Warum haben wir so schnell eine zweite Verbrennung vorgenommen?"

„Die Trooper sind an unsere Signatur gekommen und sind uns auf den Fersen. Aleknagik sagt, sie sind hinter deiner Frau her."

Kashatok hielt inne und registrierte nur zum Teil, dass Chignik Joy als seine Frau bezeichnet hatte. „Warum sollten sie hinter ihr her sein?"

Chignik blinzelte langsam, die Lider leicht aus dem Takt. „Ihre Mutter hat eine Belohnung auf sie ausgesetzt. Moore fing es auf einem der Syndicorp-

Kanäle ein, von denen er seit der Sache mit dem Sklavenschiff weiß."

„Mutter?" Aus irgendeinem Grund hatte er sich Joy nicht mit einer Familie vorgestellt, geschweige denn einer Mutter, die genug Macht hatte, um ein ganzes Trooper-Schiff in Bewegung zu setzen.

„Sie bietet jedem, der die Behörden zu Joys Entführern bringt, eins Komma fünf Millionen Credits."

Kashatok ballte die Hände zu Fäusten. Joys Familie ging davon aus, dass sie entführt worden war. Aber welche Art von Familie war in der Lage, eine Belohnung von eins Komma fünf Millionen anzubieten? Das waren eine Menge Credits, die Anteile aller Besatzungsmitglieder für mindestens ein Sonnenjahr. „Wer ist ihre Mutter?"

„Der CEO von Syndicorp. Joys Nachname ist Mulholland-Aird." Die Worte fühlten sich von Chigniks Lippen wie Pulsstöße an und für eine Weile konnte Kashatok ihn nur verblüfft anstarren.

Er fuhr sich mit der Hand über den Bart. Er hielt nichts von Nachnamen. „Das ist doch lächerlich. Das kann nicht stimmen."

Chignik zuckte mit den Achseln und tupfte mit dem Handrücken gegen seine blutige Lippe. „Sie nannte Joy beim Namen und hatte ein Bild von ihr mit längeren Haaren."

Kashatok legte eine Hand gegen die Wand, atmete tief durch und versuchte, sich zu beruhigen. Syndicorp? Wie war das möglich? Und was hatte das mit Joys Platz in seiner Crew zu tun? War sie die ganze Zeit hinter den Naniten her gewesen? *Anaq*, er brauchte einen Drink. Es hätte nicht viel gefehlt, und Kashatok hätte seine Hand durch das Kraftfeld geschoben und Chignik die Flasche aus den Fingern gerissen.

Neben Kashatoks Ohr hörte er Jhikik leise schnurren. Kashatok rieb abwesend das weiche Fell unter dem Kinn seines Haustieres. Es musste eine Erklärung geben. Joy hatte sich vielleicht verkleidet, um an Bord zu kommen, aber sie war keine sehr gute Lügnerin. Sie hatte die Wahrheit über ihren Namen gesagt, doch er hatte entschieden, ihn falsch zu verstehen. Als Gassy die Naniten zum ersten Mal erwähnte, war sie völlig ahnungslos gewesen. Und sie hatte ihm außerdem mitgeteilt, dass sie keine Syndicorp-Spionin war. Er glaubte ihr.

Aber die anderen taten das nicht und jetzt war sie allein auf einem fremden Schiff. *Usviiqe!* Er richtete sich auf und starrte hilflos durch den Kraftschild. „Was hat Captain Qaiyaan gesagt?"

Chignik schüttelte den Kopf. „Ich glaube nicht, dass er es weiß. Aleknagik will, dass es so bleibt." Ein mulmiger Ausdruck zeigte sich auf dem bärtigen Gesicht des großen Mannes. „Er meinte, nachdem wir unseren Spaß hatten, gehört das Lösegeld uns."

Beide Herzen von Kashatok schlugen hart gegen seine Rippen. Jetzt gab es absolut keine Chance mehr, dass Aleknagik sein Versprechen, Joy an Bord der Hardship zu lassen, einhalten würde – wenn er es überhaupt beabsichtigt hatte. „Du kannst nicht zulassen, dass Aleknagik und seine Männer Joy in die Finger bekommen." Alles in ihm schmerzte, als er daran dachte, was Aleknagik mit ihr tun würde. Und was würden Qaiyaan und seine Crew tun, sobald sie herausfanden, dass Joy Verbindungen zu Syndicorp hatte? Zumindest schätzte diese Crew sie für die Naniten. „Denkst du, du kannst ihr eine Nachricht von mir überbringen?"

„Wie ich schon sagte, meine Zugangscodes sind nicht mehr gültig", gab Chignik zu bedenken. „Aber vielleicht kann ich Ekwok dazu überreden. Oder Gassy so lange bei Bewusstsein halten, um ihr etwas zu schicken."

„Du musst es versuchen."

Chignik drehte sich um und Jhikik zwitscherte wieder, den Schwanz in einem Würgegriff um Kashatoks Hals. *Immer noch hungrig.* Zumindest konnte er versuchen, Jhik etwas zu essen zu besorgen.

„Chignik?" Kashatok rief ihm nach. „Öffne den hydroponischen Käfig in meinem Quartier, damit Jhikik essen kann, ja?"

Keines der Besatzungsmitglieder mochte den Netorpok, aber Chignik schaute über seine Schulter und nickte. Er verschwand schwankend um die Ecke und ließ Kashatok und Jhikik allein zurück.

Kashatok zog Jhikik von seiner Schulter und setzte ihn bei dem offenen Gitter ab. „Schlemme, solange du kannst. Aleknagik wird dich wahrscheinlich mit mir aus der Schleuse werfen."

Jhikik zwitscherte alarmiert und er klammerte sich mit dem Schwanz an Kashatoks Handgelenk.

Zum ersten Mal seit langer Zeit erkannte Kashatok, dass er nicht sterben wollte. Er würde Joy wahrscheinlich nie wieder sehen. Der Gedanke schuf eine Leere in ihm, die sich in sich selbst zusammenfalten wollte. „Ich weiß, Kumpel. Geh zurück zu ihr, wenn du kannst."

Dann kam ihm eine Idee: Richtig, Jhikik könnte zurückgehen. Und er könnte ihr eine

Nachricht überbringen. Kashatok klopfte auf seine Taschen und schaute sich in dem kargen Raum um, als gäbe es hier irgendetwas zum Schreiben. Oder etwas, auf das er schreiben konnte, wenn er schon mal dabei war. Aber nein. Nichts. Blinzelnd wischte er sich mit dem Ärmel einen Tropfen von der Stirn und bemerkte abwesend das türkisfarbene Blut auf dem weißen Stoff. Er wäre vielleicht nicht in der Lage, eine Nachricht zu schreiben, aber er könnte eine Warnung senden.

Er riss einen Stoffstreifen vom Saum des Hemdes, tupfte ihn gegen seine Stirn und band ihn dann wie ein Halsband um einen sich windenden Jhikik. *Anaq,* wusste sie überhaupt, dass sein Blut türkis war? Ganz zu schweigen von der Tatsache, dass sie gerade nichts sah. Sie war blind, *usviiqe* nochmal. Jedoch blieb ihm keine andere Wahl. Vielleicht würde Mek den Stoff bemerken und etwas sagen.

Er stieß seinen Begleiter zu dem Loch und sagte: „Bring das zu Joy."

Der Netorpok sah Kashatok einen Moment über die Schulter an und verschwand dann im schwarzen Loch.

Kashatok betete, dass sich die Kreatur nicht zu

lange von dem offenen Hydrokulturkäfig ablenken lassen würde.

———

Die Brennsequenz endete und Joy sackte erleichtert zusammen. Sie hatte so viele Naniten ausgerichtet, dass sich die winzigen Maschinen wie bei einer Kettenreaktion selbst ausrichteten. Sie hatte schon immer ein Händchen für mechanische Abläufe gehabt, aber die Naniten zeichneten ein abgerundeteres Bild der Schiffssysteme, als sie es jemals für möglich gehalten hätte. Sie konnte die leichte Variation im Schwerkraftsystem spüren, von dem Tovik ihr erzählt hatte. Sie wusste, dass Meks Zentrifuge ausbalanciert werden musste. Neben ihr nahm sie den Bericht über ihre biologischen Systeme wahr, und zwar von dem Scanner, den Mek ihr ans Ohr gehalten hatte.

Aber das Informationsvolumen war auch anstrengend und sie musste all ihre Kraft zusammennehmen, um es auszublenden. Sie hatte noch nie in ihrem Leben so hart gearbeitet. Tief in ihrer Brust bebte sie vor Erschöpfung, ihre Augen waren zu und es fühlte sich an, als ob jedes Lid tausend Kilogramm wog. Sogar ihre Hände schmerzten, als hätte sie stundenlang einen Schraubenschlüssel geschwungen. Sie hätte kein Problem damit, die nächsten Tage zu schlafen, und würde sich danach trotzdem nicht ausgeruht fühlen. Ein kleiner Teil von ihr weigerte sich jedoch, in die Bewusstlosigkeit zu tauchen, falls die Naniten sich entscheiden sollten, wieder munter zu werden. Kehrten sie zu dem Chaoszustand zurück, würde sie unter dem Ansturm ertrinken.

Meks Scanner wechselte die Frequenzen und sie stöhnte.

„Wie geht's dir, Joy?“

„Kannst du das bitte nicht tun?“

„Tut mir leid.“ Der Scanner verstummte, aber Mek stieß zum millionsten Mal eine Nadel in ihren Arm. „Ich nehme eine weitere Probe.“

Etwas piepte und die Naniten beschwerten sich wie Kleinkinder, die sich weigerten, ein Nickerchen zu machen. Sie hörte Meks Bewegung durch den Raum und driftete ein wenig weg.

„In Bezug auf seinen DNA-Test habe ich eine gute Nachricht für Captain Kashatok.“ Die Stimme des Arztes schreckte sie aus ihrem dösenden Zustand.

Dann wurde ihr klar, was er gesagt hatte.

Nachricht für Kashatok. Als Reaktion auf ihre Neugier durchsuchten ihre Naniten die Nähe auf Informationen und übermittelten ihr die DNA-Ergebnisse: Kashatok war kein Carayak. Ihre Augen flogen auf. Helles Weiß schnitt in ihr Gehirn und sie presste die Lider wieder zu. *Was zum Teufel?*

Sie musste ein Geräusch gemacht haben, denn Mek fragte: „Joy?"

Vorsichtig öffnete sie ihr rechtes Auge einen Spaltbreit, doch ihr Herz brach. Schwarze Leere. Sie schloss es wieder und versuchte es mit ihrem linken Lid. Bei dem Halbmond aus Licht, das durch ihre Wimpern filterte, zuckte sie zusammen. *Filter,* befahl sie aus Gewohnheit. Ihre Kamera reagierte, indem sie die Rezeptoren anpasste. Der Lichteinfall wurde erträglich. Sie öffnete ihre Augen den Rest des Weges.

Das flackernde Deckenlicht der Krankenstation trat inmitten der Paneele in den Fokus. Ihr Herz übersprang mehrere Schläge. Sie war nicht mehr blind! Dann verschwamm alles wieder vor ihren Augen und sie wollte weinen, bevor sie merkte, dass die Dinge verschwommen waren, was daran lag, dass sie weinte. Sie hob die Hände, wischte die Tränen weg und entließ ein Lachen, das auch ein Schluchzer sein könnte. „Ich kann sehen."

Sie drehte den Kopf und entdeckte Mek neben dem Bett, ein breites Grinsen auf seinem Gesicht. „Das ist großartig! Ich muss zugeben, dass ich mir Sorgen gemacht habe, ob dein Sehnerv dauerhaft beschädigt sein könnte."

Er schnappte sich einen Scanner und drückte ihn an ihre Schläfe. Sie zuckte zusammen, als die Naniten tanzten, aber ertrug es. Das war ihr das Unbehagen wert.

Meks Gesicht nahm einen ernsten Ausdruck an. „Bist du sicher, dass du sehen kannst? Deine Sehnerven reagieren immer noch nicht."

Sie schloss und öffnete ihr linkes Auge, was ihren Verdacht bestätigte. „Es ist meine Kamera."

Selbst als sie es sagte, biss sie sich auf die Lippe, um nicht loszuheulen. Sie war immer noch blind. Ihre Kamera würde niemals mit ihrem wahren Sehvermögen mithalten können. Zum einen war es nur auf einem Auge. Außerdem führte eine längere Benutzung stets zu einer Migräne.

„Lass mich ein paar Tests durchführen." Mek spitzte die Lippen, als würde er über etwas grübeln, und drehte sich schließlich zu seinem Arbeitsplatz um.

Joy wusste, dass sie die Kamera ausschalten und nur dann verwenden sollte, wenn sie gebraucht wurde, aber sie war zu erleichtert. Und aufgeregt. „Ich möchte es Kashatok erzählen.“

„Ich habe gerade versucht, ihn anzurufen. Seine Crew sagt, er sei beschäftigt, jedoch wird er so schnell wie möglich zurückrufen.“

Sie fummelte an den Nav-Grav-Gurten herum, die über ihre Brust und Beine lagen, um sie bei der Verbrennung auf dem Bett zu halten. Ihre Finger wollten den Befehlen für die Feinmotorik jedoch nicht gehorchen.

Mek sah über seine Schulter. „Ganz ruhig, Joy. Mehr als nur deine Sehkraft ist beeinträchtigt.“

„Ich bin es leid, hier hilflos herumzuliegen.“ In ihrem Kopf reagierten die Naniten auf ihre innere Unruhe und ihre Aufregung mit nervigen Kopfschmerzen.

Ein winziges Gewicht landete auf ihren Beinen und sie blickte nach unten. Jhikik näherte sich ihrem Gesicht.

„Jhikik! Ich kann sehen!“ Sie entdeckte den Stoff, der um seinen Hals gebunden war. Sie hatte noch nie ein Halsband an ihm gesehen. Sie streckte die Hand aus und versuchte – erfolglos –, den Knoten zu lösen. „Wer hat das gemacht?“

„Was?“, fragte Mek.

„Etwas wurde um seinen Hals gebunden. Kannst du helfen, es abzumachen?"

Mek zog eine Augenbraue hoch. „Ich glaube nicht, dass er mich mag."

Sie kraulte Jhikik hinter den Ohren. „Jhikik, wirst du zulassen, dass der Arzt dir das Halsband abnimmt? Für mich?"

Jhikik schnurrte und schloss seine dunklen Augen.

Mek seufzte und kam näher. Jhikiks Schnurren ging zu Warnklicks über, aber er erlaubte dem Arzt, sich um den Knoten zu kümmern. Mek hielt den weißen Stoff mit den türkisfarbenen Flecken hoch. „Das scheint Blut zu sein."

Eine eisige Kälte machte sich in Joy breit. Sie nahm ihm das Material ab und ließ die Finger über den seidenweichen Pirelux-Stoff gleiten. Kashatoks Hemd war aus dem gleichen Material gefertigt. „Versuche noch einmal, Kashatok zu kontaktieren."

Mek nickte und ging zum Kommunikationssystem. „Hier spricht Mekoryuk von der Hardship. Ich muss sofort mit Captain Kashatok sprechen."

Aleknagiks Stimme antwortete: „Geht es um das Weibchen? Ich kann ihm eine Nachricht weiterleiten."

Joys Nackenhaare stellten sich auf. Kashatok hatte sie gewarnt, dass seine Crew gefährlich sei, aber über sie zu sprechen, als wäre sie Vieh, verärgerte sie. Jhikik kletterte auf ihre Schulter und klickte zustimmend mit den Zähnen.

Mek sagte: „Das ist nur für Kashatoks Ohren bestimmt."

Eine Pause. „Ich werde sehen, ob ich ihn von seiner Tätigkeit wegholen kann. Wir rufen zurück."

Joy begegnete Meks Augen. Irgendetwas stimmte nicht. „Versuche sein Cochlea-Implantat."

„Hast du den Code?", fragte er.

Das hatte sie nicht, aber ihre Naniten konnten ihn besorgen. Wenn sie so darüber nachdachte, könnte sie wahrscheinlich ihre Naniten benutzen, um ihn direkt zu kontaktieren. „Lass mich meine Naniten ausprobieren."

„Nein!" Die Dringlichkeit in Meks Stimme ließ sie innehalten. „Sie in diesem Stadium zu ermutigen, könnte gefährlich sein. Lisa entkam ihrer Kontrolle nur mit der Hilfe ihres Bruders."

„Aber Kashatok könnte in Schwierigkeiten stecken." Sie hielt den Stoff hoch.

„Das ist etwas anderes, als zu versuchen, sie zu befehligen."

Das Kommunikationssystem meldete sich

erneut, diesmal mit Qaiyaans Stimme. „Mek, kannst du deine Patientin für ein paar Minuten allein lassen und zur Brücke kommen? Wir haben gerade neue Informationen erhalten und müssen reden.“

Joy schwang ihre Beine über die Bettkante. „Ich komme auch mit.“

Die Verbindung stand noch offen und Qaiyaan antwortete: „Nur die Crew, Joy. Bleib dort. Es wird nur ein paar Minuten dauern.“

Mek hielt eine Hand hoch. „Bleib und ruh dich aus. Ich hole den Code von Qaiyaan und wenn ich zurückkomme, rufen wir Kashatok an.“

Sie lehnte sich wieder zurück, aber tief in ihrem Inneren wusste sie, dass etwas nicht stimmte. Jhikik wusste es auch und setzte sich auf der Matratze neben sie, als würde er sie fragen: *Worauf wartest du denn noch?* Kashatok brauchte sie und sie durfte keine Zeit verlieren. Ihr Bauchgefühl täuschte sie nicht. Sie fühlte es sogar in ihren Naniten.

Als der Arzt weg war, hüpfte Jhikik vom Bett und verschwand mit einem kurzen Blick über die Schulter durch die Tür. Sie konnte schwören, dass sie ihn sagen hörte: *Komm schon!*

Sie schwang ihre Beine erneut über die Bettkante. Die Naniten waren unter Kontrolle. Es war nicht weit bis zum Einstiegsrohr. Sie würde sich einfach mit Jhikik rüberschleichen, sicherstellen, dass Kashatok in Ordnung war, und dann zurückkommen.

Nur weigerten sich ihre Beine, sie zu stützen. Nein, so konnte sie die Krankenstation nicht verlassen. Sie sank zurück aufs Bett. *Fuck.* Wenn sie doch nur mit Kashatok über sein Implantat sprechen könnte, würde sie sich besser fühlen. Die Naniten würden das in Sekundenschnelle schaffen. Sie zwinkerte mit dem Kameraauge und testete die Mikrocomputer, die jetzt in das Interface eingebettet waren. Sie schien die volle Kontrolle zu haben. Sicherlich wäre eine schnelle Suche und ein kurzer Anruf kein Problem, oder? Mit ihrer Mutter war es einfach gewesen.

Sie schloss die Augen und fand ein Schlupfloch ins Kommunikationssystem.

Ein Strom von Informationen strömte durch ihre Sinne. Sie drosselte den Fluss und konzentrierte sich auf das, was sie wollte. Kashatoks Implantat. *Da ist es.* So einfach, wie sie es sich vorgestellt hatte. Aber eine Art Firewall stand zwischen ihr und der Verbindung. Eine absichtliche Blockade innerhalb des Kommunikationsarrays der Kinship. Sie erkannte diese Signatur von ihrer Arbeit an den Schiffssystemen.

Er war in der Arrestzelle.

Was zum Teufel?

„Mek!", rief sie und hoffte, dass er sie von hier aus hören konnte. Sie musste es ihm sagen. Sofort. Als sie erkannte, dass sie immer noch mit dem Kommunikationssystem verbunden war, öffnete sie eine Leitung zur Brücke.

Die Männer sprachen laut, Toviks Stimme übertönte die der anderen. „Kashatok hat sie wahrscheinlich doch entführt!"

Ein ungutes Gefühl kroch ihre Kehle hoch. *Sie sprechen über mich.* Das hätte ihr klar sein sollen, als Qaiyaan nur um die Crewmitglieder gebeten hatte. Sie konzentrierte sich stärker und versuchte, herauszufinden, wer was sagte.

„Wie dem auch sei", sagte Qaiyaan in seiner tiefen Tonlage, „wir können sie nicht einfach frei herumlaufen lassen, wenn sie Verbindungen zu Syndicorp hat."

Sie erstarrte und ihr Atem stockte. Wie konnten sie das wissen?

„Eins Komma fünf Millionen Credits ist eine Menge", sagte eine Stimme, mit der sie nicht so vertraut war, aber sie glaubte, es könnte sich um den Ersten Offizier handeln. „Wenn sie als Gefährtin nicht zu gebrauchen ist, sollten wir sie ausliefern und die Credits einkassieren.“

„Wir können sie nicht gehen lassen“, sagte Lisa. „Es würde unsere Suche nach dem Labor gefährden, wenn ihre Mutter von den Naniten erfährt. Mein Bruder ...“

Aber Joy hörte nicht länger zu. Die Piraten wussten es durch ihre Mutter. Ein unerwarteter Adrenalinschub führte Joy zurück auf ihre Beine. Sie bebte, stand jedoch aufrecht.

Toviks Stimme knackte laut über die Verbindung: „Schlägst du gerade wirklich vor, sie zu töten?“

Heilige Scheiße, sie wollen mich umbringen. Ihre Kehle fühlte sich zu beengt an, um zu schlucken, und so unterbrach sie die Verbindung, da sie ihrer Kontrolle über die Naniten nicht genug vertraute, um die Kommunikation und ihre Kamera gleichzeitig zu benutzen. Sie zwang ihre Füße nach vorn. Mit jedem Schritt gewann sie mehr Selbstbewusstsein über ihren eigenen Körper. Wussten die Männer auf der Kinship von ihrer Mutter? Kashatok? Saß er wegen ihr in der Arrestzelle? Wenn sie während ihrer Zeit auf Kashatoks Schiff etwas gelernt hatte, dann, dass die

Denaidaner Syndicorp mehr als alles andere hassten. Diese Piraten würden sie foltern und töten, bevor sie ihre Leiche an ihre Mutter und Syndicorp übergaben.

Nicht Kashatok. Er hatte ihr am Anfang Angst eingejagt, ja, aber sie sah das Gute hinter seiner wilden, betrunkenen Fassade. Er hatte versucht, sie zu beschützen, hatte sich um sie gesorgt und sie glauben lassen, dass sie ihm etwas bedeutete. Syndicorp oder nicht, Kashatok war der einzige Mann unter all diesen Piraten, der sie tatsächlich beschützen könnte.

Aber zuerst musste sie ihn aus der Zelle holen.

KAPITEL DREIZEHN

Joy packte den Rand des Einstiegsrohrs und spähte in den Frachtraum der Kinship. An der hinteren Wand der schwach beleuchteten Höhle saß Moore mit seinem drahtigen Rücken zu ihr. Gegenüber von ihm und einem provisorischen Kartentisch entdeckte sie Ekwok. Da sie nicht sicher war, ob die beiden von ihrer Mutter wussten, konnte sie nicht riskieren, gesehen zu werden. Aber wie sollte sie an ihnen vorbeikommen? Sie fungierten offensichtlich als Wachen, und Ekwok hatte freie Sicht auf das Einstiegsrohr.

Der Denaidaner mit dem gelbbraunen Haar hob den Kopf und riss seinen Blick sofort wieder auf die Karten in seiner Hand.

Zitternd lehnte sie sich an die Röhre. Ekwok hatte sie gesehen. Aber ein Moment verging, dann noch einer, und er starrte weiter auf seine Karten. Vielleicht hatte er ein schlechtes Sehvermögen? Sie trat behutsam auf das Deck, presste sich dabei an die Außenwand und eilte so auf das eckige Shuttle zu, das steuerbord stand. Hinter dem Shuttle suchte sie nach Deckung, hielt inne, lehnte sich gegen das Hartmetall und entließ einen leisen Seufzer. Die Naniten flippten vor Adrenalin gerade vollkommen aus. Sie drückte die Augen zu und stellte sich vor, wie sie einen Schraubenschlüssel in der Hand hatte und ihren Halt an den kleinen Maschinen festzog. Der mentale Notschalter war keine bevorzugte Option; ohne die Naniten wäre sie blind, und sie war mit dem Layout der Kinship noch nicht besonders vertraut.

Die Arrestzelle, die nur einen Raum beinhaltete, lag gleich hinter den Rettungskapseln um die Ecke. Würden dort mehr Wachen auf sie warten? Sie war unbewaffnet, geschwächt, völlig unvorbereitet – was zum Teufel hatte sie sich dabei gedacht, die Hardship ohne Plan zu verlassen? Was hatte sie sich dabei gedacht, undercover zu ermitteln? Jetzt musste sie es mit zwei Piratencrews aufnehmen, da dort draußen nur das Vakuum des Weltraums auf sie wartete.

Neben ihr stand die Shuttle-Tür offen. Wie eine Einladung, ihr Glück besser im weiten Weltraum zu suchen. Nicht, dass sie auf diese Weise irgendwohin gelangen würde; die Kinship würde niemals das Buchttor öffnen, und schließlich war das Shuttle an das System des Schiffes gekoppelt. Allerdings fanden sich im Shuttle Werkzeuge. Mit etwas, das einer Waffe ähnelte, würde sie sich besser fühlen.

Sie kroch an Bord und kauerte, damit sie nicht durch die Fenster gesehen werden konnte. Auf Händen und Knien durchstreifte sie die Stauräume, steckte einen Schraubenzieher in ihre Gesäßtasche und packte einen großen Schraubenschlüssel. Sie wandte sich wieder dem Ausgang zu, aber ihr Blick fiel auf das offene Bedienfeld zum Mikroantrieb des Shuttles. Sie war gerade dabei gewesen, das Kühlmittelsystem der Strömungsspule zu kalibrieren, als sie auf das Sklavenschiff trafen. Wenn sie es in Richtung des negativen Endes anpasste und die Lebenserhaltung des Shuttles betätigte, würde die Spule in etwa fünf Minuten überhitzen und einen Alarm an die Konsole in der Haupttechnik senden. Einen sehr lauten Alarm.

Das könnte genug Ablenkung sein, sodass sie

unentdeckt zur Arrestzelle gelangen konnte. Ohne einen Ingenieur würde die Crew versuchen, herauszufinden, was der Ursprung des Alarms war. Auf der anderen Seite würden die Eingeweide des Shuttles eine Kernschmelze erleben, wenn niemand dahinterkam, was los war, und das Problem behob. Eine Explosion wäre das Ergebnis.

Bis dahin hast du Kashatok befreit. Die Türsteuerung der Zelle sollte mit dem Schraubenschlüssel in ihrer Tasche ein Kinderspiel sein. Dann könnten sie gemeinsam zum Shuttle zurück und die Strömungsspule ausschalten. Verdammt, vielleicht könnten sie sogar das Shuttle benutzen, um zu entkommen.

Nicht der beste Plan, aber mehr hatte sie nicht.

Sie nahm die Anpassung vor und kroch nach draußen, wo sie nervös an der Vorderseite des Shuttles innehielt.

Ihr Herz schlug laut in ihren Ohren, als sie erwartungsvoll den Blick auf den Korridor gerichtet hielt. Die Naniten schienen sich im Einklang mit ihrem Puls zu regen, wodurch sich der Fokus ihrer Kamera ein- und wieder ausstellte. Sie schloss die Augen vor dem verwirrenden Gefühl, aber nur für einen Moment. Sie konnte es sich nicht leisten, blind zu sein, da es jederzeit passieren könnte, dass jemand um die Ecke kam und sie entdeckte.

Schließlich hallte ein klagender Ton durch die Bucht. Sie zählte bis zehn, bevor sie um die Nase des Shuttles spähte. Die Wachen waren aufgestanden und sie erblickte Ekwok, der im weit entfernten Korridor verschwand. Moore blieb mit dem Rücken zu ihr am provisorischen Tisch stehen.

Sie rutschte hinter dem Shuttle hervor und hastete zur Tür, die zu der Arrestzelle führte, sicher, dass sie jeden Moment das brennende Gefühl eines Pulsschlags spüren würde. Sie rannte um die Ecke, atmete erleichtert auf und überwand die letzten Schritte. Das Kraftfeld der Tür schimmerte und ließ die Autofilter ihrer Kamera durch mehrere Einstellungen rollen, bevor sie sich stabilisierten. Als sie wieder sehen konnte, spähte sie durch das Kraftfeld und traf auf Kashatoks wütenden Blick.

***

Der Alarm, der durch das Schiff hallte, war eine perfekte Ergänzung zu der Verwirrung, die durch Kashatoks Körper strömte. Joy war hier. Und sie sah ihm direkt in die Augen. Seine Herzen kämpften mit widersprüchlichen

Emotionen. Joy konnte wieder sehen? Hatte sie seine Warnung erhalten? Wenn sie das hatte, warum war sie dann hier? Und was er eigentlich nicht wissen wollte – war sie tatsächlich eine Syndicorp-Spionin?

Er sagte das Einzige, was ihm einfiel: „Du solltest nicht hier sein."

Sie löste die Abdeckung des Bedienfelds der Tür und befestigte den Schraubenschlüssel am Mechanismus. „Ich habe deine Nachricht erhalten."

Er warf einen Blick auf die Ecke, wo Jhikik mit einem Naujiar-Zweig hockte, den er ein paar Minuten zuvor durch die Lüftungsöffnung gezogen hatte. „Der blutbefleckte Stoff sollte als Warnung dienen, nicht als Einladung."

Das Feld des Schilds flackerte und löste sich auf. Joy ließ den Schraubenschlüssel fallen und warf sich in seine Arme. „Haben sie dir wehgetan?"

Jegliche Wut, die er versucht hatte, heraufzubeschwören, verschwand. Sie fühlte sich so gut, so richtig an. Für eine sehr lange Zeit hatte er sich in seinem Leben unnahbar gegeben, sodass er vergessen hatte, wie wundervoll es sich anfühlte, berührt zu werden. Er nahm sich einen Moment, um ihre Umarmung zu erwidern, atmete tief den

Duft ihrer Haare ein und füllte seine Nase mit ihrer Essenz.

Der Alarm brach so plötzlich ab, wie er begonnen hatte. Er schob sie von sich. „Du bist in Gefahr. Geh sofort zurück."

„Das geht nicht." Sie bebte und ihre braunen Augen wirkten angespannt. „Kashatok, es gibt etwas, das ich dir sagen muss."

Er legte seine Finger um ihren Arm und zog sie aus der Arrestzelle, lauschte aufmerksam den sich nähernden Schritten, bevor er sich dem Frachtraum zuwandte. „Du gehörst zu Syndicorp, ich weiß."

Sie erstarrte. „Tue ich nicht."

Er atmete tief durch. Sie hatten gerade wirklich keine Zeit, sich zu streiten. Mit was auch immer sich die Besatzung auseinandersetzen musste, würde wahrscheinlich nicht von Dauer sein. Er schaute über seine Schulter und sagte: „So oder so, du bist hier nicht sicher."

„Das bist du auch nicht. Sie haben dich wegen mir eingesperrt, oder? Planen sie, dich zu töten?"

Er zog sie weiter mit sich. „Wir haben keine Zeit, hier zu stehen und —"

Ein Pulsstoß sauste an seiner Schulter vorbei. Er packte Joy um die Taille, hob sie hoch und rannte in die höhlenartige Bucht, wo er augenblicklich

Deckung suchte. Er setzte sie ab und scannte den offenen Raum nach anderen Angreifern. Das Shuttle versperrte ihm die Sicht auf das Einstiegsrohr, aber der Rest der Bucht schien unbemannt.

Er schaute auf Joys leere Hände. „Hast du zufälligerweise eine Waffe mitgebracht?"

Sie verzog das Gesicht. „Ich habe den Schraubenschlüssel bei der Zelle fallen gelassen." Sie zog einen kleinen Schraubenzieher aus ihrer Gesäßtasche und hielt ihm das Werkzeug hin. „Das ist alles, was ich habe."

„*Usviiqe!*" Er ignorierte den Schraubenzieher und drehte sich zur Mündung des Korridors. Instinktiv positionierte er sich zwischen dem Schützen und Joy. Mit seinem ionischen Schild würde er sie vor einem Pulsstoß schützen. Er betete, dass sich niemand hinter dem Shuttle befand und sich von hinten anschlich. Joy rückte näher, ihre Wärme tröstend an seinem Rücken.

Aleknagiks zotteliger Kopf kam mehrere Meter entfernt um die Ecke, gefolgt von einer Pistole, die auf Kashatoks Brust gerichtet war. Der meuterische Erste Offizier sah ihn so beiläufig an, als würde er einen alten Freund begrüßen wollen. „Ich habe mich schon gefragt, ob ich euch zusammen auffinden würde. Schön, unser Weibchen wieder fit zu sehen."

„Lass sie in Ruhe." Kashatok ballte seine Fäuste und wartete nur darauf, dass es der Mann wagte, sich ihm zu nähern.

„Geht nicht. Es hat sich herausgestellt, dass du nicht nur eine Frau an Bord gebracht hast, sondern auch einen Syndicorp-Spion. Captain Qaiyaan ist begierig darauf, mit der betreffenden Dame zu sprechen."

Kashatok behielt seinen Schild aufrecht und warf einen verzweifelten Blick auf die große Bucht. Wenn beide Crews wussten, dass Joy zu Syndicorp gehörte, war keines der Schiffe für sie sicher. Es gab jedoch eine dritte Möglichkeit. „Lass uns das Shuttle nehmen, und ich gebe die Kinship auf. Dann gehört sie dir allein."

Joys Atem wehte über sein Schulterblatt. „Kashatok, ich ...“

Eine neue Stimme hallte von einem Lautsprecher durch den Frachtraum. „Captain, ich orte Trooper auf den Langstreckensensoren. Sie haben uns wieder gefunden."

Aleknagik streckte seine freie Hand aus. „Ich sag dir was: Gib sie mir und ich lasse dich in dem Shuttle fliehen."

„Fick dich!", knurrte Kashatok.

Lauter werdende Stimmen waren jenseits des Shuttles zu vernehmen und Toviks junge Stimme trat deutlich an ihre Ohren: „Ich glaube nicht, dass du verstehst, wie ernst die Situation ist. Lass mich einfach helfen, nach ihr zu suchen. Sie ist wahrscheinlich im Maschinenraum."

„Der Captain gab mir den direkten Befehl, dich nicht an Bord zu lassen. Jetzt verlass unser Schiff." Moores harsche Erwiderung ließ keine Frage darüber, auf wessen Seite er stand.

Aleknagiks Nasenlöcher blähten sich auf. „Wie es aussieht, hat sie den kleinen Punk genauso am Schwanz herumgeführt wie dich, Kashatok."

Der Lautsprecher knisterte wieder. „Die Trooper nähern sich rasant. Die Hardship hat uns mitgeteilt, dass wir in drei Minuten brennen."

„Sie ist keine Spionin", sagte Kashatok und sprach dies mit so viel Überzeugung aus, wie er aufbringen konnte.

„Bist du dir da sicher?" Aleknagik neigte den Kopf und seine Augen verengten sich. „Die Trooper haben es trotz der zwei Verbrennungen geschafft, an uns dranzubleiben."

Die Verfolgung eines Schiffes durch die Verbrennung war, gelinde gesagt, schwierig; die

Frequenzausrichtungen, die es einem Brennantrieb ermöglichten, den Raum zu krümmen, mussten sehr genau vorgenommen werden. Ein Spion an Bord der Kinship würde die Ankunft der Trooper viel plausibler machen. Tief im Inneren kämpfte Kashatok darum, seine Zweifel einzudämmen. War Joy dafür verantwortlich?

Weitere Argumente hallten von der anderen Seite des Shuttles zu ihnen rüber. Tovik stotterte: „Wenn sie nicht gepuffert wird, wenn wir brennen, könnten die Naniten sie töten!"

„Hörst du das?" Aleknagik wies mit dem Kinn zum Shuttle. „Wir haben nicht viel Zeit. Trete ein, und ich sorge dafür, dass sie stabilisiert wird. Wir alle würden es bevorzugen, wenn sie ..." Seine Zähne blitzten grotesk auf. „... funktionsfähig bleibt."

Joys Fingerspitzen gruben sich in Kashatoks Seiten, und er konnte spüren, wie ihr Herz raste. Sein Instinkt in ihm schrie, sie um jeden Preis zu beschützen. Was sollte er aber tun?

„Zwei Minuten", wurde es über das Kommunikationssystem angekündigt.

Kashatok knirschte mit den Zähnen. Selbst, wenn Joy rannte, würde sie sich nie rechtzeitig auf einem Nav-Grav-Sitz anschnallen können. Brennen war keine Option mehr – sie mussten bleiben und kämpfen. Er holte tief Luft und rief: „Kämpfen!“

Vom anderen Ende der Bucht erschien Ekwok aus dem gegenüberliegenden Korridor. Mit offenem Mund stand er stockstill und starrte ihn an. „Captain?“

An Kashatoks Rücken verblasste Joys Wärme. Sie musste sich bewegt haben. Wenn sie nicht direkt hinter ihm stand, wäre sie anfällig für einen Schuss aus der Pulspistole. „Joy, bleib bei mir.“ Er machte einen Schritt zurück, ohne seinen Blick von Aleknagik abzuwenden. Er sprach laut genug, um in der ganzen Bucht gehört zu werden: „Wollen wir für immer wie verängstigte Hunde wegrennen? Wir stehen hier mit zwei Schiffen. Zwei Crews. Es ist Zeit, sich endlich zu wehren und zu kämpfen!“

Aleknagik zielte mit dem Pistolenlauf auf Kashatoks Kopf.

Kashatok konzentrierte seine ganze Kraft auf die Vorderseite seines Ionenschilds.

Der Lautsprecher verkündete: „Noch eine Minute, bis zur Verbrennung.“

Es war zu spät. Zu spät für alles. Kashatoks gesamte traurige Existenz flackerte vor seinen Augen. Aber … er würde nicht kampflos untergehen. Er nahm sich zusammen, um sich seinem Gegner zu stellen, als von hinten ein Zischen zu hören war, gefolgt von einem Ansturm abgestandener Luft.

Joys Hand packte die Rückseite seines Hosenbundes und riss ihn rückwärts durch die enge Öffnung einer Rettungskapsel. Er spürte einen Pulsstoß auf ihn zukommen. Die Realität verlangsamte sich und die Kapseltür schien sich in Zeitlupe zu schließen. Seine Finger wickelten sich um das Schleusenrad der Tür. Ein Pulsstoß traf ihn direkt in die Brust und schleuderte ihn von den Füßen.

Und seine Welt wurde schwarz.

KAPITEL VIERZEHN

Kashatok öffnete seine trägen Augen und spürte, dass sein Kopf auf warmer Haut ruhte. Über ihm glühte eine Metalldecke mit Umgebungslicht. Aus den Augenwinkeln sah er grüne und gelbe Warnlichter blinken. Sein Brustkorb fühlte sich an, als wäre er als Boxsack missbraucht worden. Er stieß langsam den Atem aus und seine ionischen Sinne entdeckten ein schlagendes Herz zu seiner Linken, gerade als eine kühle Hand seine Wange umfasste.

Joys Gesicht trat in sein Sichtfeld. „Kashatok? Bist du wach?"

Für einen Moment genoss er einfach den Anblick ihres olivfarbenen Teints, den kurzen dunklen Löckchen, die ihr Gesicht umgaben, und die samtweiche Qualität ihrer Augen. „Was ist passiert?"

Ein Angstschauer jagte durch sie, und er erkannte, dass sein Kopf auf ihrem Schoß lag. „Du hast den Türgriff der Rettungskapsel gepackt, als du angeschossen wurdest. Die Wucht des Pulsstoßes hat dich nach hinten gedrängt und die Luke schloss sich. Ich hab sie versiegelt und uns aus der Gefahrenzone rausgeholt."

Er erinnerte sich jetzt: Die Brennsequenz war bereits eingeleitet worden und sie hatten kurz vor der nächsten Verbrennung gestanden. Eine Rettungskapsel, die sich in der Brennsequenz eines Schiffes verhing, wurde entweder mitgerissen, gesprengt oder in einen zufälligen Raumsektor geschleudert. Eine Kapsel könnte sogar in einer anderen Galaxie landen, obwohl niemand jemals zurückgekehrt war, um diese Vermutung zu bestätigen. „Wie lauten unsere Koordinaten?"

Sie schüttelte den Kopf. „Ich weiß es nicht."

Dann erkannte er, dass sie ihn nicht ansah. Sie schaute auf nichts. Ins Nichts. Ihm rutschte das Herz in die Hose. Er griff nach oben und berührte mit den Fingerknöcheln ihre weiche Wange. „Bist du wieder blind?"

Ihre Augen vollzogen ein hartes, langsames

Blinzeln, dann traf sie auf seinen Blick. „Meine Augen können nicht sehen, meine Kamera aber schon. Ich bekomme Kopfschmerzen, wenn ich mich zu lange auf das Implantat verlasse. Und ich kann die Naniten nur für eine Sache nach der anderen verwenden. Ich habe gerade die Codes für das Schiff gelesen."

Er war sich nicht sicher, ob er dankbar oder besorgt sein sollte. „Wir müssen dich zu einem Arzt bringen."

Obwohl er es mochte, auf ihrem Schoß zu liegen, setzte er sich auf und presste dabei eine Hand auf seine geprellten Rippen. Die Kapsel gab nicht viel her: ein Metallsechseck mit extra Sitzen an vier Seiten und einem Sichtfenster mit einem rudimentären Bedienfeld an der fünften Seite. Sein Körper auf dem Boden füllte den gesamten verfügbaren Bereich aus. Kein Wunder, dass er mit dem Kopf auf ihrem Schoß gelegen hatte.

Auf Händen und Knien bewegte er sich zum Kontrollfeld, seine Muskeln zitterten immer noch von den Nachwirkungen des Pulsstoßes. Vor den Bedienelementen blieb er kniend stehen. Ein grünes Licht neben der Kommunikationsleuchte zeigte an, dass sich die Notleuchte automatisch eingeschaltet hatte, nachdem sie ausgeworfen worden waren.

Auch die Lebenserhaltung war grün. Das Navigationssystem blinkte gelb und konnte seine aktuelle Position nicht mit der Datenbank abgleichen. Nicht, dass es wirklich wichtig wäre; die Kapsel hatte die Manövrierfähigkeit eines Ruderbootes.

Er schluckte schwer und entschied, die Umgebung zu scannen. Leere. „Wie lange war ich weg?"

Joy rutschte zu ihm und kniete hinter ihm. Eine weiche Brust strich über seine Schulter, als sie sich nach vorne beugte, um auf das Bedienfeld zu schauen. „Ein paar Stunden, denke ich."

Ein paar Stunden und niemand hatte auf das Notsignal reagiert. Das verhieß nichts Gutes. Er lehnte sich zurück.

Joy tat es ihm gleich, um ihm Raum zu geben, und doch wehte ihr Atem über seine Schulter. „Wo sind wir?"

„Nirgendwo."

Lange Zeit starrten sie beide auf das blinkende Bedienfeld. Sie hatten keine Werkzeuge und keine Alternativen mehr.

„Wie lange können wir in der Kapsel überleben?", flüsterte sie.

Er hatte sich dasselbe gefragt. Er drehte sich um

und setzte sich im Schneidersitz gegenüber von ihr hin. „Die Rettungskapsel wurde entwickelt, um drei oder vier Besatzungsmitglieder ein paar Tage am Leben zu erhalten. Da wir nur zu zweit sind, haben wir vielleicht eine Woche."

Sie verzog das Gesicht. „Und du hast in der Nähe keine Systeme entdeckt?"

Er schüttelte den Kopf. Er konnte ihren Herzschlag rasen fühlen und ihren warmen Zitrusduft riechen, der den kleinen Bereich der Kapsel füllte. Als er beobachtete, wie sie auf ihrer Unterlippe herumkaute, war er von dem Wunsch erfüllt, mit dem Daumen ihren Mund nachzuzeichnen, ihn zwischen ihre Lippen zu schieben, ihre Zähne und Zunge zu ertasten und ...

Wie konnte er an so etwas denken, wenn sie unmittelbar vor dem Tod standen? Er zwang sich, wegzuschauen.

„Werden wir hier draußen sterben?", fragte sie.

Er schluckte. Es ergab keinen Sinn, die Wahrheit vor ihr zu verbergen. Sie befanden sich zusammen in dieser Situation. „Wahrscheinlich."

Sie holte tief Luft und entließ gedehnt den Atem. „Dann habe ich eine letzte Bitte."

Er hob seinen Blick zurück zu ihrem Gesicht

und traf auf ihre braunen Augen. Die Intensität, die er in ihren Tiefen sah, war schockierend und schickte erregende Funken direkt in seinen Blutkreislauf.

Sie leckte sich die Lippen und hinterließ sie feucht und rosig. „Mache Liebe mit mir."

Ihre Anfrage kam überraschend und zuerst dachte er, er hätte sich verhört. Was hatte sie sich dabei gedacht? Sie wusste doch, dass er das nicht tun konnte. Aber ihr Herzschlag flatterte, ihre Atmung beschleunigte sich und ihre Körpertemperatur wies eindeutig auf Erregung hin. *Usviiqe,* sogar ihr Duft sagte ihm, dass sie ihn mindestens so sehr wollte, wie er sie wollte. „Du weißt, dass ich das nicht tun kann."

„Ich denke doch. Bevor alles aus dem Ruder gelaufen ist, meinte Mek, er habe gute Nachrichten für dich. Es waren die Ergebnisse deines DNA-Tests." Sie wagte ein Lächeln. „Du bist kein Carayak."

Ihre Worte ergaben keinen Sinn. Fast zwei Jahrzehnte lang hatte er ohne Sex gelebt und sich selbst als Monster definiert. Meks Test musste falsche Ergebnisse geliefert haben. *Falsch oder richtig, du kannst trotzdem keine Liebe mit ihr machen.* Sie war ein

Mensch. Er war Denaidaner. „Carayak oder nicht, wir können keinen Sex haben."

Sie schien vor ihm zu schrumpfen, und ihre Schultern sackten zusammen. „Du willst mich nicht?", hauchte sie.

„Natürlich will ich dich!" Die Worte waren raus, bevor er sich zügeln konnte. Sogar sein Schwanz erwachte zum Leben, als wäre er beleidigt, sie das sagen zu hören.

Mit einer zitternden Hand berührte sie sein Knie. „Was hält dich also auf? Ich habe die Naniten."

Es war, als hätte sie einen Schalter umgelegt, der direkt an seine Leistengegend gebunden war. Seine Herzen pumpten rhythmisch in seiner Brust, der erhöhte Blutfluss steigerte sein Bewusstsein und er nahm sie über alle seine Sinnesorgane wahr. Könnte er Sex mit ihr haben? Könnte er es wagen? Erinnerungen an Aiyana blitzten vor seinem inneren Auge auf, aber ihr Gesicht schien nach all der Zeit verschwommen – eher wie ein Albtraum als eine Erinnerung. Frischer war die jüngste Erinnerung an Joys hitzigen Kuss in seinem Quartier, ihr weicher Mund unter seinem, ihre erregenden Brüste an seiner Brust.

Er fuhr sich mit den Händen übers Gesicht.

„Ich könnte es nicht ertragen, wenn du stirbst. Vor allem auf diese Art und Weise. Mit mir."

„Wir werden wahrscheinlich sowieso sterben." Ihre Stimme war fester, als er erwartet hatte, und ihr Blick blieb ruhig. „Lass uns eine Begierde zünden, bevor wir für immer erlöschen."

„Ellam Cua, Frau." Aber er konnte sich ihr nicht länger verweigern. Nicht ihren Worten, nicht ihrem Körper und nicht ihrem sinnlichen und einladenden Mund. Er streckte die Hände aus, packte ihre Hüften und zog sie nach vorne, bis sie rittlings auf seinem Schoß saß. „Meine Selbstbeherrschung geht gegen Null. Wenn wir das tun, kann ich nicht sanft sein." Seine Stimme klang, als hätte er zerbrochenes Glas gegessen.

„Lass es uns versuchen." Ihre Finger bahnten sich einen Weg in sein langes Haar und zwangen seinen Kopf so leicht zurück. Sie lehnte sich vor und berührte ihre Lippen mit seinen, strich mit der Zunge entlang des Saums, um sie zum Öffnen zu bewegen.

Das tat er; er öffnete seinen Mund an ihrem, ließ eine Hand über ihren Rücken gleiten, legte sie auf ihren Nacken und vertiefte den Kuss. Dennoch hielt sich ein Teil von ihm im Zaum. An ihren

Lippen murmelte er: „Ich werde nicht aufhören können, wenn ich erstmal beginne."

Sie schaukelte auf seiner Erektion vor und wieder zurück, bevor sie eine Hand auf seine Schulter legte und mit der anderen in den Bund seiner Hose tauchte, auf der Suche nach der Eichel seines pochenden Schwanzes. Bei dem Kontakt sog er scharf die Luft durch seine Nase und gab alles, seine Kontrolle nicht vollkommen zu verlieren. Ihre Hand bewegte sich tiefer, Finger tänzelten über seinen Schaft und neckten seine Eier. Er erstarrte, sein Atem stockte, als er so hart wurde, dass es an Schmerz grenzte. Seine Brust brannte und seine Sicht trübte sich. Noch nie hatte ihn jemand so berührt.

Mit einem Knurren hob er sie von seinem Schoß und legte sie mit dem Rücken auf den Boden. Im Handumdrehen hatte er ihr Hemd aufgerissen. Ihre Nippel zeigten sich steinhart und waren durch den geschichteten Stoff um ihre Brüste zu sehen. Er löste die Schnürung und senkte seinen Kopf auf eine Brustwarze. Die aufgerichtete Knospe fühlte sich an seiner Zunge wie eine Opfergabe an. Ein Keuchen entkam ihren Lippen, und sie wölbte sich ihm entgegen. Es fehlte nicht viel und er würde kommen. Er fuhr mit der Zunge über den seidenweichen Hügel, der ihre Brust ausmachte, knabberte und saugte, bevor er sich schließlich der anderen Brust zuwandte. Dort zog er die Brustwarze hart zwischen seine Lippen und sie schrie auf, ihre Finger gruben sich in seine Schulterblätter.

Sein Schwanz pochte schmerzhaft in seiner Hose, aber er wusste, dass in dem Moment, in dem er ihn rausholte, alles verloren sein würde. Stattdessen packte er sie am Hosenbund und zog ihr das Kleidungsstück über ihre Hüfte, um ihr feuchtes Geschlecht freizulegen.

Er hätte vor Freude weinen können. Die Schönheit ihrer olivgrünen Haut, das perfekte V aus Locken, der Duft ihrer Erregung, der auf seine Nase traf, war wie ein Aphrodisiakum. Ellam Cua, er hatte gehört, wie seine Männer davon sprachen, von einer Frau zu kosten. Er würde mehr tun, als nur zu kosten. Er hatte vor, sie zu verschlingen. Kurzerhand riss er ihr die Hose von den Beinen und warf sie zur Seite, bevor er seine Hände unter ihre Knie schob. Er drückte ihre Beine hoch und auseinander und dann ... tauchte er in ihre Hitze – wie ein Mann, der eine Oase in der Wüste gefunden hatte. Sie schmeckte so süß wie Honig. Er leckte ihre Schamlippen und spürte, wie ihre Finger den Weg in seine Haare fanden, während er mit den Daumen zu beiden Seiten ihrer Vagina über ihre Haut rieb und sich gleichzeitig an ihr labte.

Sie entließ ein Stöhnen – einen Laut wie ein Lied, das wie eine Droge durch seinen Blutkreislauf knisterte.

Er nahm die Perle am oberen Ende zwischen seine Lippen, saugte und neckte, bis sie anschwoll und vor seinen Augen pulsierte. Der Beweis ihrer Erregung erfüllte seine Sinne. Er wollte jeden Teil von ihr in sich aufnehmen. Er wollte sie dazu bringen, seinen Namen zu stöhnen, während sie immer und immer wieder um ihn herum kam. Mit einem Finger fand er ihre Öffnung und glitt in sie.

Sie wand sich unter ihm und schrie: „Kashatok!"

Sein Name auf ihren Lippen war wie ein Gebet. Er tauchte wieder ein, und sie weitete ihre Beine und gab ihm Zugang zu ihrer Pussy. Ihr Nektar bedeckte seine Hand und erfüllte ihn mit einer Freude, die er sich in den letzten fünfzehn Jahren nur hatte erträumen können. Alles fühlte sich so viel besser an, als er sich erinnerte. Kashatok fügte einen zweiten Finger hinzu, glitt in sie und wieder raus, während er ihre Klitoris mit seiner Zunge umkreiste. Er konnte riechen, wie ihre

Erregung ihren Höhepunkt erreichte, spüren, wie sie sich um seine Finger zusammenzog. Es gab nichts Besseres in dieser Galaxie, und er hatte sich diese Ekstase zu lange verweigert.

Sie begann zu zittern und zu beben. Immer und immer wieder tauchten seine Finger in ihre Enge. Dann entschied er, sich mit der anderen Hand abzustützen, sodass er in ihr gerötetes Gesicht schauen konnte. Sie wölbte sich und ihre entblößten Brüste bebten, als sie seinen Stößen begegnete. Sein Schwanz zuckte und verlangte, befreit zu werden. Aber er konnte nicht sicher sein, dass er lange genug durchhalten würde, um ihr einen Orgasmus zu bescheren. Und den verdiente sie.

Ein Schrei brach aus ihren Lippen und die Wände ihres Geschlechts legten sich pulsierend um seine Finger. Er hörte nicht auf. Er fuhr weiter in sie, bis sie zusammenbrach, sich ihre Beine entspannten und ihr bebender Körper zur Ruhe kam. Sein Schwanz war jetzt so hart und schmerzte, sodass er bezweifelte, in diesem Zustand überhaupt zur Erlösung finden zu können.

Sie machte die Augen auf und streckte beide Arme nach ihm aus. „Ich will dich.“

Mehr brauchte es nicht. Mit einer flüssigen und hochmotivierten Bewegung seiner Finger löste er seine Gürtelschnalle, öffnete die Hose und sein Schwanz sprang heraus. Ihre Hände halfen, die Hose nach unten zu schieben, und die Luft kühlte sein heißes Fleisch ab. Er positionierte sich an ihrem Eingang und schloss die Augen, als er mit seinem Schwanz den Weg in ihre Hitze fand.

„Ellam Cua", schwor er erneut, als er Zentimeter für Zentimeter in sie glitt.

Sie war feucht und legte sich wie eine Umarmung um ihn. Nie hätte er sich dieses Gefühl erträumen können. Niemals hätte er gedacht, er würde es noch einmal erleben. Als er bis zum Anschlag in ihr steckte, seufzte er und genoss für ein paar Minuten den Moment, ihre pulsierende Hitze um seinen Schaft zu spüren.

Dann öffnete er seine Augen und erkannte, dass sie ihn aufmerksam betrachtete, ihre Pupillen vor Verlangen geweitet.

Sie schob ihre Hand unter sein Hemd und streichelte seine Bauchmuskeln, bis sie eine Brustwarze erreichte. Sie zwickte hinein und schickte elektrisierende Empfindungen an seine Nervenenden. Wer hätte gedacht, dass seine Brustwarzen so empfindlich sein konnten?

Langsam und zaghaft begann er, sich in ihr zu bewegen. Dieser Moment mit ihr hatte nichts mit der einzigen vergleichbaren Erfahrung aus seiner Vergangenheit gemein. Joy war perfekt. Joy war pur. Joy gehörte ihm. Ihr Atem wehte über ihn hinweg und er nahm ihn in seine Lungen auf, als er seinen Arsch anspannte und hart in sie stieß.

Sie keuchte seinen Namen und klammerte sich an ihn, ihre Blicke ineinander verkeilt, was nur eine Verschmelzung zweier Seelen bedeuten konnte. Er zog das Tempo an und war erfreut, als sie sich seinen Bewegungen anpasste. Ohne Vorwarnung nahm er sie wie ein Biest. Primitiv und unerbittlich hämmerte er in sie, biss die Zähne zusammen und spannte die Muskeln an.

Er konnte sie überall spüren, nicht nur um seinen Schwanz. Ihre Beine um seine Hüfte. Ihre Hände an seinem Oberkörper. Ihre Augen verschmolzen mit seinen. Ein Bund festigte sich zwischen ihnen, etwas jenseits des Physischen, jenseits allem Geistigen, und mit jedem Stoß in ihre Hitze stellte er sicher, dass die Verbindung nicht gebrochen werden konnte. Niemals wieder.

Auch ohne Worte wusste er, dass Joy es ebenso spürte. Ihre Augen leuchteten vor Freude und Liebe.

Ihr Mund klaffte in einem stillen Schrei und sie

warf ihren Kopf zurück, die Augen schlossen sich, als die Erlösung durch sie fegte.

Die Angst versenkte ein letztes Mal ihre Krallen in ihm. „Nein", keuchte er. „Sieh mich an."

Er musste wissen, dass sie bei ihm war, dass sie ihn nicht verlassen würde.

Ihre Lider flogen auf und sie nickte, während die Wände ihres Geschlechts weiterhin seine Länge massierten. Nun war er nicht mehr zu stoppen. Er stieß unerbittlich in sie und trieb sie durch ihren Orgasmus. Sie packte seine Schultern und er konzentrierte sich mehr als je zuvor, denn er war bereit, sie noch höher zu treiben. Bis er sie an der Klippe antraf, sodass sie ihn über die Kante stoßen konnte.

Als sie erneut den Höhepunkt erreichte, konnte er sich nicht länger zurückhalten. Er ließ los, das Licht hinter seinen Augen explodierte zu ekstatischer Lust.

Und in diesem Moment sandte er seinen ionischen Sinn in ihren Verstand, durchdrang den Schleier, der ihre Gedanken verhüllte und beanspruchte sie ganz und gar für sich.

———

Jede Synapse in Joys Verstand fing bei ihrem Orgasmus Feuer – oder war es sein Verstand, der Feuer fing? Ihre Sinne wurden von Kashatok überflutet, mit einer Essenz, die so rein war, dass sie nicht wusste, wo er endete, und sie begann. Sie konnte jeden seiner Gedanken wahrnehmen. Jede Emotion. Im Moment war er verzweifelt, verängstigt, voller Adrenalin. „Joy, verlass mich nicht. Joy!"

Ähnlich wie damals, als sie in der Kinship von der Datenwelle getroffen wurde, war sie nicht in der Lage, ihren Körper zu kontrollieren. Ihre Pussy flatterte immer noch von der erschütternden Erlösung. Jedoch fand sie Trost in den warmen Armen um sie herum, und sie entspannte sich bei dem heißen Atem, der über ihre Halsbeuge wehte. Tief atmete sie ein und wurde mit einem süßen, aber maskulinen Duft belohnt, der Spuren von Rum enthielt.

Kashatok.

Langsam und mühsam entwirrte sie ihre Gedanken von seinen und schaffte es, ihre Atmung zu beruhigen. Sie öffnete die Augen und drehte den Kopf, um seinem Blick zu begegnen. „Ich bin hier."

Er sog scharf den Atem ein. „Ellam Cua, ich dachte ..."

Er erschauderte. Eine Sekunde später lag sein Mund auf ihrem, sein Bedürfnis nach ihr eher emotionaler als körperlicher Natur. Er brach den Kuss ab und legte seine Stirn gegen ihre. „Die Naniten haben funktioniert? Gelobt sei Ellam Cua, es geht dir gut."

Sie lächelte und ihre Kamera konzentrierte sich auf seine langen Wimpern, die ihr Sichtfeld dominierten. Sie hatte angenommen, dass ihre Kamera nach dem Verschwinden der Naniten nicht mehr funktionieren würde. „Ich kann sehen."

„Das ist wundervoll." Er küsste sie erneut, rollte sich auf seinen Rücken und nahm sie mit sich, sodass sie am Ende auf seiner Brust lag. Sie konnte seine beiden Herzschläge hören, stark und beständig an ihrer Wange.

„Aber die Naniten hätten zerstört werden sollen." Sie spähte in ihren Verstand und konzentrierte sich auf die Mikrocomputer. Sie schwebten nicht mehr wie sie lustig waren in ihr herum. Jedes einzelne Nanit hatte sich ausgerichtet und bedeckte die Myelinscheiden um die Nervenzellen wie eine Rüstung. Die Naniten auf ihren Sehnerven kribbelten, als sie Daten von ihrer

Kamera übermittelten, während andere sich als Schläfer niedergelassen hatten und auf Aufgaben zu warten schienen, die sie noch zuweisen musste. Und doch waren sich alle von ihnen der Ionenfrequenz des Mannes bewusst, der neben ihr lag. „Sie sind immer noch aktiv."

Er erstarrte, und die Hand, die ihren Rücken gestreichelt hatte, hielt abrupt inne. „Wie kann das sein?"

Sie schüttelte den Kopf. Sie hatte keine Ahnung. Abgesehen davon, dass sich in den letzten Momenten des Höhepunkts etwas verändert hatte. Er hatte sich ihr geöffnet und sie hatte seine Essenz, den Kern seines Wesens, gesehen. Und in diesem Moment war sie zu etwas geworden, das sie nie für möglich gehalten hätte.

Die Naniten hatten sich mit ihr verändert.

Er setzte sich auf, hob sie auf seinen Schoß und legte die Hände auf ihre Schultern, um ihr tief in die Augen zu schauen. „*Usviiqe*, du brauchst einen Arzt."

Sie legte ihre Hände auf beide Seiten seines bärtigen Gesichts und ihr Herz gewann vor Liebe zu diesem schroffen, fürsorglichen Piratenkapitän an Größe. Sie hatte keine Angst. Die Maschinen waren jetzt ein Teil von ihr, genauso wie ihr Atem oder ihr Puls oder ihre Seele. Etwas, das sie noch nicht kontrollieren konnte, war lebenswichtig geworden. „Ich glaube nicht mehr, dass sie eine Gefahr darstellen.“

„Sie sind eine *usviiqe* Syndicorp-Technologie. Wir müssen sie zerstören.“

Sie leckte sich die Lippen, schenkte ihm ein schelmisches Lächeln und streichelte einen Finger über seine bronzefarbene Brust in Richtung seines Nabels. „Wir könnten es noch einmal versuchen.“

Seine Haut zuckte unter ihrer Berührung, und sein Schwanz regte sich. Seine Pupillen weiteten sich, als sein Blick auf ihren Mund fiel und dann wieder ihre Augen fand. „Ich hätte nie gedacht, dass ich das jemals eine Frau sagen hören würde.“

Sie grinste und rieb den Arsch über seinen Schoß. Ihr Hemd war in Fetzen gerissen und hing von ihren Schultern, also zuckte sie mit diesen, um sich endgültig von dem Kleidungsstück zu befreien. Dann zog sie ihm sein Hemd über den Kopf und legte seine breite Brust und die muskulösen Schultern frei. Verdammt, selbst im Sitzen hatte der Mann Bauchmuskeln zum Niederknien, und sein langer Bart baumelte zwischen ihnen.

Sie drückte ihn zurück auf das Deck und entschied, ihm die Hose vollständig auszuziehen.

Seine schmale Hüfte und steinharten Oberschenkel erinnerten sie an die antiken griechischen Statuen. Ihre Mutter hatte dieses Thema stets in den Studienplan eingebaut, nachdem Joy den Wunsch geäußert hatte, Künstlerin zu werden. Während die Statuen in mehr als einer Hinsicht beeindruckend gewesen waren, hatte Mutters Streben nach Perfektion Joys Liebe zur Kunst im Keim erstickt.

Jetzt gewann sie ihre Wertschätzung zurück, fuhr mit den Handflächen über Kashatoks nackte Beine und hielt inne, wo seine Leiste zu einer massiven Erektion aufstieg. Eine Erektion, bei der die griechischen Statuen nicht mithalten konnten. Ihre Pussy pulsierte erwartungsvoll und ihr wundes Gefühl erinnerte sie an die erschütternden Orgasmen, die sie gerade erlebt hatte. Trotz des Schmerzes in ihrer Mitte wollte sie ihn erneut.

Sie setzte sich rittlings auf ihn und fuhr mit den Handflächen von seiner Brust zu seinen Schultern.

Er packte sie an den Hüften, riss sie nach unten, sodass er seine Erektion zwischen ihnen einfing. Sie neigte ihr Becken und er zog sie enger an sich, rieb seine Länge über ihre Klitoris. Ein Lustschauer raste durch sie, und sie warf den Kopf in den Nacken und entließ ein unwillkürliches Stöhnen.

Er setzte sich wieder auf und fand mit seinen

großen Händen ihren Arsch, packte ihre Pobacken. Seine Fingerspitzen spürte sie an ihrem Geschlecht. Sie war feucht, heiß und pulsierte vor Lust. Sie lehnte sich vor und atmete seinen maskulinen Duft ein. Er imitierte ihre Bewegung, biss sanft auf ihre Unterlippe, bevor er ihren Mund mit einem Kuss beanspruchte, der ihre Nippel motivierte, sich aufzurichten und ihre Naniten in helle Aufregung versetzte. Jeder Zungenschlag trieb die heiße Flamme höher, bis sie auf ihm vor und zurück schaukelte. Ihre Schamlippen, feucht und geschwollen, glitten über seine Länge. Vor und zurück, vor und zurück.

Er hob sie hoch, als würde sie nichts wiegen, legte sie erneut auf den Rücken und drang mit einem Stoß tief in sie. Sie schnappte nach Luft, als sie seinen dicken Schwanz in ihr pulsieren spürte. Heilige Scheiße, sie stand kurz vor einem weiteren Orgasmus, und das, obwohl sie gerade erst angefangen hatten. Ihre Hüfte zuckte mit dem Bedürfnis, sich zu bewegen, aber er presste sich hart gegen sie, fixierte sie mit dem Becken, während er sie mit dem Mund regelrecht verschlang. Was auch immer er tat, baute einen Druck tief in ihr auf, wie sie ihn noch nie erlebt hatte. Es fühlte sich an, als ob sein Schwanz an

Größe zunahm und sie bis an ihre Grenzen dehnte.

Als er schließlich seinen Griff an ihr entspannte und etwas Raum zwischen ihnen zuließ, schickte die Bewegung Mikroorgasmen durch ihren überempfindlichen Leib.

Dann begann er, seine Hüfte zu rotieren, nahm sie tief und gemächlich. „Kashatok“, keuchte sie und passte sich seinem Rhythmus an, ohne die Augen von ihm zu nehmen.

Er lehnte sich zurück und brachte sie mit sich. Das erlaubte ihm, tiefer in sie zu stoßen, und so traf er eine Stelle, die sie erschauern ließ. Sie hob ihr Becken zu ihm und näherte sich einem Rausch der Sinne, während sie beide Hände gegen seine steinharte Brust stemmte.

Er schob eine Hand zwischen ihre Körper und umkreiste mit dem Daumen ihre Klitoris.

Elektrisierende Lustfunken feuerten durch sie und schickten ihre Naniten in ungeahnte Höhen, zu ungeahnten Ebenen des Bewusstseins und der Ekstase. Sie ließ sich auf seinen Rhythmus ein. Nichts anderes spielte noch eine Rolle, nur dieses Gefühl, ihn zu reiten, bis es sich anfühlte, als würde jede Synapse in ihr vor einer Explosion stehen.

„Joy“, grunzte er und seine Hände glitten von

ihren Hüften über ihre Seiten zu ihren Brüsten. Er zwickte sanft in ihre Nippel, und doch schaffte es diese zusätzliche Empfindung, Feuer durch ihren Blutkreislauf zu schicken. Jeder Muskel in ihrem Körper erstarrte, als der Orgasmus über sie hinwegfegte. Seine Erlösung riss ihn im selben Moment mit, und er füllte sie mit seiner Hitze und ließ sie atemlos zurück.

KAPITEL FÜNFZEHN

Stunden später erwachte Kashatok, als ihn Joys Wärme verließ und sie zur Toilette ging. So sehr er es auch genoss, alles zu beobachten, was sie tat, drehte er sich von ihr weg und vergrub sein Gesicht in seinem Hemd, das er als Kopfkissen benutzt hatte. Das unbeschreiblich wohlige Gefühl, das durch ihn pulsierte, fühlte sich an, als ob sein Körper versuchte, fünfzehn Jahre der Entbehrung aufzuholen. Es maskierte zudem die Hoffnungslosigkeit der Situation, in der sie sich befanden.

Joy kehrte zurück. Sie zitterte vor Kälte, da die Kapsel ihre Schwierigkeiten mit dem Lebenserhaltungssystem hatte. Wie lange blieb ihnen noch, bis die Energiezellen erschöpft waren?

Er zog sein Hemd unter dem Kopf hervor. „Hier, zieh das an.“

Der Saum fiel fast bis auf ihre Knie. Sein Schwanz zuckte in Reaktion. Er bekam nicht genug von ihr. „Ich mag dich in meiner Kleidung.“

Sie spitzte die Lippen und kämpfte gegen ein Lächeln an. „Ist dir warm genug?“

„Mir war nie wärmer.“ Er hielt einen Arm hoch und lud sie ein, sich an ihn zu kuscheln.

Sie zögerte nicht und er schlang beide Arme um sie, presste sich von hinten an sie und atmete tief ein, als er sein Gesicht in ihren Haaren vergrub. Er befürchtete, jeden Moment aus einem Traum zu erwachen.

Sie küsste seinen Unterarm. „Es tut mir leid, dass ich dich in diese Sache reingezogen habe.“

Er konnte ehrlich sagen, dass er gerade so zufrieden mit der Welt war, dass er in diesem Moment mit einem Lächeln auf den Lippen sterben würde. Aber der Gedanke, dass Joys Leben ausgelöscht wurde, war für ihn unerträglich. „Es ist nicht deine Schuld. Ich denke, du hast Aleknagik nur die Ausrede gegeben, endlich zu tun, was er seit Jahren tun wollte. Dass er herausfand, dass du Mulholland-Airds Tochter bist, verwendete er dann, um die Crew gegen mich zu mobilisieren.“

Ihre Hände ballten sich zu Fäusten. „Meine verdammte Mutter."

Seine Arme legten sich enger um sie. Er hatte ihr gesagt, dass er ihr glaubte. Er glaubte ihr, dass sie nicht zu Syndicorp gehörte, aber – „Also ... wie ist es möglich, dass die Tochter des CEOs nichts mit Syndicorp zu tun hat?"

Joy seufzte und ihr Atem kitzelte seinen Arm, bevor sie sich hinsetzte und sich zu ihm drehte. Sie zog ihre Knie an ihre Brust und wickelte das Hemd um ihre Beine. „Mutter und ich waren noch nie auf einer Wellenlänge. Sie wollte, dass ich in ihre Fußstapfen trete, aber ihrer Meinung nach war ich dazu nicht hübsch genug, nicht charismatisch genug und auf keinen Fall engagiert genug. Der einzige Grund, warum ich Reporterin wurde, war, weil ich dachte, wenn ich zur Nachrichtensprecherin aufsteige, würde sie mich endlich respektieren. Sie schaut ständig Nachrichten. Sie weiß mehr über das, was in der Regierung auf Finofan vor sich geht, als in ihrer eigenen Familie. Bis ich sie anrief, wusste sie nicht einmal, dass ich weg bin."

Sein Magen rebellierte. „Du hast sie angerufen?"

Joy erblasste und nickte dann. „Wie ich schon sagte: Das ist alles meine Schuld."

Auch Kashatok setzte sich auf. „Du hast ihr also Bericht erstattet?"

„Nein!" Joys Augen weiteten sich und er spürte durch die anhaltende ionische Verbindung zwischen ihnen, wie ihr Blutdruck anstieg. „Ich … Nachdem du gesagt hast, dass du ein Carayak bist, konnte ich den Gedanken nicht ertragen, dass jemand anderes … die Naniten zerstört. Also habe ich mich in das Kommunikationssystem der Hardship gehackt und rief Mutter an, weil ich dachte, sie wüsste einen Ort, wo sie mir helfen könnten."

Sein gesamter Groll, den er ihr gegenüber empfunden hatte, löste sich auf. Sie hatte niemanden außer ihm gewollt. Ellam Cua hatte es bereits einmal gewagt, Liebe vor ihm baumeln zu lassen, nur um sie dann im letzten Moment wegzureißen. Aber ein zweites Mal? Nein, ein zweites Mal würde er das nicht überleben. „Besteht die Möglichkeit, dass deine Mutter jetzt Hilfe schickt?"

Sie schüttelte den Kopf. „Ich glaube nicht, dass sie überhaupt weiß, in welchem Quadranten ich mich befinde. Ich habe die Verbindung unterbrochen, als sie vorschlug, Trooper zu schicken. Und das Notsignal sendet nur eine generische Langstreckenübertragung. Sie kann nicht sicher sein, ob ich wirklich an Bord bin."

Er wies mit der Hand auf die schwarze Leere vor dem kleinen Fenster. „Soweit wir wissen, gibt es eine Raumstation, die gerade außerhalb der Reichweite der Sensoren liegt."

Joy biss sich auf die Unterlippe und starrte aus dem Fenster. „Wir müssen unser Signal verstärken." Sie rutschte nach vorne und öffnete das Fach unter dem Bedienfeld. „Wenn ich die Amperezahl erhöhe und die Sensoren integriere, um auf nahegelegene Signale zuzugreifen, können wir möglicherweise unsere Reichweite verbessern." Sie hielt inne und sah ihn über die Schulter an. „Das wird uns jedoch zusätzlichen Saft kosten. Unsere Lebenserhaltung wird um Tage reduziert. Was ist, wenn uns niemand hört? Oder wenn sie es tun, uns aber nicht rechtzeitig erreichen?"

Einen langen Moment schaute er sie an – die Frau, die er liebte – und sah die Zukunft, die er nie haben würde. Ihre Überlebenschancen waren bereits gering. Gab es in dieser Situation wirklich eine falsche Entscheidung? „Ich denke, wir sollten es versuchen."

Sie nickte und zeigte auf das Fach, in dem sich die Werkzeuge der Kapsel befanden. „Gib mir den kleinsten Schraubenschlüssel, den du finden kannst.“

Nach mehreren Stunden des Bastelns wischte Joy ihre Hände an den Lumpen ihres Hemdes ab und deaktivierte die Schwerkraft der Kapsel, um Energie zu sparen. „Wir senden.“ Ihr kurzes Haar wirkte wie ein Heiligenschein um ihren Kopf, als sie vom Boden abhob. „Ich würde sagen, wir haben bei diesen Einstellungen nicht mehr als einen halben Tag Energie übrig.“

Kashatok zog sie an sich, schlang beide Arme um ihre Taille und drehte sich mit ihr um seine eigene Achse. Ruhig und gemächlich. „Ich bin für dieses Ende noch nicht bereit.“

„Ich weiß. Ich auch nicht.“ Sie packte seinen Bart und zog sanft daran, sodass er mit seinem Mund zu ihrem kam. Der Kuss, den sie ihm gab, erhitzte sein Blut mit einer Zärtlichkeit, der sie sich zuvor nicht hingegeben hatten. Nach einer Weile zogen sie sich beide zurück und sahen einander tief in die Augen. „Glaubst du an ein Leben nach dem Tod?“

Obwohl er wusste, dass sie ihn nur durch ihre Kamera sehen konnte, sah sie doch sein wahres Ich. Sie kannte sein dunkelstes Geheimnis und scheute sich nicht davor. Der Gefährtenbund – eine

Erfahrung in seinem Leben, die er vor langer Zeit aufgegeben hatte – fühlte sich nun wie ein greifbarer Faden zwischen ihnen an. „Wenn der Bund mit einem Gefährten wahrhaftig ist, verspricht Ellam Cua, dass wir nach dem Tod weiterhin vereint bleiben, um neue Dimensionen und neue Lebensziele zu erleben.“

„Das gibt Hoffnung.“ Sie stieß ein zittriges Lachen aus. „Jetzt, da du kein Carayak bist, hast du die Wahl. Du kannst jede Frau mit Naniten haben. Bist du sicher, dass du mich nicht am nächsten Hafen gegen ein besseres Modell eintauschen willst?“

Wenn er nicht so auf sie eingestellt gewesen wäre, hätte er ihre Worte wahrscheinlich belächelt. „Du bist die schönste Frau im Universum, Joy. Meine Gefährtin. Mein Herz. Mein ein und alles.“

Ihr ganzer Körper erhitzte sich in seiner Umarmung und ihr Gesicht erstrahlte mit einem Lächeln. „Ich liebe dich auch.“

Er fuhr mit einer Hand über ihren Rücken und kämmte mit den Fingern durch ihr kurzes Haar, brannte sich die Erinnerung an ihr Gesicht ein und genoss ihre Nähe – da es das letzte Mal sein könnte. „Das war die glücklichste Zeit in meinem ganzen Leben.“

„Für mich auch." Joys Augen weiteten sich abrupt, ihr Blick bohrte sich an ihm vorbei in Richtung des Bildschirms. „Heilige Scheiße, Kashatok, da ist ein Schiff!"

Kashatok drehte sich um und blickte aus dem Fenster. Sein Atem stockte bei der länglichen Form, die mit Syndicorp-Markierungen bedeckt war. „Trooper."

Joy bahnte sich ihren Weg durch die Schwerelosigkeit und gesellte sich an dem Fenster neben ihn. „Wir sind gerettet!"

Zähneknirschend nickte er. Er war ein gesuchter Mann, den sie im nächsten Hafen hinrichten würden – wenn nicht sofort. Syndicorp kannte bei Piraten keine Gnade.

Als ob sie seine Besorgnis spürte, fragte sie: „Was ist los?"

„Nichts, meine Schöne." Er fuhr mit den Fingerknöcheln von ihrer Wange zu ihrem Hals. „Du bist gerettet, und das ist alles, was zählt."

„Oh Scheiße." Ihr wich jegliche Farbe aus dem Gesicht. „Du bist ein Pirat."

Er nickte und schenkte ihr ein resigniertes Lächeln. „Ich habe immer angenommen, dass ich bei einem Feuergefecht sterben würde, nicht durch die Nadel eines Syndicorp-Henkers."

„Das wird nicht passieren. Du hast mich gerettet. Meine Mutter muss dich begnadigen." Sie schob ihn zur Seite und schaltete die Kommunikation ein. „Hier spricht Joy Mulholland-Aird an Bord der Rettungskapsel. Bitte um Antwort."

Lange Momente vergingen. Nichts. Vor der Scheibe trieb das Trooper-Schiff vor seinem Sternenhintergrund, als ob es ihre Anwesenheit nicht bemerkte.

„Ist es möglich, dass sie nicht wissen, dass wir hier sind?", fragte sie.

„Versuch es mit einem anderen Kanal."

Sie wechselte durch die drei Notkanäle und es blieb bei jedem einzelnen still. Sie zog sich nach unten zur Basis der Konsole und verfolgte die freiliegende Verkabelung unter dem Bedienfeld. „Hier sieht alles gut aus." Sie hob den Kopf und schaute wieder aus der Scheibe. „Vielleicht haben sie Probleme mit ihren Sensoren? Wir sind in dieser Kapsel kaum größer als Weltraumstaub. Wir könnten außerhalb der sichtbaren Reichweite liegen."

Er nickte zögerlich. Irgendetwas stimmte nicht. Im Trooper-Regelwerk stand, dass nach Überlebenden gesucht werden musste. „Ich denke, wir sollten uns nähern. Nah genug, damit sie uns vielleicht sehen."

„Wir haben nicht genug Leistung für Triebwerke."

„Doch, tun wir. Das wird allerdings unsere Lebenserhaltung von Stunden auf Minuten reduzieren." Er hasste es, sie weiter in Gefahr zu bringen, aber es bestand die Möglichkeit, dass das andere Schiff jeden Moment weiterzog. „Wir müssen etwas tun." Er hakte die Spitzen seiner Stiefel in die Basis der Konsole ein und aktivierte die Triebwerke, um die Kapsel in Richtung der Trooper zu schwingen.

In dem Moment erschien ein weiteres Schiff. Kashatoks Herz setzte einen Schlag aus. Die Hardship. Kapitän Qaiyaan war doch gekommen. *Für Joy.* Der andere Pirat schuldete Kashatok rein gar nichts.

Lila Lichtblitze schossen über den Rumpf des Trooper-Schiffes. „Gott, ist das die Hardship?", fragte Joy. „Sie schießen aufeinander!"

Die vertraute Form von Kapitän Qaiyaans Schiff wich um das andere Schiff herum aus, wich dem Beschuss aus, und folgte mit einem Gegenschlag, was weniger beeindruckendes

Geschütz einbezog. Ein verirrter Schuss tauchte den Bereich vor dem Fenster in glühendes Licht.

„*Usviiqe!*" Kashatok griff nach der Steuerung, um sie vom Kampf wegzuführen.

Jedes Lämpchen auf der Konsole flackerte und ging aus. Dann verstummte das leise Brummen der Sauerstofffilter. Die Verwendung der Triebwerke hatte die letzten Reserven aufgebraucht. Kashatok brüllte: „Nein!"

Lichtstöße aus der Schlacht draußen sorgten auf Joys verängstigtem Gesicht für dunkle Schatten. Er spürte, wie sie zitterte, und zog sie in seine Arme. „Wir bewegen uns direkt in die Schusslinie."

Sie schmiegte ihre Wange an seine Brust. „Sind wir nah genug, um mit deinem Cochlea-Implantat Kontakt aufzunehmen?"

Das Implantat hatte eine kurze Reichweite, aber es war einen Versuch wert. Er tippte unter seinem Ohr gegen seine Haut. „Hier spricht Kashatok an Bord der Rettungskapsel. Kann mich jemand hören?"

„Wir hören dich, Captain!" Qaiyaans Stimme kam sofort zurück. „Ich frage mich nur, was für einen Scheiß du dort drüben veranstaltest! Kehre den Befehl für die Triebwerke um! Auf der Stelle!"

Kashatoks zwei Herzen klopften scheinbar

gegeneinander. „Die Triebwerke sind ausgefallen! Stellt den Beschuss ein! Sagt den Troopern, dass Joy an Bord ist.“

„Das sind keine Trooper, Captain.“

Kashatok packte Joy fester. „Wer ist es dann?“

Toviks Stimme war nun zu hören: „Kashatok, ihr müsst die Kapsel evakuieren!“

„Ich sagte dir doch, dass Joy bei mir ist“, sagte Kashatok. Am liebsten hätte er die Antwort geschrien. „Wir haben keine Vakuumanzüge.“

„Du musst nur für ein paar Minuten deinen Schild um euch beide legen. Drück dich mit jedem bisschen Ionenkraft, die du aufbringen kannst, von der Rettungskapsel weg. Wir werden Aleknagik beschäftigen und hoffentlich wird er euch nicht bemerken. Dann können wir ihm die Kapsel überlassen, während wir euch an Bord holen.“

Die Kapsel schauderte, als es in der Nähe zu einer Explosion kam. „Ich verstehe nicht. Wie kann es sein, dass Aleknagik auf uns schießt?“

„Er kommandiert das *usviiqe* Trooper-Schiff!“, sagte Qaiyaan. „Und jetzt evakuiert endlich die Kapsel oder bereitet euch darauf vor, zu kosmischem Staub geblasen zu werden.“

„Wir können das schaffen, Kashatok“, sagte Tovik. „Ich werde euch beide nicht sterben lassen.“

Aus irgendeinem Grund glaubte Kashatok dem Jungen. Schien in letzter Zeit eine Gewohnheit von ihm zu sein, Leuten sein Vertrauen zu schenken und ihnen zur Abwechslung mal zu glauben. Er holte tief Luft und schob Joy an den Schultern von sich. Er sah ihr in die Augen und sagte: „Sie wollen, dass wir evakuieren."

„Wie?" Der Ausdruck auf ihrem Gesicht wirkte in dem stroboskopischen, violetten Licht regelrecht skurril.

„Mit meinem Ionenschild. So wie wir es getan haben, als wir vom Sklavenschiff zur Kinship gesprungen sind."

Sie schluckte so laut, dass er es hören konnte. „Sind wir nah genug, um das zu tun?"

„Nein. Aber Tovik sagt, er hat einen Plan."

„So sehr ich Tovik mag, ohne Anzug in den Weltraum zu springen und kein Ziel vor Augen zu haben, klingt nach dem dümmsten Plan aller Zeiten."

Sein Lachen hielt einen Hauch von Panik inne. Und genauso fühlte er sich auch. „Sie wollen, dass wir uns selbst in den Weltraum aussperren."

Sie atmete tief ein. „Ich vertraue dir. Sag mir einfach, was ich tun soll."

Sie könnten da draußen sterben, nur würde das

hier drin auf jeden Fall passieren. Er drehte sich um. „Hüpfe auf meinen Rücken.“

Sie schlang ihre Beine um seine Hüfte und packte seine Schultern.

Er hakte seine Hände unter ihren Knien ein, um sicherzustellen, dass sie sich nicht von ihm löste. „Hole ein paar Mal tief Luft, als würdest du hyperventilieren.“

Er folgte seinem eigenen Rat und sättigte seinen Blutkreislauf mit Sauerstoff, bevor er seinen Schild hob.

„Ich werde jetzt das Luftsiegel brechen“, sagte er in sein Implantat.

Die kleine Kabine entließ die Atmosphäre wie einen Seufzer. Mit der samtigen Schwärze im Hintergrund sahen die beiden Schiffe wie Spielzeug aus.

Kashatok beugte die Knie und sprang.

Er hätte wahrscheinlich mehr Kraft in seinen Sprung legen sollen, aber er wollte sicher sein, dass er genug Kraft reservierte, um seinen Schild aufrechtzuerhalten. Weit draußen zu seiner Linken schienen die Trooper und die Hardship einander ebenbürtig zu sein, während violette Lichtpulse zwischen den Raumschiffen hin und her schossen. Beide Schiffe starteten Ausweichmanöver. Wie sollte

Qaiyaan so von dem gegnerischen Schiff wegkommen, bevor Kashatok die Energie für seinen Schild ausging? Er legte seine Arme enger um Joys Knie, betete zu Ellam Cua und hoffte auf ein Wunder.

***

Joy klammerte sich an Kashatoks Rücken, unsicher, ob sie den Atem anhalten sollte. Nur um sicherzugehen, tat sie es. In der Ferne zu ihrer Linken feuerten die beiden Schiffe weiter aufeinander. Die Leere des Weltraums um sie herum fühlte sich an wie der Kiefer eines Monsters, das bereit war, sie jeden Moment zu verschlucken. Sie hatte gehofft, dass Kashatoks Superkraft eine Art Antrieb beinhaltete, aber er trieb nur in die Richtung, in die er gesprungen war, seine Arme um ihre Knie geschlungen.

Dann drehte sich die Hardship plötzlich um ihre eigene Achse und flog direkt auf sie zu. Ein Schuss aus der Langstreckenkanone des Trooper-Schiffes sauste zu nah an ihnen vorbei und Joy riss die Augen weit auf. *Zu nah. Zu nah.* Luft entkam durch ihre Lippen und sie presste den Mund schnell wieder zu, um den Rest in ihrer Lunge nicht zu riskieren.

Dann schien eine Hand sie zu packen, sodass sie erstarrte. *Der Transponderstrahl? Oh, Gott!* Er wurde entwickelt, um metallische Strukturen wie Schiffsrümpfe zu bewegen, nicht Lebewesen. Sie hoffte, dass der junge Ingenieur wusste, was er tat.

Die Hardship schien plötzlich die doppelte Größe angenommen zu haben. Dann wieder. Ohne Vorwarnung wurde der Strahl abgeschaltet, sodass es sich nicht länger anfühlte, als würde jemand ihre Knochen zermahlen. Das Schiff eilte weiter auf sie zu, der offene Schlund des Frachtraums noch immer mehrere Schiffslängen von ihr und Kashatok entfernt. Wer das Schiff auch steuerte, sollte besser eine verdammt ruhige Hand haben, sonst würden sie und Kashatok am Ende als neue Lackierung für den Rumpf herhalten.

Sie presste ihre Wange an Kashatoks Nacken und wünschte, sie könnte einen letzten Atemzug nehmen, ein letztes Mal seinen Duft in sich aufnehmen. Die Öffnung war jetzt fast in Reichweite, die Öffnung von einem funkelnden, atmosphärischen Kraftfeld umhüllt.

Drei Meter.

Zwei.

Kashatok duckte sich, der Knoten auf seinem Kopf, der seine langen Haare enthielt, strich entlang des Torrahmens, als sie in das beleuchtete Innere schossen und schließlich auf einem im Laderaum gespannten Gepäcknetz landeten. Joys Atem explodierte aus ihren Lungen, ihr Griff an Kashatok weiterhin ungebrochen. Wie in Zeitlupe dehnte sich das Netz ...

Der Rückprall schleuderte sie in die Richtung zurück, aus der sie gekommen waren. Die Angst, dass sie durch das offene Tor ausgeworfen werden könnte, kam und ging, als sie stattdessen gegen die Wand des Frachtraums krachte.

Der Aufprall war in ihrem gesamten Körper zu spüren. Ihre Kamera gab auf. Kaum bei Bewusstsein spürte sie, wie jemand sie anhob.

„Sie sind sicher", verkündete Mek.

Das nächste, an was sie sich erinnerte, war die Matratze unter ihr. Finger drückten Dioden an ihre Schläfen. Ein vertrauter, kleiner Körper streifte ihre Wange und kuschelte sich an ihren Hals.

„Jhikik?" Sie lallte die Worte, unfähig, die Augen zu öffnen.

Der Netorpok schnurrte leise und rieb sein weiches Köpfchen an ihrem Hals. Wo war Kashatok? Bevor sie die Kraft aufbringen konnte, ihre Augen zu öffnen, drehte das vertraute Schwindelgefühl der Verbrennung sie auf links um. Übelkeit kam und ging, ihre Muskeln zitterten, jede Vene in ihrem Körper schien sich mit Lava zu füllen. Nach langen, quälenden Minuten endete das Gefühl.

Sie stieß einen Seufzer aus. Ihr Körper pochte vom Aufprall gegen die Metallwand, aber im Vergleich zu den letzten Verbrennungen fühlte sich ihr Kopf recht gut an. Sogar die Naniten gaben kein Anzeichen auf Wahnsinn. Tatsächlich waren sie so verschwiegen wie ein Grab. Neugierig befahl sie: *Kamera.*

Licht blendete sie und attackierte ihr Gehirn. Sie drückte ihre Augen wieder zu und passte ihre Filter an, bevor sie es erneut versuchte. Neben ihrem Ohr klapperte Jhikik mit den Zähnen.

Kashatoks Stimme kam von irgendwo in der Nähe ihrer Füße. „Wie geht es ihr? Ich muss sie sehen.“

Sie hob den Kopf und bemerkte die vertraute Umgebung der Krankenstation. Kashatok lehnte gegen den Türrahmen, wirkte erschöpft aber am Leben. *Gott sei Dank!* Sie ließ ihren Kopf zurück auf das Kissen sinken. „Mir geht es gut. Ich bin recht wund. Das ist jedoch gut, denn es bedeutet, dass ich noch lebe." Sie streckte eine Hand nach ihm aus. „Was ist mit dir?"

Er bewegte sich an ihre Seite und sie konnte sehen, wie sein Gesicht mit jedem Schritt weiter an Härte verlor. Hinter ihm am Computer beobachtete Mek sie mit verschränkten Armen.

Kashatok verwob seine Finger mit ihren. „Ich kann nicht glauben, dass das funktioniert hat."

„Ich auch nicht." Ihr Herz fühlte sich so voll an, dass es an den Schmerz ihres zerschrammten Körpers erinnerte.

Jhikik huschte über ihre verbundenen Hände und setzte sich auf Kashatoks Schulter. Ein zufriedenes Schnurren erfüllte den Raum.

„Ich freue mich auch, dich zu sehen." Kashatok kraulte den Netorpok unter dem Kinn.

Joy seufzte. „Weißt du, was los ist?"

„Vielleicht kannst du uns das erklären, Ms. Mulholland-Aird." Noataks Stimme schnitt wie ein Laser durch den Raum.

Ihr Herz setzte einen Schlag aus. *Sie werden mich umbringen.* Aber warum sollten sie sich die Mühe machen, sie zu retten, nur um sie dann zu töten? Wollten sie erst an die Naniten heran?

Kashatok stellte die Beine weiter auseinander

und positionierte sich zwischen ihr und Noatak. „Trete zurück."

Tovik raste mit blaugrünen Wangen um die Ecke der Krankenstation. „*Usviiqe*, Leute! Das war so cool!"

„Nicht jetzt, Tovik", warnte Noatak, ohne seinen Blick von Joy abzuwenden.

Mek zeigte auf Joys und Kashatoks Hände. „Sie sind den Gefährtenbund eingegangen."

Hitze kroch in Joys Gesicht, während Kashatok seinen Griff an ihrer Hand verstärkte. „Das sind wir."

Noataks Gesicht verdunkelte sich. „Also sind die Naniten weg?"

„Oh, Mist", sagte Tovik. „Das wird Qaiyaan nicht gefallen."

Mek nahm eine Spritze. „Vielleicht kann ich trotzdem noch etwas von ihrem Blut lernen."

Auch ohne ihre eigenen ionischen Sinne spürte Joy, wie sich Kashatoks Kraft ausbreitete. Er ließ ihre Hand los und riss die Spritze aus Meks Fingern. „Niemand berührt sie."

Joy entfernte die Dioden von ihrem Kopf und setzte sich unter Schmerzen auf. „Kashatok, es ist in Ordnung. Lass ihn eine Probe nehmen." Sie streckte Mek den Arm entgegen. „Ich weiß, du hast gesagt, die Paarungsfrequenz würde die Naniten zerstören, aber ich fühle sie noch."

Meks Blick schärfte sich. „Interessant. Dann schauen wir uns das mal an."

Sie sah weg, als er die Probenpistole gegen ihren Arm drückte.

Qaiyaan kam herein, blieb aber auf der Türschwelle stehen. „Mek, Lisa braucht deine Aufmerksamkeit, bevor wir wieder brennen können." Dann erstarrte er und seine Augen verengten sich, als er die versammelte Mannschaft bemerkte. „Was ist los?"

„Sie hat sich mit ihm verbunden", presste Noatak heraus.

„Aber ich habe immer noch die Naniten", fügte Joy hinzu, während sie sich weigerte, dem wütenden Blick von Qaiyaan auszuweichen.

„Ich werde es gleich wissen", sagte Mek und schob ihre Blutprobe in sein Diagnosegerät. Joys Kamera polterte im Einklang mit ihrem Herzschlag, während sie alle warteten. Nach einem Moment schüttelte Mek den Kopf und wandte sich wieder dem Raum zu. „Es gibt keine Naniten in ihrem Blutkreislauf."

„Was?" Joy konnte kaum Worte bilden. Sie wollte nicht daran denken, was mit ihr passieren könnte, wenn die Naniten nicht mehr da waren. „Aber das müssen sie. Meine Kamera funktioniert."

Zweifelnd zog Mek einen Scanner aus einem der Schränke. „Höchstwahrscheinlich hat sich dein Sehnerv einfach wieder normalisiert. Lass mich mal einen Blick auf dein synaptisches System werfen."

Er fuhr den Scanner langsam über ihren Schädel, machte ein überraschtes Geräusch und wiederholte die Bewegung. Er stellte den Scanner zur Seite und kratzte sich die Wange. „Ich weiß nicht wie, aber sie hat die Naniten noch. Es scheint, dass sich die Naniten an ihr Nervensystem geklammert haben."

Der ganze Raum schien einen erleichterten Seufzer auszustoßen. Joys Seufzer war am lautesten. „Das ist gut, oder? Wir haben sie nicht getötet. Warum tauchen sie nicht in meinem Blut auf?"

Er schüttelte den Kopf. „Weil sie nicht mehr frei schweben."

„Was bedeutet das?", knurrte Kashatok.

„Ich kann sie nicht ernten", sagte Mek. „Zumindest nicht so, wie ich es geplant habe."

Das Wort *ernten* führte dazu, dass Joys Blut schneller durch ihre Venen raste, und sie war dankbar, als Kashatok einen Ton anschlug, der an einen besitzergreifenden Höhlenmenschen erinnerte: „Du wirst nichts aus meiner Gefährtin ernten."

„Schlechte Wortwahl." Mek hob beschwichtigend die Hand. „Ich wollte sagen: überschüssige Naniten sammeln."

Kashatoks Hände ballten sich an seinen Seiten zu Fäusten. „Was auch immer sie hat oder nicht hat, sie ist meine Gefährtin. Ich werde nicht zulassen, dass jemand von euch ihr wehtut."

„Ich auch nicht." Tovik funkelte Noatak wütend an.

„Sie gehört zu Syndicorp, ihr Narren." Noatak machte einen Schritt nach vorne. „Wahrscheinlich die ganze Zeit im Bunde mit Aleknagik."

Jhikik klickte bei dem vorrückenden Besatzungsmitglied warnend mit den Zähnen.

Joys Kinnlade klappte herunter. „Aleknagik arbeitet mit Syndicorp?"

„Nein, auf keinen Fall." Kashatok schüttelte den Kopf. „Sicher, er hat mich mit der Meuterei überrumpelt, aber wenn es eine Sache gibt, die Aleknagik nicht ist, dann unter einer Decke mit Syndicorp. Er ist einfach nur ein Bastard, der meine Crew unterwandert und mein Schiff gestohlen hat. Wo ist mein Schiff eigentlich abgeblieben?"

„Wir haben es zurückgelassen, um dich zu

retten“, sagte Qaiyaan. „Bist du sicher, dass er nicht mit Syndicorp unter einem Hut steckt?“

„Sehr sicher.“

Qaiyaan schüttelte den Kopf. „Aleknagik ist wahrscheinlich direkt dorthin zurückgekehrt, wo wir die Kinship zurückgelassen haben. Er wird uns erwarten und wir sind dem Trooper-Beschuss nicht gewachsen.“

„Selbstmordmission“, fügte Noatak hinzu.

KAPITEL SECHZEHN

*S*elbstmordmission, dachte Kashatok und erinnerte sich an Chigniks hilfloses Geständnis vor seiner Zelle. „Wer ist noch alles in der Kinship?"

„Ich bin mir nicht sicher. Wir sind nicht geblieben, um durchzuzählen", sagte Qaiyaan in einem trockenen Tonfall.

Tovik fügte hinzu: „Aleknagik hat zwei Männer mitgenommen."

Joys Hand glitt in seine. „Ich mache mir Sorgen um Gassy."

Kashatok nickte, sein Blick immer noch auf Qaiyaan. „Sie sind meine Iluqs", sagte er leise. *Meine Brüder.* „Ich schulde ihnen meine Hilfe." Zum ersten Mal seit über fünfzehn Jahren erkannte er, dass er dieses Gefühl der Brüderlichkeit wollte.

„Ich verstehe." Qaiyaan verschränkte seine Arme. „Wenn wir zulassen, dass die Naniten zerstört werden, bedeutet das, dass wir die Hoffnung auf mehr Gefährten abhaken können."

„Wenn wir darin versagen, unsere Landsmänner zu beschützen, verdienen wir keine Gefährten", betonte Kashatok. „Die Männer auf der Kinship zu verlieren, wäre ein großer Verlust, wenn nur noch so wenige von uns übrig sind."

Ein qualvoller Blick kreuzte Qaiyaans Gesicht. Er rieb sich die Stirn. „Eine unmögliche Situation nach der anderen. Zuerst wird meine Gefährtin vom Kartell gesucht; jetzt wird *deine* Gefährtin von Syndicorp verfolgt. *Anaq,* wir haben einen schrecklichen Geschmack, was Frauen angeht, Kashatok."

Die Männer glucksten und selbst Kashatok musste lächeln. „Ich bin nur dankbar, überhaupt eine Gefährtin gefunden zu haben."

Joy zog die Augenbrauen zusammen. „Wenn Aleknagik aber nicht mit Syndicorp zusammenarbeitet, wie hat er dann die Kontrolle über das Trooper-Schiff übernehmen können?"

Qaiyaan schmunzelte. „Wir sind Piraten. Genau darin sind wir gut.“

Kashatok drückte ihr Knie. „Superkräfte, erinnerst du dich? Wir überraschen und kapern Schiffe ständig auf diese Weise.“

„Oh. Richtig.“ Joy stieß sich stöhnend vom Bett hoch. „Tovik, ist das Huckepackgeschirr auf der Kinship noch an Ort und Stelle?“

„Ist es. Warum fragst du?“

„Wenn wir Aleknagik zwischen unseren beiden Schiffen positionieren, während wir unseren Plan zum Abschleppen durchziehen, würde das nicht seine Strömungsspulen außer Gefecht setzen?“

Tovik stieß einen leisen Pfiff aus. „Theoretisch ja. Aber unser letzter Huckepackversuch hat uns auseinandergerissen. Die Kinship muss also neu kalibrieren.“

„Wie sollen wir das machen, wenn sie bewacht werden?“ Qaiyaan rieb nachdenklich seinen Bart.

„Ich könnte sie durch die Schritte führen, sobald wir in Kommunikationsreichweite sind“, sagte Tovik.

Noatak schüttelte den Kopf. „Aleknagik kennt alle unsere Kommunikationskanäle. Er wird sie sicher überwachen.“

„Ich habe die Naniten“, sagte Joy. „Ich kann

mich direkt mit dem Kommunikationssystem der Kinship verbinden und sie durch die Kalibrierung führen, ohne dass Aleknagik etwas bemerkt. Allerdings ..." Sie biss sich auf die Unterlippe. „Wir müssen ziemlich nah dran sein, um das zu tun."

„Unsere Schilde sind den Trooper-Kanonen nicht gewachsen", gab Qaiyaan zu bedenken.

„Lass mich ans Steuer", sagte Kashatok. „Ich bin durch Schlimmeres manövriert."

Qaiyaan zog die Augenbrauen hoch. „Ich weiß, dass dein Talent am Steuer legendär ist, aber ... bist du dir sicher?"

Kashatok stellte sich vor, Aleknagik in Weltraumstaub zu feuern, und grinste. „Bring mich einfach zum Cockpit."

Er würde sich sein Raumschiff zurückholen, selbst, wenn es ihn umbrachte.

———

Der provisorische Nav-Grav-Sitz, den Tovik in der Technik angebracht hatte, hielt Joy kaum stabil, als die Hardship erneut die Flugbahn änderte. Da ihre Kamera deaktiviert war, damit sie genug Energie hatte, um die Naniten für die Kommunikation verwenden zu können, geriet sie jedes Mal in Panik, wenn das Schiff unter einem Aufprall schwankte und ruckelte.

„Wow, das war knapp", berichtete Tovik von irgendwo im Maschinenraum, als er an der Kalibrierung des Hardship-Antriebs arbeitete. „Wie läuft es auf der Kinship?"

Joy litt nach der Verbrennung immer noch an Übelkeit, hatte es aber geschafft, Ekwok auf der Brücke zu kontaktieren. Gassy war noch nicht wieder in der Verfassung, seinen Job zu machen und sonst verfügte keiner der Besatzung über technisches Fachwissen. Cooper und Chignik hatten die Anweisungen zur Kalibrierung des Geschirrs befolgt, argumentierten nun am anderen Ende der Verbindung jedoch über den nächsten Schritt.

„Leute." Joy verstärkte das Signal der Naniten, da sie autoritär klingen musste, bevor sie die Aufmerksamkeit der beiden vollkommen verlor. „Hört auf, zu streiten, und zieht die Sechskantschraube um eine Vierteldrehung weiter. Anschließend brauch ich die Werte."

Joys Herz raste, als sie auf die Daten wartete. Wie lange konnte Kashatok noch Aleknagiks Beschuss ausweichen und dennoch nahe genug an der Kinship bleiben, um den Kontakt aufrechtzuerhalten? Und das war nicht einmal der schwierige Teil; sobald das Geschirr ausgerichtet war, mussten sie Aleknagiks Schiff zwischen die beiden anderen locken und die Brennsequenz einleiten.

Die Daten wurden über die Kommunikation gestreamt, und sie leitete die Informationen sofort an Toviks Konsole weiter. „Bitte sag mir, dass sie nah genug dran sind."

Chigniks Worte in ihrem Kopf hielten die gleiche Hoffnung bereit. Tovik murmelte: „Vielleicht. Wenn ich eine Anpassung an unserer Strömungsmembran vornehme ..."

Das Schiff bebte, sodass sie vom Sitz abhob, bevor der Sicherheitsgurt des Stuhls sie wieder nach unten drückte und sie mit dem Rücken gegen die Lehne krachte. Tovik grunzte.

Durch den Lautsprecher der Hardship war Noataks Stimme zu hören: „Getroffen. Schilde bei achtzehn Prozent. Ihr solltet euch in der Technik wirklich mal ranhalten!"

Keine Antwort von Tovik.

„Tovik?", fragte sie. *Warum musste sie blind sein!* „Alles okay?"

Seine angespannte Stimme antwortete ihr: „Gib der Kinship Bescheid, dass die Werte passen." Er räusperte sich. „Captain, ihr könnt die Positionierung vornehmen."

„Chignik, Cooper, wir haben es", schickte Joy. „Tovik meint, dass ihr euch gut festhalten sollt. Es könnte holprig bei euch werden."

Sie packte die Arme des Nav-Grav-Stuhls und hoffte, dass ihr Plan sie nicht alle in die Luft sprengen würde.

*K*ashatok ballte seine verschwitzten Hände um das Steuerhorn und führte die Kinship durch Ausweichmanöver, während Noatak den Co-Pilotensitz bemannte.

Die winzige Brücke hielt kaum zwei Männer. Qaiyaan hatte seinen Kapitänssitz aufgegeben, um das Turmgeschütz des Schiffes zu bedienen. Niemals hätte sich Kashatok vorstellen können, einen Mann zu respektieren, der sein Schiff freiwillig aufgab, aber Kapitän Qaiyaan hatte seine Achtung verdient. Zudem war er ein *usviiq* guter Schütze und hatte trotz Kashatoks verrückten Flugmanövern einen der Kurzstreckenlaser des Trooper-Schiffes ausgeschaltet.

„Captain, die Schiffe können positioniert

werden“, schickte Tovik über das interne Kommunikationssystem der Hardship.

Kashatok war bereit. Er drehte das Schiff um seine Achse und steuerte direkt auf die Trooper zu. Die kleinere Hardship hatte eine große Manövrierfähigkeit; seiner Einschätzung nach musste er jedoch nur wenige Meter vom Trooper-Schiff entfernt sein, um sich in Reichweite des Geschirrfeldes der Kinship zu befinden.

Kashatok hielt das Steuer stabil und starrte direkt in die Läufe von drei Lasern. Sein Blick flackerte zwischen der tödlichen Bedrohung und dem Entfernungssensor auf seinem Armaturenbrett vor und zurück. „Volle Kraft bei den Schilden an der Vorderseite.“

Lila Lichtblitze trafen die Hardship, sodass sie für eine Weile nicht sahen, was draußen vor sich ging.

Anaq! Usviiqe!

Kashatok verließ sich allein auf Sensoren und hielt seinen Kurs.

Noataks Stimme kam vom Co-Pilotensitz: „Vorwärtsschilde bei fünfzehn Prozent.“

Da sie dem anderen Schiff immer näherkamen, füllte das Heulen der Alarme die Kabine.

Kashatoks Hände blieben ruhig, obwohl sein Gehirn ihm sagte, das Steuer hochzuziehen.

Zwei weitere Herzschläge.

Jetzt. Kashatok betete zu Ellam Cua, schlug auf den Knopf, um die Brennsequenz einzuleiten, und zog das Steuerhorn hoch.

Die Trägheitskraft drückte ihn in den Sitz und erschwerte ihm das Atmen. Die bekannte Übelkeit, die mit der Verbrennung kam, rollte durch ihn, jedoch blieb das Gefühl aus, durch einen Strohhalm gesaugt zu werden. Bei dem Blick auf seine Sensoren verengte er die Augen und drehte das Steuer, um das Schiff zu drehen.

Er entdeckte die Kinship mit der vertrauten Kulisse aus Sternen.

Aleknagiks Schiff war verschwunden.

„Wo ist er hin?“, fragte Noatak, während seine Finger über die Sensorsteuerung flogen.

Kashatoks Bauchgefühl versprach nichts Gutes. Das war zu einfach gewesen. „Halte Ausschau nach Trümmern.“

Er rief die Sensormesswerte auf seinem eigenen Bedienbereich auf und durchsuchte die Daten, um den genauen Moment zu finden, in dem er die Brennsequenz aktiviert hatte.

Qaiyaan steckte seinen Kopf in das Cockpit. „Was zur Hölle ist hier gerade passiert?"

„Das versuchen wir auch herauszufinden, Captain", sagte Noatak, ohne aufzuschauen.

„Ich werde nach Lisa sehen. Die vielen Verbrennungen in letzter Zeit schlagen sich auf ihren Magen aus."

Kashatok holte tief Luft und erhob sich von seinem Sitz. Joy fühlte sich wahrscheinlich genauso und doch hatte er sich nur auf Aleknagik konzentriert. Er tippte auf den Lautsprecher zum Maschinenraum. „Wie geht es Joy?"

„Es geht mir gut." Ihre Stimme war hinter Qaiyaan zu hören. Der große Kapitän trat zur Seite und erlaubte ihr, dass sie seinen Platz einnahm. „Tovik hat jedoch eine unangenehme Beule am Kopf."

So erleichtert er auch war, dass es ihr gut ging, fühlte sich Kashatoks Kehle doch beengt an. „Der Bastard konnte entkommen."

„Was meinst du damit?" Ihre Augenbrauen zogen sich zusammen.

Er ließ sich gegen die Lehne des Pilotensitzes fallen. Sie trat in den beengten Raum und stellte sich hinter ihn. Er zeigte auf die Brenndaten auf seiner Konsole. „Ich brauche mehr Zeit, um mir die

Details anzusehen. Wir sind am selben Ort, aber es gab eine Frequenzerweiterung."

„*Anaq*." Noatak schlug weiter auf Knöpfe ein. „Ist er rechtzeitig rausgebrannt?"

„Wo auch immer er gelandet ist, er ist jetzt nur noch Treibgut." Joy lehnte sich über Kashatoks Schulter, um einen genaueren Blick auf den Bildschirm zu werfen, der den Weltraum vor ihnen zeigte. „Die Energie hat bestimmt seine Strömungsspulen kurzgeschlossen."

Kashatok streckte die Hand aus und platzierte sie auf ihre linke Wange. „Das Wichtigste ist noch bei mir. Du bist in Sicherheit."

„Und du hast dein Schiff zurück." Sie drückte seine Schultern und legte die rechte Wange gegen seine.

Kashatok nickte, sein Blick immer noch auf der Kinship.

Er hoffte, dass Aleknagik inmitten eines Sterns gelandet war.

KAPITEL SIEBZEHN

Kashatok schritt über das Einstiegsrohr in die Kinship. Auf der anderen Seite warteten Ekwok und Cooper, während Chignik nach vorn kam und Kashatok auf die Schulter klopfte. „Du bist wirklich ein *usviiq* guter Pilot, Captain." Er nickte Joy zu, die ein wenig hinter Kashatok zurückblieb, und lächelte sie an. „Und du hast gute Arbeit geleistet, als du uns durch diese Kalibrierungen geführt hast."

Kashatok spürte, wie sich ihre angespannten Muskeln lösten, aber sie blieb in der Nähe des Rohrs, was Kashatok schätzte. Sie hatte darauf bestanden, ihn als emotionale Verstärkung zu begleiten, und Jhikik wiederum hatte sie nicht aus den Augen lassen wollen, sodass er gerade um den

Hals seiner Gefährtin lag. Neben Joy stand Qaiyaan, der die Hände in der Nähe seines Waffengürtels hielt.

Cooper rieb eine große Hand über seinen kahlen, tätowierten Kopf. „Wir wollen sagen, dass es uns wirklich leid tut, wie die Dinge gelaufen sind, Captain. Aleknagik hat uns alle gegeneinander ausgespielt."

„Chignik war der Einzige, gegen den er kein Druckmittel hatte", fügte Ekwok hinzu.

Kashatok ließ die Augen über die drei Männer schweifen. Sein Herz hatte die Meuterei noch nicht überwunden. „Seid nur ihr drei an Bord?"

„Gassy ist in der Krankenstation. Wir haben Manopup und Moore in die Arrestzelle gesteckt", sagte Chignik. „Sie waren immer noch benommen von der Verbrennung, als Aleknagik abgedampft ist, sonst wären sie mit ihm gegangen."

„Sie hatten schon länger Meuterei geflüstert." Cooper senkte den Kopf. „Ich dachte, es wäre nur Gerede."

Die Muskeln in Kashatoks Kiefer spannten sich an, als er darüber nachdachte, was er mit den Männern in der Arrestzelle tun sollte. Sie in den Weltraum zu werfen, schien zu freundlich zu sein.

„Gassy hat nach dir gefragt", bot Ekwok an.

Joy trat vor. „Alles in Ordnung mit ihm?"

„Ich denke schon", sagte Ekwok. „Allerdings ist Doc bei Aleknagik, also kann ich es nicht mit Sicherheit sagen."

Der Verrat tat weh, aber zumindest hatten sie sein Schiff zurückgelassen. Er räusperte sich. „Qaiyaan." Er drehte sich zu dem anderen Kapitän. „Können wir uns euren Arzt ausleihen?"

„Ich schicke ihn rüber." Qaiyaan nickte und kehrte zu seinem eigenen Schiff zurück.

Kashatok streckte Joy die Hand entgegen. „Lass uns nach Gassy sehen."

In der Krankenstation lehnte Gassy gegen einige Kissen. Er sah genauso furchtbar aus wie zuvor, aber zumindest saß er aufrecht, anstatt wie ein sterbender Fisch auf dem Krankenbett zu liegen. Kashatok trat einen Schritt in den Raum und stoppte abrupt, als er bemerkte, dass der Sterilitätsschild das Bett nicht länger umgab. „Du atmest wieder normale Luft. Wie fühlst du dich, alter Mann?"

„Ich konnte keinen weiteren Atemzug unter diesem Schild nehmen. Mir ist zu Ohren gekommen, dass ich wohl besser schnell meinen Arsch hochbekomme, da mir die kleine Lady sonst meinen Job wegschnappt", sagte er mit einem Augenzwinkern.

Joy ging zu ihm und nahm die Hand des alten Mannes. „Ich könnte dich niemals ersetzen. Ich habe noch viel von dir zu lernen."

„Keine Sorge, so einfach wirst du mich nicht los", sagte Gassy.

Kashatok näherte sich dem Bett, bis seine Schulter gegen Joys rieb, und er liebte die subtile Art, in der sie sich an ihn lehnte. „Qaiyaans Arzt wird gleich zu dir kommen und nach dir sehen."

„Wenn dich jemand gesund machen kann, dann Mek", fügte Joy hinzu.

„Heißt das, dass es für dich einen Grund gab, auf seiner Krankenstation zu landen?" Gassys scharfsinniger Blick fegte über den Körperkontakt, den Joy und Kashatok stets pflegten.

Joys Wangen färbten sich zu einem entzückenden Rosa.

Kashatok konnte dem Grinsen nicht widerstehen, das sich anfühlte, als könnte es sein Gesicht in zwei Hälften spalten. Er hob seinen Arm, um Joy fest an sich zu ziehen, und legte sein Kinn auf ihren Kopf. Gassy hatte ihm immer gesagt, er solle die Annahme, er sei ein Carayak, in Frage stellen. Noch nie war Kashatok so dankbar gewesen, dass er sich geirrt hatte. „Du hattest die ganze Zeit Recht."

„Natürlich hatte ich das." Gassys von Blasen bedecktes Gesicht nahm einen ernsten Ausdruck an. „Denke nur daran, dass sich der Rest von uns nicht so glücklich schätzen kann wie du."

Kashatok nahm sein Kinn von Joys Kopf, ließ jedoch nicht von ihr ab. Er war es nicht gewohnt, der Glückspilz zu sein. „Wir werden helfen, das zu ändern."

Joy nickte. „Wir wollen Qaiyaan dabei helfen, Syndicorps geheimes Labor zu finden."

Gassy neigte den Kopf. „Das ist alles gut und schön. Zuerst müsst ihr aber andere Dinge in Betracht ziehen."

Es war untypisch für Gassy, so negativ zu reden. Stirnrunzelnd fragte Kashatok: „Was meinst du?"

Der alte Mann schüttelte den grauen Kopf. „Da Aleknagik weg ist, wirst du weitere Crewmitglieder brauchen. Und du hast in der Galaxie nicht gerade den besten Ruf."

Kashatok zuckte zusammen und erinnerte sich daran, wie schwierig es gewesen war, einen Shuttle-Mechaniker zu finden. Wie wäre sein Ruf nach dem Verlust von drei weiteren Besatzungsmitgliedern, einschließlich seines Ersten

Offiziers? Mit dem Blick auf Joy erkannte er, dass die Dinge nicht schwierig sein mussten. Sie war so charmant wie er schroff. Er grinste sie an. „Ich habe einen neuen Ersten Offizier, der die Vorstellungsgespräche für mich übernehmen kann."

Joy schnappte nach Luft und drehte sich in seinen Armen, um ihm in die Augen zu sehen. „Ich?"

„Na aber sicher", sagte er. „Es gibt niemanden, dem ich mehr vertraue."

„Was ist mit Gassy?"

„Halte mich da raus", warf Gassy ein. „Ich bin alt und eines Tages werde ich genug Geld haben, um mir in einem exotischen Hafen eine gemütliche Wohnung zu suchen und meine Rente zu genießen."

Sie rümpfte die Nase und schien nachzudenken. „Werden deine Männer überhaupt auf mich hören?"

Als sich hinter ihnen jemand räusperte, drehte sich Kashatok zur Tür. Chignik stand auf der Türschwelle, der Rest der Crew im Flur hinter ihm. „Du hast unseren Kapitän aus der Arrestzelle geholt, dann waghalsig die Flucht ergriffen und warst anschließend der Meinung, dass du noch nicht genug hattest, sodass du zurückgekommen bist. Ich würde sagen, du hast diese Position verdient.“

Die anderen nickten. Kashatok war so stolz auf Joy, dass er sich gerader hinstellte.

Gassy hustete. „Damit haben wir das ja geklärt. Jetzt verschwindet alle und erlaubt einem alten Mann, sich auszuruhen, ja?“

Kashatok drückte Joy ein letztes Mal die Schultern und führte sie zur Tür hinaus. Es war an der Zeit, sein Schiff wieder in Betrieb zu nehmen.

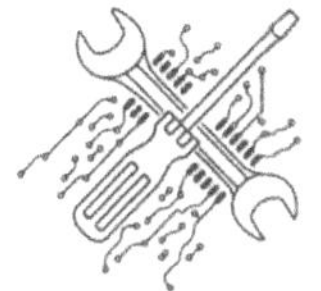

Aus Kashatoks Qartier in der Kinship starrte Joy aus dem Fenster. Der blasse Umriss ihres Spiegelbilds im Glas verdeckte die hervorstehenden Strebepfeiler der Raumstation. Sie trug eines seiner weiten Hemden, das sie in seinen Ingwer-Zimt-Duft einhüllte. Wie oft hatten sie Sex gehabt, seit sie die erste Gefährtin auf der Kinship geworden war? Sie hatte das Gefühl, endlich einen Ort gefunden zu haben, an den sie gehörte und genau das tat, wozu sie bestimmt war. Noch vor wenigen Wochen hätte sie sich nicht vorstellen können, sich so erfüllt zu fühlen.

Als würde sich ihr eigenes Glück im Raum reflektieren, raschelten die Blätter der Naujiar-

Pflanze. Es folgte ein zufriedener Pieps, der im Blattwerk widerhallte. Kashatok hatte Jhikik freien Zugang zur Anlage gewährt, um ihn beschäftigt zu halten, nachdem Joy darauf hingewiesen hatte, wie fasziniert der Netorpok von ihren intimen Aktivitäten zu sein schien. Und es gab viel Aktivität. Sie drehte sich zu Kashatok, der immer noch auf dem zerwühlten Bett lag, ein köstlich geformtes Bein lunzte unter dem Laken hervor, während er sein Polycom las.

Aber sie musste sich auf ihr unmittelbares Problem konzentrieren. Qaiyaan hatte sie bis zum nächsten Hafen mitgenommen, wo sie den neuen Frequenzumwandler installiert hatten. Nur die offenen Positionen auf der Kinship konnten sie bisher noch nicht ausfüllen. Kashatoks Ruf war doch schwerer zu überwinden als gedacht. Sie kletterte auf das Bett, kniete sich auf die Matratze und setzte sich zurück auf ihre Fersen. „Die Leute mögen Geschichten über Piraten.“

„Piraten als Schurken.“ Kashatoks Stimme grummelte sexy, als er das Polycom auf seinen Schoß senkte und die Augen auf sie richtete. Sie liebte es, wie er ihrem Gedankengang zu folgen schien, obwohl ihre Worte manchmal aus heiterem Himmel kamen.

„Wie wäre es, wenn wir der Geschichte einen anderen Blickwinkel geben?" Sie tippte sich auf ihre linke Schläfe. „Eine Reportage über Piraten, die eigentlich Freiheitskämpfer sind?"

Er lachte, ein Geräusch, das sie immer mehr liebte, je ungezwungener er sich seinen Emotionen hingab. Dann attackierte er, packte sie und riss sie an sich. Er lehnte sich zurück und positionierte sie auf seinen harten Bauchmuskeln. „Willst du damit vorschlagen, dass wir eine Revolution starten?"

Sie biss sich auf die Unterlippe. Wenn sie ehrlich war, hatte sie viel darüber nachgedacht. Nachdem sie erfahren hatte, was Syndicorp und damit ihre Mutter getan hatte, indem sie nicht nur eine Spezies ausgelöscht, sondern diese Tatsache sogar vertuscht hatten, war sie entschlossen, die ganze Sache ans Licht der Öffentlichkeit zu bringen. „Ich schlage vor, dass wir zum Handeln aufrufen. Ich bin immer noch Mitarbeiter bei RealTime News. Ich kann in die Reportage subtil einbeziehen, dass wir Crewmitglieder brauchen und nach passenden Gefährtinnen für Denaida-Männern suchen."

Seine großen Hände hörten auf, ihren nackten Hintern zu massieren. „Für Gefährten werben?"

„Es gibt keinen Grund, warum eine neue Crew

nicht weiblich sein kann, oder? Und wenn sie sich auf dem Schiff verlieben, umso besser." Sie drückte sich nach oben und platzierte die Hände zu beiden Seiten seiner Schultern. „Lass uns einen Aufruf an Männer und Frauen richten, die sich gegen die Tyrannei stellen wollen, welche sich mittlerweile auf jeden Planeten in der Galaxie auswirkt."

„Ein Abenteuer in der verwegenen Welt des Schwarzmarkthandels und der Weltraumpiraterie?" Sein Mund zeigte ein Schmunzeln, das zum Küssen einlud, als er sie mit der Zeile aus ihrer Originalaufnahme neckte.

„Ich hätte diese Aufnahme nie mit dir teilen sollen." Sie schlug ihm auf seine Brust und hob halbherzig ein Knie, als wollte sie sich von ihm entfernen.

Er packte ihre Hüften und stellte sicher, dass sie seine wachsende Erektion unter sich nicht verließ. Eine Erektion, von der sie nur durch die dünne Schicht des Lakens getrennt war. „Ah, aber es gibt nur eine Regel an Bord meines Schiffes."

Sie kniff die Augen zusammen. „Regel? Du versuchst nicht immer noch, Frauen von deinem Schiff zu verbannen, oder? Denn als dein Erster Offizier muss ich dir sa —"

„Okay, es ist eher eine Bitte als eine Regel." Er

fuhr mit beiden Händen unter das lockere Hemd und fand ihre Brüste. „Ich möchte, dass du alles mit mir teilst."

Seine Daumen neckten ihre Brustwarzen und schon bald richteten sie sich zu harten Knospen auf. Ihr Rücken wölbte sich unwillkürlich. Für einen Moment schwelgte sie einfach in der Art, wie er ihren Körper manipulierte. Es bedurfte keiner Worte, wenn er sie bereits so gut kannte. Sie erinnerte sich an etwas, das Lisa ihr gestern beim Mittagessen erzählt hatte. „Lisa meinte, dass sie und Qaiyaan die Gedanken des anderen hören können. Glaubst du, wir werden uns jemals so nahe sein?"

Seine dunklen Tiefen nahmen ihren Anblick in sich auf. „Ob das bei uns jemals der Fall sein wird oder nicht, spielt für mich keine Rolle. Du bist mein Erster Offizier, meine wahre Gefährtin. Ohne dich gibt es keine Zukunft."

Sie legte eine Hand auf seine Brust und fand den Zwillingsschlag seiner Herzen. Herzen, die nur für sie schlugen. Bedingungslos geliebt zu werden, war schöner, als sie es sich jemals vorgestellt hatte.

Sie lehnte sich vor und legte ihre Stirn gegen seine, und konnte nicht zufriedener mit sich selbst sein, dass sie aller Widrigkeiten zum Trotz seine Liebe für sich gewinnen konnte. „Ich werde dich immer lieben", schwor sie. „Du bist mein Gefährte."

Eine seiner Hände glitt bis in ihren Nacken und so zog er sie für einen Kuss zu sich. Seine Zunge schnellte über ihre Lippen, motivierte ihren Mund, sich zu öffnen. Bei seiner neckenden Art baute sich eine Hitze in ihr auf, während seine steinharte Länge zwischen ihren Beinen beharrlicher wurde. Seine andere Hand massierte weiter ihre Brust, neckte ihren Nippel, bewegte sich zu ihren Rippen, hinunter zu ihrer Hüfte und wieder zurück, bis sie am ganzen Körper bebte ... bis die Hitze zwischen ihnen zu einem tobenden Inferno anwuchs.

„Ich muss in dir sein", sagte er.

„Ja", hauchte sie und hob sich auf die Knie. Jetzt konnte er das dünne Laken zwischen ihnen wegziehen. Sie balancierte über seiner Eichel. Dann senkte sie sich extra langsam, die Augen auf intime Weise mit seinen verbunden, auf ihn herab, sodass es keine Rolle gespielt hätte, ob sie sich berührten oder nicht. Die köstliche Reibung seiner Länge, die in sie eindrang, löste eine Lustwelle in ihr aus, die einnehmender nicht sein konnte.

Für einige Momente blieb sie in dieser Position, ohne sich von seinem durchdringenden Blick abzuwenden. Sie streckte die Hände aus, glitt mit ihren Fingern über seine Wange und erkundete die Länge seines Bartes.

Langsam und kaum merklich kam sie in Bewegung, rotierte ihre Hüfte im richtigen Winkel, um sich in Ekstase zu baden.

Er tat es ihr gleich und kam ihr mit seinem Becken entgegen. Seine Geschwindigkeit nahm zu, im Einklang mit ihrer, sodass sich ihr Vergnügen steigerte.

Sie war sich seiner überall bewusst. Und das nicht nur, weil er tief in ihr steckte. Er fühlte sich stark und mächtig zwischen ihren Schenkeln an, unter ihren Fingerspitzen. Seine Hände führten ihre Hüfte, und er schien genau zu wissen, was sie brauchte und sah jede ihrer Bewegungen voraus.

Seine Augen strahlten vor Freude und Liebe. „Du bist unglaublich."

Die erste Welle der Lust traf sie, schauderte durch ihren Körper und lähmte sie regelrecht. Aber Kashatok hörte nicht auf. Er stieß weiter unerbittlich nach oben, hielt ihre Hüften und führte sie auf dem Weg zum Gipfel am ersten Aussichtspunkt vorbei, genau wie auch am zweiten. Ihr Mund öffnete sich in einem stillen Schrei. Sie lehnte sich vor, packte seine Schultern und ihr ganzer Körper pulsierte bei der Verbindung, einer emotionalen Verbindung. Einem Bund, der sich zwischen ihnen festigte.

Seine Zähne waren gefletscht, seine soliden Beine zitterten. Aber seine Augen verließen nie ihr Gesicht. Als er mit allem, was ihn ausmachte, in sie stieß, fühlte es sich an, als würde sie ihren Körper verlassen, nur in der Realität gefangen durch seinen Blick.

Die Euphorie entwickelte sich zu einer hoch aufragenden Welle, die nur darauf wartete, zu brechen. Ihre Beine schmerzten und doch konnte sie nicht aufhören, schaffte es nicht, Tempo herauszunehmen. Das Erreichen des Gipfels war alles, was zählte. In einer erregenden, langsamen Druckentlastung, so intensiv, dass es kaum zu ertragen war, erklomm sie den Gipfel, wo sie von elektrisierenden Empfindungen in Empfang genommen wurde.

Sie warf ihren Kopf unter dem Ansturm zurück und ließ sich von dem Vergnügen mitreißen. Kashatoks Muskeln spannten sich an, seine Finger gruben sich in das Fleisch an ihren Hüften und seine Erlösung ergoss sich mit einer Kraft in sie, die ihr den Atem raubte.

Völlig erschöpft fiel sie gegen seine Brust und legte ihr Ohr auf die Stelle, unter der seine beiden

Herzen für sie schlugen. In diesem Moment wusste sie, dass der Bund wirklich für immer war. Sie hatte den wahren Sinn in ihrem Leben gefunden – den Einzigen, der wirklich zählte.

Liebe.

Liebe Leserin, lieber Leser,

vielen Dank, dass Du dich Kashatok und Joy bei diesem verwegenen Weltraumabenteuer angeschlossen hast! In Buch Drei, *Todgeweihter Krieger*, gehen wir zurück auf die Hardship, während sich die beiden Crews zusammenschließen und Joys Plan, weitere Gefährten zu erschaffen, in die Tat umsetzen.

Der schroffe Noatak, der kein Blatt vor den Mund nimmt, ist dabei, sein Gegenstück in einer grauäugigen Revolverheldin und ihrer großmäuligen KI namens Twerp zu finden.

Tippe auf das Cover, um es jetzt vorzubestellen, oder blättere weiter für eine Leseprobe!

XOXO

Tamsin

P.S. Bist Du neugierig, was mit Kashatoks erster Liebe Aiyana passiert ist? Um das herauszufinden, melde Dich für meinen Newsletter an und erhalte die kostenlose Vorgeschichte mit Kashatok als Teenager.

Klicke hier, um Dich anzumelden!
https://BookHip.com/JWMVTVQ

LESEPROBE

Marlis richtete ihre Blackstar E-11 aus und drückte den Abzug. Das Ziel am Ende des Schießstandes blitzte dreimal auf. *Volltreffer.*

„Scheiß auf alle und ihre Standards", murmelte sie und schob das Ziel um einen weiteren Meter zurück. Sie zielte und feuerte mehrere Schüsse ab, von denen jeder einen blinkenden Erfolg hatte. Die Pulspistole E-11 ohne Rückstoß war ein Geschenk zu ihrem elften Geburtstag gewesen, und nach vierzehn Jahren und vielen anderen Waffen war sie immer noch ihr Favorit. „Ich war heute Morgen sogar pünktlich. Pünktlich!"

„Guter Schuss, Marlis!", beglückwünschte Marlis' KI aus ihrem Armband. Die künstliche

Intelligenz sollte Marlis beim Wutmanagement und bei Gedächtnislücken helfen, aber ihre abgedroschenen Ermutigungen trugen heute nicht gerade zu ihrer Beruhigung bei.

„Halt die Klappe, Twerp." Marlis packte das Kühlmodul der Energiespule und legte die Pistole beiseite. Sie nahm ihr speziell für sie angepasstes Renegade MCS6-Gewehr in die Hand, setzte das Ziel für Langstreckenwaffen zurück und visierte erneut an.

Auf dem Syndicorp-Kreuzer waren heute alle Bahnen des Schießplatzes besetzt, aber sie hatte nur Augen für ihr Ziel und stellte sich jeden Volltreffer als das Gesicht des Rekrutierers vor, dem ihre Akte zugewiesen worden war. *Ich gehöre zum Vermächtnis, verdammt nochmal!* Sie stammte von einer langen Reihe von Troopern mit ausgezeichneten Lebensläufen ab. Und es war nicht so, als könnte sie während der Übungen nicht mithalten. Sowohl den Frauen als auch den Männern war sie in allen Disziplinen überlegen. Im Schießen, Rennen und im Kampfsport. Warum war es also so schlimm, wenn sie ein wenig Hilfe brauchte, um sich daran zu erinnern, welcher Tag es war?

„Marlis!", rief eine Männerstimme hinter ihr.

Ihr Magen rebellierte und sie wirbelte mit dem Gewehr in der Hand herum.

Der Blick ihres Vaters landete auf dem Lauf und er presste die Lippen fest zusammen, als sie die Waffe senkte.

Sie weigerte sich, sich schlecht zu fühlen, nur weil sie sich kampfbereit hielt. Ihre Mutter war bei einem Mutter-Tochter-Urlaub auf Pulati gestorben. Die zehnjährige Marlis hatte den plötzlichen Terroranschlag nur überlebt, indem sie sich sechzehn Stunden unter der Leiche ihrer Mutter versteckt hatte.

Marlis hatte nicht die Absicht, ihre Schutzmauer zu senken. Niemals wieder.

Ihr Vater verschränkte die Arme über der Brust, sodass er seine Bandschnallen am Revers seiner Uniform bedeckte. „Du hast gestern Abend dein Date verpasst."

„Das ist heute Abend." Selbst, als sie es sagte, erkannte sie, dass sie wahrscheinlich falsch lag.

Twerps feminine Stimme erhob sich von ihrem Band am Handgelenk. „Ich habe dich gestern um siebzehnhundert Uhr und noch einmal um siebzehnundzwanzig Uhr über diesen Termin informiert. Du meintest, du wärst nicht in der Stimmung, jemandem einen Blowjob zu geben, und hast mich angewiesen, dich nicht erneut zu erinnern.“

Marlis’ Gesicht erhitzte sich, sodass es nun den roten Wangen ihres Vaters entsprach, die normalerweise kreidebleich waren. Wann würde sie jemals daran denken, ihre Kopfhörer aufzusetzen? Sie biss die Zähne zusammen und knurrte: „Halt die Klappe, Twerp.“

Ihr Vater drückte seine Schultern durch und sah Marlis direkt in die Augen. „Er ist ein respektabler junger Mann, Marlis. Von einer guten Familie. Du könntest dir keine bessere Partie wünschen.“

„Ich will keine bessere Partie. Ich möchte mich den Troopern anschließen.“ Sie drehte sich um und zielte erneut auf die Scheibe. „Besorg mir ein Date mit jemandem, der nützlich ist, und ich gehe.“

„So schnell, wie du die Brücken hinter dir zum Einstürzen bringst, kann ich sie nicht wieder aufbauen.“

Sie weigerte sich, sich ablenken zu lassen, atmete langsam aus und drückte den Auslöser in schneller Abfolge. Das Ziel leuchtete bei allen auf, nur das letzte verfehlte sie. Sie senkte das Gewehr. „Ich wäre ein guter Soldat, Dad.“

Eine sanfte Hand legte sich auf ihre Schulter.

„Du hast vor deinem Rekrutierer die Fassung verloren."

Marlis erinnerte sich verschwommen an ihre Wut auf den schmaläugigen, schnabelnasigen Rekrutierer, der die Übungen beaufsichtigte, mit denen unwürdige Kandidaten aussortiert werden sollten. Er sollte die körperlichen Fähigkeiten der Rekruten testen. Stattdessen hatte er ihnen historische Fragen gestellt. Ihr kamen die Schimpfwörter und Kraftausdrücke in den Sinn, die sie abgelassen hatte, nicht aber die eigentlichen Antworten auf seine Fragen. „Was nützt mir eine Geschichtsstunde auf dem Schlachtfeld?"

„Er denkt, dass du eine Schwachstelle darstellst. Sie wollen deinen Waffenschein widerrufen." Die Stimme ihres Dads senkte sich mit ungewohnter Sanftheit. „Es tut mir leid."

Seine Worte fühlten sich an wie ein Schlag in den Bauch. Ihre Pistole aufgeben? *Nein, das darf nicht passieren.* Marlis war nicht länger in der Lage, sich auf das Ziel zu konzentrieren, und so schob sie die E-11 in das Holster, das sich an ihrer Hüfte zum Rücken hin befand. Dann schulterte sie ihr Gewehr und drehte sich zum Gehen um.

„Marlis."

Sie ging weiter.

„Marlis. Deine Gewehrhülle."

Mit einem knallroten Gesicht hielt sie inne; das Verlassen des Schießstandes mit einer Waffe galt selbst auf einem Militärschiff als großes No-Go. *Dummes Gedächtnis.* Andere KI-Modelle waren mit einem visuellen System ausgestattet, um Gegenstände zu verfolgen, aber Marlis' Therapeut behauptete, dass es ihr helfen würde, wenn sie sich bemühte, sich an einige Dinge selbst zu erinnern.

Mit angespannten Schultern wirbelte sie auf dem Absatz herum, sammelte die Hülle ein und stellte sicher, dass sie sonst nichts vergaß. Der wachsame Blick ihres Vaters ließ Marlis an sich zweifeln. Was hatte sie noch vergessen? *Verdammt!*

Als Reaktion auf ihre erhöhte Herzfrequenz vibrierte Twerp an ihrem Handgelenk und ermutigte sie so, ruhig zu bleiben, bevor sie mit den rettenden Worten zur Hilfe kam: „Marlis, du bist in dreiundvierzig Minuten zum Mittagessen mit deiner Schwester verabredet. Darf ich dich daran erinnern, dass Attie routinemäßig zu früh kommt?"

„Danke, Twerp." Sie schenkte ihrem Vater ein schwaches Lächeln. „Ich muss mich vor dem Mittagessen noch etwas frisch machen. Ich melde mich später bei dir."

Marlis passierte uniformiertes Personal, als sie

sich durch die Korridore des Kreuzers bewegte, und wiederholte schweigend ihr Mantra aus Jahren der Therapie: *Es besteht keine Gefahr.* Dennoch war es nicht leicht, an dieses Mantra zu glauben, wenn ihr doch bevorstand, ihr Recht auf eine Schusswaffe zu verlieren. Sie war auf Wut umgestiegen, was mehr schadete, als nützte. Nachdem sie die Familienunterkunft erreicht hatte, die sie mit ihrem Vater und ihrer Schwester teilte, hörte Twerp auf, sie zu nerven.

Sie verstaute ihr Gewehr und wusch sich das Gesicht, dann ging sie in Richtung der Kantine auf dem Unterdeck, wo Attie wahrscheinlich bereits auf sie wartete. Ihre große Schwester war vor über einem Jahr in die Trooper aufgenommen worden und stieg schnell in die Private First Class auf. Der Job ließ Attie wenig Zeit, um sich mit ihrer Familie zu treffen, obwohl sie es sich zur Aufgabe machte, wöchentlich mit Marlis zu Mittag zu essen. Egal wie routinemäßig es auch war, Marlis freute sich aus vollem Herzen, sie zu sehen.

In einer Uniform und ihren aschblonden Haaren, die regelmäßig zu kurzen Löckchen getrimmt wurden, saß Attie bereits an ihrem üblichen Tisch. Der riesige Raum hielt um diese Zeit zumeist Menschen inne, die lange Tische füllten, aber auch einige Außerirdische waren in der Masse zu finden. Atties Kopf war gesenkt, die Augen scannten den Bildschirm eines Polycoms, als Marlis sich näherte. Ein neues goldenes Rangabzeichen schmückte die Epaulette auf ihrer Schulter.

„Du bist zum Corporal aufgestiegen?", fragte Marlis, unfähig, ihren Blick von dem Emblem zu nehmen.

Attie stellte das Polycom beiseite und erhob sich, streichelte mit den Fingerspitzen über das Rangabzeichen, bevor sie den Tisch umrundete und Marlis umarmte. „Ich habe die Beförderung heute offiziell erhalten."

„Umarmungen sind gegen die Vorschriften. Sie werden kommen und das Abzeichen zurücknehmen." Marlis drückte ihre Schwester und versuchte es statt Eifersucht mit einem Sinn für Humor. Ihre Schwester hatte ihr Leben im Griff.

Attie rollte mit den Augen und nahm wieder Platz. Sie warf einen Blick auf die lange Essensschlange. „Willst du zuerst gehen, während ich diese Berichte fertigstelle?"

Nickend stellte sich Marlis hinter dem uniformierten Personal an. Vor dem heutigen Tag war sie immer in die Kantine stolziert, weil sie gewusst hatte, dass sie unter ihren Leuten war, und es nur eine Frage der Zeit darstellte, bis sie ihre eigene Uniform bekommen würde. Jetzt fühlte es sich an, als ob alle Augen auf sie gerichtet waren; alle schienen ihren Wert herunterschrauben zu wollen.

Sie stellte zwei Teller auf ihr Tablett, wählte das Hähnchencurry und übersprang den Dessertbereich. Stattdessen entschied sie sich für zwei Kaffees mit Milch. Obwohl Attie niemals fragte, kam Marlis immer mit Essen für sie beide zurück. Es schien eine Verschwendung kostbarer Schwesternzeit zu sein, Attie erneut in die Schlange zu schicken.

Marlis kehrte an den Tisch zurück und stellte die Teller ab. „Es war dieses Gericht oder etwas, das wie Katzenkotze aussah."

„Danke." Attie hob ihre Gabel auf und jagte die Zinken in eine Tomatenscheibe, die sie von der Hähnchenbrust entfernte. „Wie läuft es mit Dad?"

Etwas an Atties angespannten Schultern machte Marlis nervös. „Er versucht immer noch, mich mit Colonel Yans Sohn zu verkuppeln. Warum fragst du?"

Attie zuckte mit den Schultern. „Ist er süß?"

Nun begannen Marlis' Warnglocken zu läuten. „Einige Leute denken das. Wieso?"

Attie nahm einen großen Bissen und kaute langsam, bevor sie antwortete: „Du wirst bald sechsundzwanzig. Du weißt doch, was das bedeutet."

Natürlich wusste sie das. Mit sechsundzwanzig würde sie ihren Status als Abhängige ihres Vaters und alle damit verbundenen Vorteile verlieren. Wenn sie sich nicht selbst den Troopern anschloss, würde sie schließlich auf der Oberfläche eines Planeten enden und gezwungen sein, sich den Zivilisten anzuschließen. In der Falle, genau wie auf Pulati. *Nein, nein, nein.* „Natürlich weiß ich das. Was hat das mit dem Sohn von Colonel Yan zu tun?"

„Viele Menschen genießen die Ehe. Der Bund würde dir einen Partner geben."

„Es löst nicht meine Probleme, wenn ich einen Trottel heirate, den ich beim Armdrücken schlagen könnte."

Attie tippte nervös mit der Gabel gegen ihren Teller. „Marlis, du brauchst jemanden, auf den du dich verlassen kannst."

„Was meinst du damit? Ich habe dich. Und ich habe Dad, wenn er sich nicht wie ein Arschloch aufführt."

Ohne den Blick von Marlis zu nehmen, setzte Attie ihre Gabel ab und atmete tief durch. „Ich wurde dem Flaggschiff Icarus zugeteilt."

Es fühlte sich an, als hätte jemand gerade die Buchttüren des Schiffes geöffnet und den ganzen Sauerstoff abgesaugt. Marlis' Blickfeld wurde schmaler und der Raum um sie herum verblasste. *Attie kann nicht gehen.* Ihre Schwester war ihr Fels. Die eine Person, an die sie sich immer wenden konnte. Twerp summte fast schmerzhaft an ihrer Haut und wies sie so darauf hin, sich zu beruhigen.

Attie lehnte sich vor und sprach langsam: „Das ist Teil meiner Beförderung. Eine großartige Aufstiegschance. Ich werde im Hauptstab von Admiral Olly dienen."

Marlis schluckte. „Ich sehe dich so schon nicht genug."

„Alles wird gut." Attie griff über den Tisch und bedeckte Marlis' Hand mit ihrer. „Wir können immer noch über Video sprechen. Und Dad sagt –" Sie brach den Satz ab und biss sich auf die Unterlippe, als hätte sie zu viel gesagt.

„Du hast es Dad schon mitgeteilt?", hauchte Marlis. Sie war immer Atties Vertraute gewesen, die Erste, der sie alles anvertraute. „Vor mir?"

„Er macht sich Sorgen um dich, Marlis. Du bist sein Baby. Er hat sogar James angerufen."

Marlis' und Atties älterer Bruder James hatte den Kreuzer verlassen, als Marlis zehn Jahre alt war – noch bevor sie mit Mama nach Pulati geflogen war. Er diente derzeit als Staff Sergeant auf Alleigh. „Was hat James mit mir zu tun?"

„Er versucht, dir einen Abhängigkeitserlass zu verschaffen. Auf Planetenstützpunkten ist das einfacher."

„Du meinst, ich soll bei James leben?" Marlis schoss auf die Füße, ihr Blut jagte heiß durch ihre Venen. „Das ist doch ein Witz, oder?" Die Leute an den umliegenden Tischen drehten sich um und starrten sie an. Twerp vibrierte hartnäckig an ihrem Handgelenk, dennoch konnte Marlis ihre Stimme nicht leiser halten: „Und du stimmst ihm zu?"

„Nein." Attie hielt den Augenkontakt mit Marlis und strahlte Selbstvertrauen aus. „Bitte setz dich wieder hin."

„Es besteht keine Gefahr, Marlis", fügte Twerp hinzu.

„Halt die Klappe, Twerp." Es bestand sehr wohl Gefahr. Überall um sie herum, und sie kam stets unerwartet. „Dad sagt, dass sie mir meinen Waffenschein wegnehmen wollen."

„Was? Das können sie nicht!" Atties ruhiges Auftreten brach in sich zusammen und auch sie erhob sich auf ihre Füße.

Seltsamerweise fühlte sich Marlis dadurch besser. „Ich hatte eine kleine Auseinandersetzung mit meinem Rekrutierer." Wärme breitete sich in ihrem Gesicht aus. Langsam senkte sie sich wieder auf ihren Sitz und rieb mit einer Hand über ihre Stirn. „Glaubst du, es lohnt sich, die Anfrage auf eine Wiederholung des Testes zu stellen?"

Attie seufzte und sah einen Moment auf ihre kleine Schwester hinunter, bevor sie den Kopf schüttelte. *Nein.* „Ich will dich nicht anlügen. Es wird darüber gesprochen, dass du labil bist."

Zum ersten Mal seit einer sehr langen Zeit spürte Marlis, wie sich Tränen in ihren Augen formten. Tatsächliche Tränen. Sie hasste es. „Was soll ich denn jetzt tun?"

Attie hob das Polycom neben ihrem Teller auf und fing an, Befehle einzutippen. „Da du nach deinem Geburtstag nicht an Bord des Kreuzers leben kannst und nicht zu James möchtest", – sie legte das Gerät auf die Tischplatte und schob es zu Marlis – „denke ich, dass du dir einen Job suchen solltest."

Marlis starrte auf das Polycom, ihr Puls

donnerte in ihren Ohren. *Einen Job?* Nicht für die Trooper arbeiten? Ihr Gehirn weigerte sich, die Textblöcke auf dem Bildschirm in aussagekräftige Informationen umzuwandeln. „Was ist das?"

„Werbeanzeigen für Jobs auf der Whylon Station. Es gibt für dich andere Möglichkeiten als den Militärdienst. Legale Schifffahrtsunternehmen, die nach Leuten mit Waffenfertigkeit suchen. Bodyguards. Diese Richtung."

„Nicht durch die Trooper?" Marlis runzelte die Stirn. „Schließen Unternehmen für diese Dienstleistungen keine Verträge über Syndicorp ab?"

Ihre Schwester lachte und zog das Polycom zurück. „Es gibt tatsächlich eine Welt außerhalb von Syndicorp. Nicht jeder kann sich die Dienste der Trooper leisten. Du hast ein beachtliches Talent im Umgang mit Waffen, Schwesterchen. Und du willst Menschen beschützen. Lass uns einen Weg für dich finden, dies zu tun." Attie stand auf. „Ich muss gehen, sonst komme ich zu spät zum Dienstantritt. Ich habe dir die Informationen weitergeleitet." Sie machte ein paar Schritte, schaute dann über die Schulter und zwinkerte. „Oh, und sag Dad nicht, dass ich das vorgeschlagen habe, okay? Ich möchte meinen Ruf als die gute Tochter behalten."

Während Marlis den Rücken ihrer Schwester betrachtete, der sich immer weiter von ihr entfernte, wiederholte sie ihr Mantra: *Es besteht keine Gefahr.* Und doch schaffte sie es nicht, einen vollen Atemzug zu nehmen, geschweige denn ihr eigenes Polycom herauszuziehen. *Woanders arbeiten? Nicht für die Trooper?*

„Soll ich dir helfen?", fragte Twerp in einem ruhigen Ton.

Dankbar für jede Hilfe, die sie kriegen konnte, nickte Marlis. „Ja. Erzähl mir von diesen Reedereien."

———

Todgeweihter Krieger jetzt vorbestellen!

GLOSSAR

Akleng – ein Ausdruck der Sympathie oder des Bedauerns

Anaq – Scheiße!

Assirpaa! – Wie aufregend!

Attahat-Rad – eine Form des Glücksspiels ähnlich zu Roulette

Brennantrieb – Bauteil, mit dem Raumschiffe durch bestimmte Ionenfrequenzen schnell weite Strecken zurücklegen, indem sie den Raum krümmen; siehe auch Verbrennung und Brennsequenz.

Brennsequenz – Ein bestimmtes Wellenmuster von Ionen, das erreicht werden muss, um die Verbrennung einzuleiten bzw. bis zum Zielpunkt aufrechtzuerhalten.

Carayak – Ein männlicher Denaidaner mit einer genetischen Störung, die dazu führt, dass seine ionische Paarungsfrequenz selbst für seine eigene Art tödlich ist. Umgangssprachlich auch als *Monster* bezeichnet.

Kartell – Organisierter Verbrecherring, der einen Großteil der Galaxie kontrolliert.

Cirripi-Gras – mildes Rauschmittel zum Rauchen

Cochlea-Implantat – Ein kybernetisches Gerät, das die Kommunikation über Vibrationen direkt auf die Ohrknochen überträgt.

Cyborg – Ein Mensch, bei dem über 50 % des Körpers durch kybernetische Teile ersetzt wurde. Obwohl viele Menschen kybernetische Verbesserungen haben, wird tatsächlichen Cyborgs das Recht auf die Staatsbürgerschaft Syndicorps verweigert.

Darknet – Ein Ort, an dem das Kartell und andere Schwarzmarkthändler Informationen austauschen.

Denaida-daru – Die Heimatwelt der Denaidaner, die von Syndicorp zerstört wurde. Auch Planet K-4H10 genannt.

Ellam Cua – die denaidanische Gottheit

Enays – Ein Sexplanet, der von Enayshuanern geführt wird.

Enayshuan – Eine menschenähnliche Spezies mit auffälligen Augenwülsten, die für ihr metallisches Körperpulver bekannt ist. Wird oft mit dem Sexhandel in Verbindung gebracht.

Finofan – Aliens mit leguanartigen Schuppenkämmen um die Ohren und schlitzförmige Augen. Sie mögen eine heiße und feuchte Atmosphäre.

Garan'uk – eine methanatmende Alien-Spezies

Iluq – Bruder

Ionenkraft, -macht oder -schild – Die Fähigkeit eines männlichen Denaidaners, Materie und Schwerkraft zu beeinflussen.

Kemeg – Eine Art Herdentier, das wegen seines Fleisches gezüchtet wird.

Kwirn - eine Form des Glücksspiels mit 3D-Tischen und -Steinen

Naniten – Selbstreplizierende, mikroskopisch kleine Maschinen, die entwickelt wurden, um Veränderungen auf molekularer Ebene herbeizuführen.

Naujiar – Eine Art Pflanze, die das Lieblingsessen eines Netorpoks darstellt.

Nav-Grav-Sitz – Wird verwendet, um humanoiden Lebewesen während der Verbrennung von Schiffen einen gewissen Komfort zu gewährleisten.

Netorpok – Ein exotisches Haustier, das auf den meisten Planeten verboten ist.

NIU (Nanite Integration Unit) – ein heimliches Syndicorp-Labor mit Cyborg-Testpersonen

Ongaru Flip – ein beliebtes Kartenspiel

Parsec – eine Entfernungsmessung (3,2 Lichtjahre)

Pirelux-Seide – ein feiner Stoff

Polycom – Die häufigste Form der persönlichen Kommunikation und Informationsspeicherung, ähnlich wie das heutige Smartphone.

Posungi – ein eierlegendes Alien mit orangefarbenem Tentakelgesicht

Qumli – Milchgesicht

Rakwiji – schuppige Aliens mit einer giftigen Klaue. Sie jagen paarweise und foltern während ihres Paarungsrituals. Oft vom Kartell als Kopfgeldjäger angeheuert.

Saluqan – eine Spezies mit einem intuitiven Talent für medizinische Fähigkeiten. Sie haben blaue bis violette Haut und manchmal schillernde Venen, die sich durch die Haut zeigen.

Sizantha-Schoten – Wird zur Herstellung von Tee verwendet.

Syndicorp – Ein Mega-Unternehmen, das einen großen Teil der Galaxie kontrolliert.

Synth-Haut – Künstlich gewachsenes biologisches Polymer, das die tatsächliche Haut nachahmt. Kommt vor allem über kybernetischen Körperteilen zur Anwendung.

Terpak – Arschloch

Die Termination – die Zerstörung von Denaida-daru durch Syndicorp

Tunrak – Teufel, oft liebevoll verwendet

Usviiqe – Verdammt!

Nicht klassifizierter Raum – Bereiche der Galaxie, die nicht von Syndicorp beherrscht werden.

Verbrennung – bezeichnet den Prozess, wenn die Brennsequenz eingeleitet wird und das Raumschiff zu einem entfernten Punkt im Universum reist; siehe auch Brennantrieb und Brennsequenz.

Xeimir-Wurm – Ein Alien mit glänzender Haut, das durch die Haut atmet und extrem lichtempfindlich ist.

Yanipa-nimayu — Ein sechsbeiniger Außerirdischer, der oft manuelle Arbeit verrichtet.

ÜBER DIE AUTORIN

Vor langer, langer Zeit habe ich es mir in den Kopf gesetzt, biomedizinische Technikerin zu werden. Das Aufschneiden von Laborratten führt allerdings selten zu einem glücklichen Ende, wie man es aus Büchern kennt. Jetzt vermische ich meine Begeisterung für die Wissenschaft mit charakterorientierter Romance und einem garantierten Happy End. Meine Monster finden immer ihre Gefährten, in Geschichten mit temperamentvollen Protagonistinnen, gequälten Helden und einer guten Portion Erotik. Ich verspreche Dir, meine Geschichten werden Dich nicht hängen lassen. (Obwohl es natürlich passieren kann, dass Du danach noch mehr willst!)

Wenn ich nicht schreibe, dann findest Du mich im Garten oder in der Küche, auf Erkundung durch Alaska mit meinem Ehemann oder bei der Vorbereitung auf eine Zombie-Apokalypse. Ich liebe Wein und Apple Cider. Und auch wenn ich

nur ein bescheidenes Talent dafür besitze, genieße
ich es, zu häkeln.